中国现当代文学概论

刘 娜 著

图书在版编目(CIP)数据

中国现当代文学概论/刘娜著. — 哈尔滨：哈尔滨出版社,2022.8

ISBN 978-7-5484-6670-3

Ⅰ.①中… Ⅱ.①刘… Ⅲ.①中国文学－现代文学－文学研究②中国文学－当代文学－文学研究 Ⅳ.①I206.6

中国版本图书馆 CIP 数据核字(2022)第 154529 号

书　　名:中国现当代文学概论
ZHONGGUO XIANDANGDAI WENXUE GAILUN

作　　者:刘　娜 著
责任编辑:李金秋
装帧设计:中图时代

出版发行:哈尔滨出版社(Harbin Publishing House)
社　　址:哈尔滨市香坊区泰山路 82-9 号　　邮编:150090
经　　销:全国新华书店
印　　刷:三河市嵩川印刷有限公司
网　　址:www.hrbcbs.com
E – mail:hrbcbs@yeah.net
编辑版权热线:(0451)87900271　87900272
销售热线:(0451)87900202　87900203

开　　本:710 mm×1000 mm　1/16　印张:12　字数:200 千字
版　　次:2023 年 1 月第 1 版
印　　次:2023 年 1 月第 1 次印刷
书　　号:ISBN 978-7-5484-6670-3
定　　价:68.00 元

凡购本社图书发现印装错误,请与本社印制部联系调换。
服务热线:(0451)87900279

前　言

　　中国作为四大文明古国之一，拥有5000年的文明史，文学在历史岁月中扮演着不可或缺的角色。在时代的发展过程中，文学也进行着自身的改变和进步，在不断发展、努力和探究之下，现当代文学的发展情况获得了不错的成绩。

　　将现代文学和当代文学进行结合，统称为中国现当代文学。在一般情况下，现代文学指的是从五四运动到1949年之间的文学，当代文学指的是1949年以后的文学。分析中国现当代文学发生的时间点，我们可以发现它们随着中国社会的变革而产生，而中国社会变革的实质是从农耕文明转向工业文明，从农业社会转型为工业社会，也就是我们说的现代化历程。随着越来越多人对现当代文学兴趣的增强和学者们坚持不懈的努力研究，现当代文学得到了更加细致和全方位的展现，其学科地位也在不断提升。然而现代化社会信息爆炸的现状、迅猛发展的通信技术和网络技术以及网络文化和外来文化的侵略，使得现当代文学偏离了其原来的发展路线，产生了一些负面影响，渐渐暴露出来的大量问题，对现当代文学的发展和生存造成了严重的阻碍。

　　由此，为了进一步改善现当代文学发展中存在的问题，笔者撰写了《中国现当代文学概论》一书，系统地对各个时期典型文学作品创作的背景、特点、情感等内容进行分析，以满足当代人们对文学研究的需求，从而推动我国文学健康持续发展，走向更加辉煌的未来。

目 录

第一章 中国现当代文学的发展 … 1
- 第一节 中国现代文学的发展演进及特点 … 1
- 第二节 中国当代文学的发展阶段及特征 … 7

第二章 "五四"文学革命与创作实践 … 16
- 第一节 "五四"文学革命的背景和意义 … 16
- 第二节 新文学初期的创作实践 … 23

第三章 文学研究会 … 30
- 第一节 文学研究会概述 … 30
- 第二节 问题小说与乡土文学 … 33
- 第三节 诗歌和散文 … 42
- 第四节 翻译和研究 … 45

第四章 创造社与新月社 … 49
- 第一节 创造社概述 … 49
- 第二节 郭沫若的创作 … 52
- 第三节 郁达夫的小说 … 61
- 第四节 新月社与新月诗派 … 66
- 第五节 闻一多、徐志摩的诗 … 71

第五章 大后方文学 … 78
- 第一节 抗战文学运动 … 78
- 第二节 "七月派"的创作 … 85
- 第三节 西南联大诗人群和穆旦的诗 … 89
- 第四节 徐訏、无名氏新浪漫小说 … 97
- 第五节 张恨水的通俗小说 … 100

第六章　沦陷区文学 ·· 103

第一节　沦陷区文学概观 ·· 103

第二节　钱钟书与《围城》 ·· 113

第三节　张爱玲与《金锁记》 ·· 117

第七章　解放区文学 ·· 124

第一节　赵树理、孙犁的短篇小说 ·· 124

第二节　丁玲、周立波的长篇小说 ·· 130

第三节　《白毛女》《王贵与李香香》等戏剧和诗歌 ···················· 135

第八章　转折时期的文学 ·· 140

第一节　转折时期的小说 ·· 140

第二节　转折时期的诗歌 ·· 144

第三节　转折时期的散文 ·· 148

第九章　新启蒙时代的文学 ·· 155

第一节　新启蒙时代的小说 ·· 155

第二节　新启蒙时代的诗歌 ·· 158

第三节　新启蒙时代的散文与报告文学 ·· 164

第十章　市场经济与新世纪的到来 ·· 170

第一节　市场化时代的中国文学 ·· 170

第二节　陈忠实与中国小说的繁复状况 ·· 172

第三节　分歧与喧闹中的诗歌 ·· 177

第四节　市场化时代的散文创作 ·· 180

第五节　市场化时代的话剧创作 ·· 182

参考文献 ·· 185

第一章　中国现当代文学的发展

中国新文学通常被分为现代文学和当代文学两个阶段。现代文学是指以1919年五四运动前后为开端至1949年中华人民共和国成立这一时期的文学，习惯上称为新民主主义阶段的文学；而当代文学则是指1949年中华人民共和国成立至今的文学(包括台港澳地区的文学)。

第一节　中国现代文学的发展演进及特点

一、现代文学发展的三个十年

(一)第一个十年(1917—1927)的文学发展

中国现代文学的第一个十年(1917—1927)，通常又叫"五四"时期的文学，因为"五四"文学革命是这一阶段的重要内容。它是现代文学开拓与奠基的阶段。鲁迅、郭沫若等一批现代文学的奠基人及其现代文学的奠基作，文学研究会和创造社等最初一批重要的社团流派，都出现在这一阶段。这一时期文学的基本特征是：从文学革命向革命文学发展，即由文学形式的外在改革逐渐转向思想内涵的深刻变化。

1917年初，胡适、陈独秀分别在《新青年》上发表了《文学改良刍议》和《文学革命论》，标志着文学革命运动的正式兴起。胡、陈二人的文章作为理论先导，对文学革命的兴起起到了鸣锣开道的作用。随后，钱玄同、刘半农、鲁迅、李大钊等人积极响应文学革命的主张，推进文学革命的发展。"十月革命"的炮声、马克思主义的传播、五四运动的爆发，把文学革命运动迅猛地推向高潮。与此同时，以鲁迅、郭沫若为代表的作家创作的新文学作品，展现了文学革命的实绩，表明了新文学的实质性进展。小说方面,有鲁迅划时代的《狂人日记》和后来结集在《呐喊》《彷徨》中的诸篇小说,还有叶绍钧、冰心、郁达夫等一大批新文学作家创作的内容和形式全新的小说。诗歌方面,出现了胡适、刘半农、沈尹默、刘大白等众多的白话新诗人,他们以白话新诗动摇了千百年来旧体格律诗的正统地位,尤其是郭沫若的诗集《女神》,以其内容和艺术的特有气势,开创了自由体白话新诗的一代诗风。散文方面的成就甚至超过了小说和诗歌,它体现在鲁迅、李大钊等人创作的大量文艺短论(随感录和杂文),还有周作人、俞平伯、朱自清、许地山等人创作的抒情叙事散文("美文")中;此外,瞿秋白创作的《饿乡纪程》和《赤都心史》等通讯报道,是中国现代报告文学的最初萌芽。话剧方面则有胡适、洪深、田汉、欧阳予倩等人创作的白话剧本,他们在中国首先尝试了话剧这一新文学样式。所有这些创作都以新的题材、新的主题、新的人物形象和新的语言形式,呈现出开创一代文风的崭新气象,充满了破旧立新的"五四"时代精神。这一时期文学创作最突出的主题是反封建。农民及其命运成为许多作品的主人公和素材,而且与历来的文学不同,作家在描写农民的过程中,彻底否定了整个封建旧制度,具有更为强大的批判力量。知识分子的生活、探索和思考也得到了广泛的表现,很多作品反映了进步知识分子对民族压迫和封建压迫的高度敏感,描写了他们摆脱封建道德束缚、争取婚恋自主、追求个性解放的奋斗与抗争,同样体现了反封建的思想主题。

1921年以后,随着新文学理论和创作的深入发展,出现了大量的文学刊物,涌现出众多的新文学社团,较为重要的有:文学研究会、创造社、语丝社、新月社,以及未名社、莽原社、南国社、浅草社和沉钟社等。其中,文学研究会标榜为人生的写实主义,创造社鼓吹重艺术的浪漫主义,形成了各具特色的两大风格流派,对后来的文学发展产生了重要而深远的影响。此外,还出现了"问题小说""身边小说""乡土文学""语丝文体""象征派"与"现代派"诗歌等各具特色的风格和流派,这些社团流派的出现表明了新文学的成熟和壮大。这一时期的新文学作家们还通过各种渠道广为译介大量的外国文学作品和文学理论,从而扩展了新文学的艺术视野,开创了中国文学与世界文学相联系的格局。

这一时期文学的局限在于,一些作家生活视野较为狭窄,不甚熟悉除自己以外的天地,崇尚自我和自我表现的情绪成为一时的风尚。有些作品还不同程度地带有感伤颓废情调,甚至有宿命论倾向。在译介外国文学的过程中,有些译者未能很好地区分精华和糟粕,缺乏应有的分析批判能力,在民族文学遗产上存在的某些形而上学、虚无主义倾向,又影响了文学创作更好地实现民族化、大众化的艺术追求。

(二)第二个十年(1928—1937)的文学发展

第二个十年(1928—1937)的文学,也就是第二次国内革命战争时期的文学。值得注意的是,这一阶段出现了巴金、老舍、沈从文、曹禺等一大批风格独特的作家及其代表作,并出现了众多的社团流派,形成了现代文学的繁荣局面。因此,它是现代文学发展、成熟的阶段。

1928年前后,为适应蓬勃发展的无产阶级革命运动,以后期创造社和太阳社为主,开始积极倡导无产阶级革命文学运动,并得到了广大进步作家的积极响应。这一时期文学创作的思想性和战斗性显著增强。作品的题材扩大了,很多作家注重正面反映轰轰烈烈的无产阶级革命斗争,揭露帝国主义对中国军事、经济、文化侵略的罪恶,批判半殖民地半封建的都市社会光怪陆离、纸醉金迷的腐朽生活。很多作品不仅表现农民的苦难遭遇,而且着力描写农民的思想觉醒和英勇斗争;不仅揭露封建压迫的残酷和阶级矛盾的对立,还注重展示帝国主义势力对农村的入侵和民族矛盾的加剧。这些都表明文学创作达到了新的思想深度。这一时期茅盾的代表作《子夜》《林家铺子》"农村三部曲"等,还有蒋光慈、洪深、田汉、臧克家、丁玲、张天翼、叶紫、洪灵菲,以及"东北作家群"、中国诗歌会等作家和社团的创作,都显示了无产阶级革命文学创作的辉煌成就。这一时期,一些重要作家也创作出了现代文学史上里程碑式的杰作和一些探索性、尝试性的作品,特别是巴金的"激流三部曲",老舍的《骆驼祥子》,曹禺的《雷雨》和《日出》,以及沈从文的《边城》,李劼人的《死水微澜》《暴风雨前》《大波》等"大河小说",还有以戴望舒为代表的现代派诗歌和以施蛰存等为代表的"新感觉派"小说等等,这些作品都以不同的艺术方法从不同角度揭示了现实社会的矛盾,达到了较深的思想境地,显示了较高的艺术成就。这一时期,文学创作在反映现实生活的深度和广度上普遍超过了上一时期,但也存在着明显的缺陷。由于一些作家对群众的革命斗争生活缺乏实际了解,因而有些作品生活实感较弱,革命者和劳动群众的形象塑造也不同程度地存在概念化的弊病,有些人物形象血肉不够丰满,甚至单薄苍白。一些作品虽反映现实较为及时,但缺乏精细的艺术锤炼,显得较为粗糙,以至影响了作品长久的审美价值。这一时期的文艺工作者们在理论和实践中虽也广泛注意到了文艺大众化的问题,并多次展开过专门讨论,但问题远未解决。

(三)第三个十年(1938—1949)的文学发展

第三个十年(1938—1949)的文学,通常叫抗日战争与解放战争时期的文学。这一阶段的重要特点是民族斗争与阶级斗争对文学发展的作用和影响得到了进一步的加强。

这一时期又以1942年延安文艺座谈会的召开为界,明显分为前后两个阶段。前一阶段是抗战初期的文学,广大作家纷纷走出书斋,投身抗日救亡运动,积极宣传一致抗日和爱国主义思想。围绕抗日救亡运动,出现了大量通俗明快、短小精悍的文艺作品,如街头诗、独幕剧等,也出现了一些大型的集体创作。这一阶段还出现了一系列历史剧,作家们纷纷借历史故事和历史人物之口,反映严峻的现实,表达人民的正义呼声。其中,以郭沫若的《屈原》《虎符》等历史剧最为成功,影响最大。后一阶段文学分为解放区和国统区两大区域的文学。在解放区,毛泽东的《在延安文艺座谈会上的讲话》提出了一套较为完整的马克思主义文艺思想方针,明确了文艺为工农兵服务的方向,解决了文艺大众化等一系列"五四"以来重要的文艺理论和实践问题,开辟了无产阶级革命文学的新阶段。在文学创作中,出现了新文学以来前所未有的新主题、新题材、新形式,涌现出了赵树理、孙犁、丁玲、周立波以及《白毛女》《王贵与李香香》等一大批具有典型民族风格和民族气派的作家和作品,显示了实践文艺为工农兵服务所取得的重要成就。在国统区,作家的创作主要围绕反压迫、争民主的民主革命运动展开,出现了大量具有讽刺性、揭露性的作品,如茅盾的《腐蚀》、巴金的《寒夜》、袁水拍的《马凡陀的山歌》、陈白尘的《岁寒图》和《升官图》等等,作家从不同角度,运用不同体裁,全面而深刻地揭露和批判了国统区的黑暗现实。国统区很多作家在艺术风格上也努力向民族形式和大众化的方向发展,并取得了可喜的成绩。此外,沦陷区的张爱玲、钱钟书等人的创作也以独特的风格,显示了相当高的思想成就和艺术价值。

中国现代文学的发展是以"五四"以来的现实生活为土壤的,但也充分吸收了中国传统、外来文学的丰富营养:一方面,它与中国民族文学遗产保持着承传的关系;另一方面,它又汲取了世界文学潮流中有益的养分。现代文学批判地传承了中国古典文学的精华,而且直接以近代文学为其先导。广大现代作家身上厚实的古典文学根基,深刻地影响着他们的新文学创作。同时,现代作家又广泛翻译了世界各国文学作品,打通了中国现代文学走向世界文学的道路。现代文学史上几乎所有重要的作家如鲁迅、郭沫若、茅盾、巴金、周作人、郁达夫、瞿秋白等人,都参加了对外国文学的传播介绍。这种介绍在思想倾向、艺术观念及创作技法上,对整个现代文学的发展产生了重要的作用和影响。中国现代文学的历史,从某种意义上讲,也是中外文学互相交融的历史,是在交融过程中建立民族新文学的历史。

纵观中国现代文学三十年,无论是它自身的演变,还是它和时代社会的关系,都可以看出,它是随着新民主主义革命历史的发展而发展的,是和新民主主义革命斗争相辅相成的;同时它又具有相对独立的鲜明特性。在三十年的文学发展中,虽然出现了多样的创作方法,如现实主义、浪漫主义、象征主义、现代主义等等,但总的说来,为人生、为革命的现实主义的基本精神渗透到整个现代文学的各个层面。

二、现代文学的根本特点

中国现代文学作为带有承前启后性质的一段文学,它自身具有鲜明的根本特点,具体表现为以下几个方面。

(一)现代文学与传统文学的冲突与承传

中国现代文学是在"五四"时期新的历史条件下产生的,它体现出全新的现代社会、现代人生的精神风貌和崭新的文学表述方式,但它也是几千年中国传统文学发展演进的必然结果。中国现代新文学与它几千年的文学母体有着难以分割的联系。中国现代文学的出现既体现了现代新文学、新文化与传统旧文学、旧文化的根本冲突和根本转折,也体现了两者之间的相互关联,新文学、新文化与旧文学、旧文化是在联系中更新发展的。譬如现代小说的发展,中国小说源远流长,明清以来更是出现了众多白话小说,然而以"五四"新文学为起点,中国现代小说以全新的思想内涵和前所未有的表现形式,掀开了中国小说发展史上崭新的一页,展示了现代人的行为方式与思维方式。虽然它是全新的,但这并不意味着它是孤立的,恰恰相反,它得益于对中国传统小说的传承与吸取。中国传统小说的思想精华与多种艺术技法在现代小说中有一种无形而深刻的传承。现代诗歌的发展亦然,中国现代新诗尽管是在对传统旧诗的反叛中出现的,但它植根于民族传统文化的土壤之中。传统诗歌的美学意境、古典诗人的审美修养,尤其是中国古典诗歌感时忧民、愤世嫉俗的传统精神,更是在深层次上对现代诗人的创作产生了无形的巨大影响。对传统的反叛往往是创造与更新的重要手段,而对传统精神的批判继承则是继往开来的重要规律。

(二)中外文学的相互交融

"五四"时期外国文学在中国的译介、传播和影响,对中国现代新文学的诞生和发展,毫无疑问地起到了重要的作用。中国现代文学是在充分吸收了外来各国文学与文化的情况下发展起来的。"五四"新文学的这一特点是当时整个时代特征的一个具体体现,而这一点又使中国现代新文学表现出了与以往几千年传统旧文学的根本不同。整个中国新文学的形成与世界文学大潮的冲击有着密切关联。客观地说,现代新诗的诞生在更大程度上是受到了外来文化思潮的冲击和刺激。在最初一些批判现实主义和浪漫主义的外国作家作品被介绍到中国之后,那种自由开放的思想追求与艺术形态,正契合了"五四新文学"的历史使命,催发了中国现代新诗的诞生。

(三)始终伴随的使命感和责任感

时代赋予中国现代文学的特殊使命,使之出现了一大批名家与名作,并在整体上形成了特有的风格。小说方面有现实主义与浪漫主义双峰并峙的鲁迅与郭沫若,还有在长篇小说领域卓有建树的茅盾、巴金、老舍等诸位名家。有人生写实派的小说作家代表叶绍钧、许地山;乡土小说的作家代表沈从文、王鲁彦等;幽默讽刺的小说作家代表沙汀、张天翼、钱钟书等;风格多样的女作家冰心、丁玲、萧红、张爱玲、苏青等；平和冲淡的学者式散文的代表周作人等；各具特点的诗人闻一多、徐志摩、戴望舒、穆旦等；戏剧大师曹禺、夏衍等。三十年的时间里出现了如此众多的在中国文学史上留下深深痕迹乃至蜚声世界文坛的作家作品，我们只能说这是时代对中国现代文学的特别恩赐。中国现代文学在整体上形成了自己的根本特质，这就是责任感、使命感以及对艺术境界的不懈追寻。这种特质使中国现代文学在思想和艺术上都达到了很高的水准。应该说，中国现代文学在特定时空里出现的辉煌业绩，不是在任何历史时期里都能够随便出现的。懂得历史赐予的弥足珍贵，是一种深刻、成熟的文化心态。

第二节 中国当代文学的发展阶段及特征

一、当代文学发展的四个阶段

中国当代文学的历史进程，从总体上说大致可分为四个发展阶段。

(一)十七年文学

中华人民共和国成立后十七年的文学运动和文学思潮，继承了"五四"以来新文学的现实主义传统，以毛泽东文艺思想为指导，坚持社会主义总方向，倡导社会主义现实主义创作方法，文艺工作成绩比较显著。这一时期文学的基本特征是走进历史尤其是当代社会现实生活，展现中华民族除旧布新、以工农兵为主体的社会变革风貌，表现社会主义的时代精神。

十七年的小说继承中外文学尤其是"五四"新文学的传统，以革命现实主义为主潮，在历史和农村现实题材方面，取得了最突出的艺术成就。长篇小说如杜鹏程的《保卫延安》、曲波的《林海雪原》、罗广斌和杨益言的《红岩》、吴强的《红日》、梁斌的《红旗谱》、杨沫的《青春之歌》，短篇小说如王愿坚的《党费》和《七根火柴》等，大量优秀的革命历史题材作品以反映民主革命为主，真实再现了中国人民在党的领导下浴血奋斗的历史进程，热情歌颂了革命前辈艰苦卓绝的光辉业绩，引导人们珍惜今天的幸福生活。在农村现实题材方面，赵树理的《登记》和《三里湾》、周立波的《山乡巨变》、柳青的《创业史》、李准的《李双双小传》、浩然的《艳阳天》等小说充分表现了十七年中农村的一系列变革和农民伦理道德观念与文化心理的巨大变化。

十七年的诗歌与时代和现实紧密联系,以各种形式如叙事诗、抒情诗、自由诗、格律诗、自然风景诗、历史神话诗、爱情诗、政治讽刺诗等反映社会主义革命和建设的伟大斗争,热情赞颂祖国的新时代新生活。李季、闻捷、郭小川、贺敬之等一批诗人都在从内容到形式的诗歌艺术探索中获得巨大的收获,为新诗的民族化、大众化做出了贡献。

十七年的散文在整体上超过了20世纪40年代解放区的散文创作,揭开了社会主义时期散文史的新篇章。叶绍钧、冰心、巴金等文坛宿将,徐迟、郭小川、峻青等诗人和小说家,吴伯箫、吴晗、邓拓等教育家和历史学家或党政领导,杨石、郁茹等新人,组成了一支庞大的散文创作队伍,并由此形成一个以杨朔、秦牧、刘白羽等中年散文家为骨干的散文作家群,使散文走向繁荣。这一时期的通讯报告、抒情散文、报告文学、杂文等,比其他文学体裁更迅速、更直接地反映了新时代新生活。同时,散文创作者在艺术形式和表现手法上的突破,使得十七年散文园地更增勃勃生机和绚丽色彩。这一时期散文创作还有一个独特的收获和文学现象,即史传文学的崛起。大量具有珍贵史料价值的革命回忆录纷纷涌现,讴歌共产党领导下无产阶级革命的辉煌历程,但其缺陷在于一般都缺少艺术方面的审美价值。

十七年的戏剧创作继承和发扬了解放区戏剧的现实主义传统,成绩较显著。这一时期戏剧创作题材广泛,品种繁多,有话剧、歌剧、戏曲和改编的传统剧,其中话剧成就最大。如老舍的《龙须沟》《方珍珠》、曹禺的《明朗的天》、崔德志的《刘连英》、胡万春的《激流勇进》、海默的《洞箫横吹》等剧作从多方面迅速地反映和表现了社会主义革命和建设的现实生活,在探索话剧民族化、大众化方面取得可喜成绩。话剧中的历史剧创作,如郭沫若的《蔡文姬》、田汉的《关汉卿》、老舍的《茶馆》、曹禺的《胆剑篇》等有着很高的思想艺术成就,《茶馆》甚至在世界上享有盛名,十七年的歌剧、戏曲创作成绩比较显著,并在如何表现现实题材方面做出了成功的尝试。

十七年文学的局限在于：不良思潮的严重干扰，导致这一时期的文学题材领域相对狭窄，人物形象单一片面，艺术风格、艺术形式的发展也受到很大限制。

(二) 1966—1976 年特殊历史时期的文学

1966 年至 1976 年整整十年的特殊时期，政治观念和意图更直接地转化为文学作品，作品的接受行为也更明确地被赋予了特定时期的政治意义，而当时作家的写作和作品的发表也需要得到允许才能获得资格。

(三) 新时期的文学

新时期文学是指从 1976 年到 1986 年前后约十年时间的文学，所以又称为新时期十年文学。这一时期文艺思想的讨论十分活跃，文艺工作者特别是理论批评者在对 1966—1976 年前十七年居于指导地位的文艺思想和文艺观念进行深刻反思、对被批判的各种文学观点进行再认识的基础上，积极探索文艺的新观念。这一时期作家队伍空前壮大，文学创作日趋繁荣，文学的题材、艺术方法、形式和风格极其丰富多样。此期间文学以现实主义为主潮，并吸收现代主义的经验，广泛探索各种创作方法，真实反映历史、社会生活，深入开掘人的精神世界。在新时期文学创作中，象征主义、意识流、超现实主义、魔幻现实主义、荒诞派、黑色幽默等，这些世界上一百多年的文学思潮、流派、创作方法、形式几乎都有所表现，体现了新时期作家大胆的探索创新精神。

小说创作在新时期文学中成绩最显著，它充满了思考、探索与追求，其数量虽少，但所产生的社会影响，在中国当代文学史上都是空前的。1977 年底刘心武发表的短篇小说《班主任》打破了当时创作的僵滞局面，开"伤痕文学"之先河。"伤痕文学"虽然在艺术成就上不突出，推动了时代潮流的前进，同时为文学现实主义传统的恢复立下了不可抹杀的功劳。其后的"反思文学"是"伤痕文学"的衔接和深化，这些小说的创作者试图站在一个较高的历史角度来观察和思考，求得对历史过程的深刻再认识，他们的作品在开拓题材、深化主题、塑造人物、艺术表现等方面都有比较突出的收获，将新时期现实主义小说发展深化到特定阶段。高晓声的《李顺大造屋》、从维熙的《泥泞》、茹志鹃的《剪辑错了的故事》等小说是"反思文学"的优秀作品。以上是新时期小说发展的第一个阶段,其主要艺术倾向是暴露和批判,主要审美情感是愤懑和反思。

1979年蒋子龙发表的《乔厂长上任记》谱写了新的历史时期改革者的第一支响亮的赞歌,成为"改革文学"的先导,拉开了新时期小说第二个阶段的帷幕。此后,反映中国改革现实的佳作相继出现,如张洁的《沉重的翅膀》、陆文夫的《围墙》、贾平凹的《鸡窝洼人家》等。同时,这一阶段的许多作家开始了对健康人性、人情、人道主义的重新思考,张洁的《爱,是不能忘记的》、刘心武的《如意》、铁凝的《哦,香雪》等作品大都能把人性、人情、人道主义作为伦理观和道德观来表现,是新时期小说创作中现实主义精神发展的又一标志。这一阶段还有许多作品,如谌容的《人到中年》、高晓声的《陈奂生上城》、李存葆的《高山下的花环》等把笔触伸入社会生活各角落,广泛表现新时期的社会问题。这一阶段的小说创作注重揭示普遍性的社会心理和社会问题。1985年前后,新时期小说创作进入第三阶段,开始多角度、全方位地表现社会生活,实现了小说观念的重大更新。"文化小说"的出现是这一阶段的重要特征。阿城的《棋王》、韩少功的《爸爸爸》、莫言的《红高粱》等"文化小说"显示出作家们试图从民族文化的意义上寻求文学观念解放的努力和成就。他们通过对民俗、民生的历史审视,写出了上承传统、下接现实的民族文化心理的某些方面,以重铸民族精神、适应改革开放的要求为基调的"文化小说"体现了更高的文学创作目标和文学价值观念。这一阶段的又一重要特征是"现代派"小说的出现,如刘索拉的《你别无选择》、残雪的《黄泥街》、王蒙的《活动变人形》、马原的《虚构》等。这些作品不仅注重借鉴西方现代派文学的表现技巧、手法,而且更着力表现人们在改革开放过程中精神与现实的错位、心理所受的冲击和影响。这一阶段是一个真正多元的、全方位的文学阶段,新时期小说将会在不断实践、总结、再实践的基础上,沿着社会主义总方向迈出更坚实的步伐。

新时期十年的诗歌创作恢复和发展了现实主义优良传统,敢于直面人生,以悼念英烈、沉思历史、变革现实、揭示生活的真理为其主要内容。从诗歌艺术本身而言,这一时期的诗歌在真实性原则的指导下,由人性的复归致使诗人"自我"的复归。诗人们特别是年轻诗人在西方现代主义和东方古典诗学的双重影响下,自由选择题材、创作方法，以自己独特的审美感受、审美评价和理想追求去反映和表现世界，使整个诗坛异彩纷呈。艾青、公刘、流沙河、绿原等老诗人带着在东方美学传统和西方现代主义影响之间寻找平衡的诗作，声势浩大地归来，这不仅是诗人"自我"的归来，也是诗歌自身审美价值的归来。舒婷、顾城、北岛等朦胧派诗人则在东方诗学修养基础上，将西方现代主义思潮涌来的"意象""客观对应物""梦""原型""变形""蒙太奇"等变成自己意象结构的方式和语言秩序的逻辑，用自己独特的风格重建人的本体和诗的本体，代表性诗歌作品有舒婷的《会唱歌的鸢尾花》、北岛的《一切》等。总之，新时期十年的诗歌创作园地是一个花团锦簇的世界。

新时期十年的散文从悼念性散文开始复苏、发展，新、老作家随着思想解放运动的展开，广泛择取题材，自由抒发自己的思想情感，充分表露自己的精神个性，继承和发扬了"五四"散文以作家个性为本位的散文传统。新时期散文创作的重大成就表现在报告文学的空前繁荣上。新时期的报告文学关注题材的新开拓和强烈的时代精神(如杨匡满、郭宝臣的《命运》，鲁光的《中国姑娘》)，正视矛盾和解剖阴暗面，发挥干预生活的职能(如涵逸的《中国的"小皇帝"》)。在艺术上，新时期的报告文学呈现出多元化态势，它向其他各种文学样式借鉴形式、方法、手法，打破传统的时空观念，运用多种剪裁视角、心理时空等整合材料，深入人物复杂的内心世界，倾注主观的忧患意识和充沛感情，艺术性的强化使得新时期报告文学风貌多彩多姿。

新时期十年的话剧创作从"阴谋戏剧"而再生、繁荣。宗福先、贺国甫的《于无声处》等剧作完成了以戏剧武器揭露批判罪行的时代使命。此后，一批"社会问题剧"相继问世，如崔德志的《报春花》、赵国庆的《救救她》等剧作着力反映现实，揭示社会矛盾，体现了作家们严肃的社会使命感及思想解放的特点，这无疑是现实主义传统在新时期话剧创作中的高扬。进入20世纪80年代以来，一批剧作家在文艺创新探索的浪潮及全国性的话剧热降温的情况下勇敢探索，形成话剧创作的多元化态势。探索话剧追求题材内容上的多义性和哲理性，如《魔方》《一个死者对生者的访问》等剧借助蒙太奇、荒诞等形式，对人生哲理作多义的、深层次的探求。探索话剧还追求人物心灵的外化、具象化，如《绝对信号》《车站》等剧作都做了成功的尝试。探索话剧在剧场艺术上追求综合化,它们打破了剧本结构的"三一律"束缚,追求自然流畅、开放多样的叙述性结构;从其他艺术门类中汲取表演方法,丰富自己的表现力;充分发挥舞台假定性,利用简约的舞美设计、剧场设计取得不受时空约束的极大自由,强化剧场的交流效果。《绝对信号》《血,总是热的》等剧作都体现了探索话剧追求剧场艺术综合化的成就。新时期的喜剧创作,从讽刺喜剧、赞美喜剧发展至风俗喜剧,形成一股创作潮流。新时期历史剧创作亦出现不少佳作。

新时期十年的文学也存在一些局限:一些诗人、作家或力求开拓新题材,却未能深入理解现代生活;或过分追求外来形式与技巧,而忽视本民族的优秀传统和作品内容的深化;或孤芳自赏、作茧自缚,甚至强调表现自己不甚健康的内心世界,而忽视文学的社会功能,放弃自己的社会责任,对新时期文学的发展造成不良影响。然而,从总体上看,新时期十年的文学成就是显著的。

(四)新世纪之交的文学

新世纪之交文学环境的一个重要特点是包罗万象,不同的文化形态和文化立场公开呈现。文学潮流的淡化是新世纪之交的文学现象之一。在文体形式上,比较突出的是"长篇小说热"和"散文热"。

新世纪之交的小说,尤其是长篇小说的数量大大增加,而且受到普遍的关注。代表作家有王蒙、贾平凹、张炜、韩少功、余华、苏童、王小波、王安忆、池莉等。长篇小说的增多,可以看作是作家和文学成熟的某种标志。代表作品有王蒙的"季节系列"、余华的《活着》、王小波的《黄金时代》、陈忠实的《白鹿原》、王安忆的《长恨歌》、池莉的《水与火的缠绵》、苏童的《米》、张洁的《无字》等。随着网络科技的发展,网络文化也随之兴起,出现大量引起广泛影响的网络小说,具有重要代表性的作家作品有宁肯的《蒙面之城》、安妮宝贝的《告别薇安》、慕容雪村的《成都,今夜请将我遗忘》等。其中,有些网络小说具备了传统小说的优秀品质,比如宁肯的《蒙面之城》就成为2002年老舍文学奖获奖长篇小说之一。

新世纪之交的诗歌,先锋性和探索性依然受到关注。代表诗人有海子、欧阳江河、西川、王家新、臧棣、伊沙、翟永明等,存在学院派与民间派等分别,他们对诗歌形式做了热烈的探索。

新世纪之交的散文,学者式文化散文达到高潮。代表作家作品有余秋雨《文化苦旅》、史铁生《我与地坛》、韩少功《夜行者梦语》、张承志《荒芜英雄路》、张炜《融入野地》、王安忆《重建象牙塔》等。这些作品往往保持一种"精英"立场,试图寻求反抗商业社会的实用主义和功利主义的精神资源,人的生存意义与价值等形而上的主题得到强化。还有生活随笔类散文、女性散文、时尚散文等成为热点,各种报纸杂志多刊登读者喜闻乐见的生活随笔。

新世纪之交的戏剧风格多样,形式多元,代表人物有林兆华、孟京辉、牟森、张广天等。1989年4月,南京举行了中国第一届小剧场戏剧节,演出了《绝对信号》《童叟无欺》《屋里的猫头鹰》《火神与秋女》等15台戏,并展开了对小剧场戏剧美学特点、意义的探讨。1993年,中国艺术研究院和中国话剧艺术研究会在北京主办了"93中国小剧场戏剧展暨国际学术研讨会",演出《留守女士》《热线电话》等13台戏,推动了小剧场戏剧的发展,促进了对中国小剧场戏剧特色的探讨。新世纪之交的代表性戏剧有《一个无政府主义者的意外死亡》《恋爱的犀牛》等。

新世纪之交的另一个文学现象是:文学批评在文学界的角色变得更具独立性,批评的理论化使其开始作为一种与文学创作同样重要的力量,参与到文学发展的进程中。

二、当代文学的重要特色

纵观中国当代文学发展历程,它是以新中国成立以来的社会现实生活为土壤的,与时代紧密相连。它一方面继承、发扬中国民族文学的优秀传统,另一方面又借鉴、吸取世界文学潮流中的丰富营养,在中外文学的交融中以现实主义为主流,沿着社会主义方向进一步走向民族化、大众化,走向更高、更完善的艺术境界。当代文学体现出以下三方面的重要特色。

(一)文学与时代的密切联系

中国当代文学是承传着"五四"新文学运动的血脉,在解放区文艺的沃土中孕育,在天安门开国大典的礼炮声中诞生的,是在社会主义制度的历史条件下,以马克思列宁主义、毛泽东文艺思想为指导的,以无产阶级思想为核心的社会主义文学,具有鲜明的社会主义性质。

这一社会主义性质决定了中国当代文学的总体方向,即社会主义方向。但这个总方向的提法在四十多年的时间里,发生过一些变化。1949年7月,第一次文代会决议把毛泽东提出的文艺"为人民首先是为工农兵服务"的方向,作为新文艺的基本方针,从而确立了社会主义时期新文艺的基本路线和方向。

1962年5月23日,《人民日报》以社论方式,明确提出文艺"为最广大的人民群众服务"的口号,以适应阶级斗争结束后发展社会生产力的新形势与新任务。1980年7月26日,《人民日报》又提出了"文艺为人民服务,为社会主义服务"的新口号,以补救"文艺为政治服务"在理论和实践上的缺陷。这个新提法更符合文艺规律,更完整地反映了社会主义时代对文艺的历史要求,但它并不意味着当代文艺的性质、方向在根本上有什么变化。

可见,中国当代文学无论经过怎样的历史波折,无论文艺方向的提法有什么不同,也无论党对文艺方针怎样调整,其社会主义总方向的实质始终是鲜明的。

(二)由一元到多元的文学格局

中国当代文学向前发展,由一元走向多元格局。除了创作实践、理论探讨领域,当代文学思潮多元化体现得更为鲜明。从工农兵文学思潮到人道主义思潮、现实主义思潮、现代主义思潮、文化寻根思潮和新写实等,思想解放运动不断深入,文学逐步摆脱"工具论"的束缚,获得相对独立的地位,从而引起当代文学观念、文学价值的嬗变,借鉴、探索迭起,风格、流派争艳,文坛空前的活跃,呈现为多元、开放的格局。值得注意的是,浓郁的政治色彩一直是当代文学思潮的主要风貌,现实主义是当代文学思潮的主流。中国当代文学就是在文学思潮中由单一到多元,由封闭到开放的发展态势和过程中发展成熟的,而且可以预见,今后它也会沿着多元、开放的趋势更加壮大。

(三)探索与困惑并存的发展态势

文学随时代发展。随着社会的进步,各种文化差异和文化矛盾逐渐展示出来。

当代文学的主要冲突从20世纪80年代针对文学与政治关系而提倡文学独立,更多地转移到如今文学创作与商业操作之间的冲突上来。在市场体制下,纯文学与通俗文学都无法离开出版运作和文化消费市场的选择。知识分子在整个社会中的作用和位置趋向"边缘化",他们开始对自身的价值、曾经持有的文化观念产生怀疑。因而,20世纪90年代以来在文学表现的内容中,乐观情绪受到很大的削弱,犹豫困惑、批判反省的基调得到凸显,形成了探索与困惑并存的重要特点。

第二章 "五四"文学革命与创作实践

第一节 "五四"文学革命的背景和意义

一、晚清文学的繁荣与"五四"文学革命

清嘉庆以后,清朝政府日渐衰微,国内各种矛盾空前尖锐,社会危机四伏。先进的中国人开始向西方国家寻找真理,西方文艺复兴以来各种思潮在中国的传播,为晚清文学注入了新的内容。

早在鸦片战争时期,龚自珍、林则徐、魏源等比较开明的知识分子,就在诗文中揭示了"万马齐喑"的时代痛苦和"四海变秋气,一室难为春"的社会局面。同时,他们还呼唤改革的"风雷",表现出抵御外国侵略的迫切要求。太平天国革命运动中,提出过"文以纪实""不须古典之言""毋庸半字虚浮"的改革主张,也产生了一些较为通俗并有革命内容的作品。随着政治上变法维新运动的发展,19世纪末叶,文化改良主义运动日趋高涨。郑观应在《盛世危言》里,王韬在《变法自强》里,都对文化革新有所建议;康有为托孔子之名以求改制,在一定程度上冲击了当时的封建正统文化;强学会、南学会、群学会等五十余个学会、学堂、报馆在短期内的兴起和活动,更直接促进了维新运动的发生。

在文学上,随着晚清维新思潮的发展,中国文学又一次出现了繁荣的局面。这次文学繁荣是在中外文学的共同影响下出现的。当时,桐城派大力提倡"文学要有用于世"的经世致用思想,关注文学对现实的影响作用,主张文学要有用于社会。宋诗派及"同光体"等旧诗文流派也都不同程度地表现出对社会现实的关注。这些文学思潮和文学运动都对新文学产生了一定程度的影响。但是,这次文学繁荣

的独特之处主要表现在外国文学对它的影响上，并在这种影响下表现出文学的现代化发展趋势。这主要表现在以下四个方面：

第一，文学观念的变化与现代性文学格局的形成。这里最重要的是晚清文学提高了小说和戏剧的社会地位，从而使小说、戏剧、诗歌、散文四大文体开始有了平等的地位，使文学的格局更趋合理化，从而奠定了"五四"新文学整体格局的基础。

第二，翻译文学的繁荣。1896年至1916年的二十年间，中国翻译外国小说800种左右，特别是林纾等人的翻译文学提高了外国小说在中国知识界的地位。外国诗歌、散文、戏剧作品的翻译成就也很大。晚清翻译文学的繁荣不仅影响了当时的文学创作，而且也对"五四"新文学作家产生了很大的影响。

第三，"小说界革命"和小说创作的繁荣。晚清以梁启超为代表的维新派提倡的"小说界革命"，虽多是政治小说，艺术上并不成功，但它们体现出一种新的价值取向：寻求小说的普遍的社会价值，力图从严肃的社会目的出发，反对以游戏的态度创作单纯娱人的作品。其中，被鲁迅称为"清末四大谴责小说"的李伯元的《官场现形记》、吴趼人的《二十年目睹之怪现状》、刘鹗的《老残游记》、曾朴的《孽海花》尤为著名。这些作品的出现促使中国小说开始向着现代化的方向发展，西方小说的一些新的表现方式初步得到了应用，第一人称叙事和第三人称叙事已为一些作家所重视；短篇小说也开始脱离单纯的故事框架，更为重要的是，小说的现实性加强了，直接取材于现实的人物和事件的作品多了起来，甚至出现了向塑造典型环境中的典型人物方向发展的趋势。而这一切，都为"五四"新文学作家实现中国小说的根本变革，提供了必要的借鉴与经验。

第四，话剧的萌芽。晚清戏剧家对中国传统戏剧做了一些改革，但这一点对"五四"文学革命没有太大的影响，而与"五四"文学革命有直接关系的就是西方话剧的输入。西方话剧的引进为文学革命后话剧的发展直接奠定了基础。1906年和1910年春柳社与进化团分别成立，春柳社1907年在日本东京演出的《茶花女》第三幕和排演的五幕话剧《黑奴吁天录》，是中国现代话剧的最初萌芽。

晚清文学不仅服务于当时的政治斗争，而且在思想内容以至文学形式方面，都为"五四"新文学的萌生做了必要的准备。

二、西方文学的译介与"五四"文学革命

外国文学的大量译介,也是"五四"文学革命的一个重要内容。1918年6月,《新青年》出版"易卜生专号",刊登了《娜拉》《人民公敌》等剧本,产生了很大影响。鲁迅、刘半农、沈雁冰、郑振铎、瞿秋白、耿济之、田汉、周作人等都是当时活跃的翻译者和介绍者,几乎所有进步报刊都登载翻译作品,其规模和影响远远超过了近代的任何时期。俄国以及其他欧洲各国、日本、印度的一些文学名著,从这时起较有系统地被陆续介绍给中国读者,帮助中国新文学进一步摆脱旧文学的种种束缚,促进了它的改变和发展。当时许多人都还分不清外国文学中的精华与糟粕、积极部分与消极部分,因此在译介大量优秀作品的同时也推荐了不少平庸的作品。但是,"五四"时期对外国文学的译介,总的说来仍然起了很大的进步作用。鲁迅、郭沫若等许多新文学作家的作品,都表明他们在努力独创的基础上曾经接受过外国文学的积极影响。

先驱者们曾经把俄国进步文学的研究和介绍,放到最为突出的地位。他们不仅从十月革命中看到民族解放的新希望,而且从俄国文学中看到"被压迫者的善良的灵魂,的酸辛,的挣扎",明白"世界上有两种人:压迫者和被压迫者"。把俄国文学作为"目标",一方面,固然是这些作品的进步传统对于中国读者的契合;另一方面,也是中国先进分子决心走十月革命道路在文学领域内的一种反映。这是过去不可能出现而为"五四"时期所特有的一种历史现象。中国进步文学界从最初眼看西方到后来转而注视俄国和苏联,说明了文学革命正在酝酿和发生着质的变化。

三、《新青年》与文学革命的正式提出

《新青年》是因思想启蒙运动需要而诞生的综合性文化刊物,也是整个"五四"新文化运动期间新文化阵营向旧文化阵营进攻批判的主要阵地。《新青年》1915年9月创刊于上海,第一卷名为《青年杂志》,主编陈独秀在创刊号上发表的《敬告青年》一文提出了对时代青年的"六点希望"。1917年1月,《新青年》第二卷第五号发表了胡适的《文学改良刍议》,提出文学改良的"八事",也就是所谓的"八不主

义"。这是一篇最早正式探讨文学革新方案的文章,它的发表,是"五四"文学革命正式开始的一个重要标志。2月,《新青年》第二卷第六号又发表了陈独秀的《文学革命论》,更鲜明地举起了"文学革命"的大旗,提出了文学革命的"三大主义"。胡、陈二人的文章拉开了"五四"文学革命的大幕,标志着中国现代新文学的正式开始,胡、陈二人及《新青年》为中国新文学的正式开始立下了头功。

这一时期参加文学革命的干将们,致力于反对文言文,提倡白话文,同时在内容上反对"文以载道""代圣贤立言"的旧的文学观念,要求文学应是合乎人性的,表达个人的感情,代表个人的意志。钱玄同提出小说、戏剧为文学正宗的主张,改变旧文学轻视小说和戏剧的传统观念;周作人发表的《人的文学》《平民文学》《新文学的要求》等一系列文章,反映了他的"人的文学"等主张;介绍、翻译外国文学也是文学革命的重要内容,是当时作家文学活动的一个重要组成部分。

文学革命在创作上也取得了重大成就。鲁迅的《狂人日记》《孔乙己》《药》等文,以崭新的形式,体现对封建主义批判的深度和明显的现代意识,显示新文学的实绩。郭沫若、胡适、刘半农的新诗,体现了"五四"反抗叛逆、破旧创新的精神,冲破了旧诗格律束缚。叶绍钧、杨振声等的白话小说也为新文学奠定基础。1920年,白话文运动最终取得胜利,北洋政府教育部承认白话为"国语",通令国民学校采用。

1917年至1920年文学革命时期的文学思潮,现实主义占主导地位。民族危机的加重,使有志之士倾向于揭露社会黑暗、反映人民苦难的现实主义。他们的基本倾向是主张为人生的写实文学。以鲁迅的小说为代表,其清醒的战斗精神及以现实主义为主,融合浪漫主义、象征主义因素的创作方法,为新文学开拓了文学为人生的现实主义道路。浪漫主义成为这一时期另一股强大的文学思潮,其代表人物是郭沫若。他认为诗是感情的自然流露,《女神》中破旧创新的精神,对理想的热烈追求,对大自然的歌颂,天马行空式的想象,磅礴的气势,极度的夸张,直抒胸臆的抒情方式,充分表现出浪漫主义的鲜明特色,在当时的诗坛产生了重要影响。

总之,"五四"文学革命经过激烈斗争以及创作实践取得了辉煌的胜利,具有深远的意义。在思想上,它是中国历史上空前的一场文化大革新的组成部分。中国历史上还未曾有过如此大规模的彻底反封建的革命,因而,这场运动有力地冲击和扫荡了封建思想,对中国人民的思想大解放,对促进中国社会的进步,都有极重要的影响。在政治上,文学革命为新民主主义革命的到来做了舆论准备,同时它又是新民主主义革命的重要内容之一。它对封建思想、封建文学的坚决彻底批判,唤醒了许多青年,对中国革命的发展起了很大作用。就文学本身而言,它宣告了漫长的中国古典文学的终结,宣告了中国现代文学的诞生,这是划时代的伟大转变。它使中国文学从禁锢束缚状态走向自由开放,从闭关锁国状态面向世界,开创了中国文学一个崭新的时代,同时对世界文学革命的发展做出了自己的贡献。

和"文学革命"新思潮相对立的,是复古主义思潮。新文学与复古派的斗争,由1918年钱玄同和刘半农的双簧戏拉开序幕,扩大了文学革命的影响。最早起来反对文学革命的复古派是林纾(1852—1924)。林纾是晚清著名的翻译家,先后译有狄更斯的《块肉余生述》,司各特的《撒克逊劫后英雄略》《十字军英雄记》,大仲马的《玉楼花劫》,斯托夫人的《黑奴吁天录》等数十部世界名著,在清末民初的文坛上影响很大,对新文学也有一定程度的影响。但是,他尊孔复古,反对新文化运动和文学革命,反对白话,维护文言,大肆攻击《新青年》,因此受到李大钊、陈独秀、鲁迅等人的反击。

林纾之后,向新文化新文学进行抨击的复古派主要有两个:一是20世纪20年代初期出现的"学衡派",二是20世纪20年代中期出现的"甲寅派"。

《学衡》杂志1922年1月创刊于南京,主要编撰者有梅光迪、胡先骕、吴宓等人。与林纾相比略有不同,他们大都从国外回来,以"昌明国粹,融化新知"为宗旨,以"学贯中西"自我标榜。梅光迪在《评提倡新文化者》中写道:"杜威罗素。为有势力之思想家中之二人耳。而彼等奉为神明。一若欧美数千年来思想界。只有此二人者。马克思之社会主义。久已为经济学家所批驳。而彼等犹尊若圣经。其言政治。则推俄国。言文学。则袭晚近之堕落派。"吴宓也把对西方进步思潮和社会主义学说的宣传诋毁为"专取一家之邪说"。此外,《学衡》杂志又重复胡先骕在"五四"前夕写的《中国文学改良论》一文中的许多论点,反对以白话代文言,反对语文合一,主张文学上的模仿。胡先骕在《学衡》第1期中作文反对白话诗,认为白话诗"仅为白话而非诗"。

1925年,章士钊的《甲寅》在北京复刊(《甲寅》杂志原为月刊,1914年创刊于日本东京),改为周刊。章士钊曾留学英国,当时担任段祺瑞政府的司法总长兼教育总长,自称是新旧之间的一个"调和派"。"女师大"风潮、"三一八"惨案前后,《甲寅》周刊刊载当权政府的许多文件,并发表评论硬说进步师生"越轨",为当权政府辩护;还鼓吹"读经",主张恢复科举制。章士钊在1925年9月《甲寅》周刊第1卷第9号上重登了他在1923年8月已经发表过的《评新文化运动》。接着又在第14号上发表了《评新文学运动》。在这些文章里,他认为"吾之国性群德,悉存文言,国苟不亡,理不可弃";并直接诽谤白话文,"盖作白话而欲其美,其事之难,难如登天"。刊物上发表的其他一些文字,也都主张"欲求文体之活泼,乃莫善于用文言",甚至公开提出取消"白话文学"这一名词。

针对以《学衡》杂志和《甲寅》周刊为代表的复古思潮,《向导》周报和《中国青年》及时地发表文章,指出这一股复古逆流在政治上与封建势力有千丝万缕的联系,并号召进步的思想界联合起来,向"文学中之'梅光之迪'等"反动思想势力"分头迎击,一致进攻"。鲁迅及许多新文化和新文学运动拥护者也先后参加了这场论争。

《学衡》出版后不久,鲁迅即对这批新的复古派展开了斗争,指出他们"学了外国本领,保存中国旧习。本领要新,思想要旧。要新本领旧思想的新人物,驼了旧本领旧思想的旧人物,请他发挥多年经验的老本领。"他在1922年写的《估〈学衡〉》里,以实际例子,揭出他们并非如自己认为的那样"学贯中西"。鲁迅接着又就《学衡》上那些以中学自炫的文章,逐篇批驳其内容谬误和文字不通,说明他们"于旧学并无门径,并主张也还不配"。名曰"学衡","衡了一顿,仅仅'衡'出了自己的铢两来,于新文化无伤,于国粹也差得远。"章士钊虽然研究过逻辑,并以博古通今自命,但发表在《甲寅》周刊上的许多守旧派人物的复古主张,却往往不能自圆其说。鲁迅在《评心雕龙》等文中对他们的荒谬推理给予辛辣的讽刺。《十四年的"读经"》《古书与白话》则是针对《甲寅周刊》的"读经救国"、"废弃白话"而发的,指出"读经"与"救国"绝不相干,不过有些"学而优则仕"的人,想把它当作要把戏的工具。至于说白话文要做好，就得"读破几百卷书"，那不过是"保古家"的"祖传的成法"。鲁迅认为"古文已经死掉了"，而白话文也还是"改革道上的桥梁，因为人类还在进化"。在《再来一次》里，他用"以子之矛攻子之盾"的办法，利用复古派反对白话时所举的例子，嘲讽了章士钊把"二桃杀三士"解释为"两个桃子杀死了三个读书人"的谬误；在《答 KS 君》里，又将章士钊的"旁加密圈"，自视名句的"得意之笔"，加以分析，指出他的骈文没有融化，急于闲扯，所以弄得文字庞杂，有如泥浆混着沙砾，字句和声调都陋弱可哂。"倘说这是复古运动的代表，那可是只见得复古派的可怜，不过以此当作讣闻，公布文言文的气绝罢了。"此外，郁达夫的《咒〈甲寅〉十四号〈评新文学运动〉》、成仿吾的《读章氏〈评新文学运动〉》、健攻的《打倒国语运动的拦路"虎"》、获舟的《驳瞿宣颖君〈文体说〉》、唐钺的《文言文的优胜》等不少文章，针对《甲寅周刊》及其他守旧派所列举的反对白话文的种种理由，分别说明了文言改白话不是"避难就易"而是"去繁务实"；"活人要说活人的语言，没有模仿古人的必要"；白话自由活泼，既便于表达思想感情又有利于国语普及；白话文可写成美文，而"文言文实质上并不比白话文美"。沈雁冰的《驳反对白话诗者》说明旧诗声调格律拘束思想，而白话诗破弃一切格律规式，"并非拾取唾余，乃是见善而从"。这些文章大都有论有据，进一步阐发了白话的长处。

这场与复古派的文白之争此起彼伏，持续了四五年之久，虽然不是有组织地集中进行的，却再一次显示了新文化运动和文学革命的威力。《学衡》和《甲寅周刊》的挣扎是反对文学革命的尾声。从此以后，复古的声浪日趋低落。

在批判复古论调的同时，新文学阵营还不断地同鸳鸯蝴蝶派展开斗争。鸳鸯蝴蝶派"文学"滋生于半殖民地的"十里洋场"，风行于辛亥革命失败后的几年间，虽然有少数作品在某种程度上暴露了社会黑暗、家庭专制和军阀横暴等，但其总的倾向却不外乎"卅六鸳鸯同命鸟，一双蝴蝶可怜虫"，正如鲁迅说的是"新才子+佳人"，"相悦相恋，分拆不开，柳荫花下，象一对蝴蝶，一双鸳鸯一样"。文学革命兴起后，这类作品的地盘日益缩小。但在复古声浪中又纷纷抛头露面，与新文学争夺读者。一度中断的《礼拜六》周刊于 1921 年 3 月复刊。而《半月》《红杂志》《快活》等期刊以及专登这类作品的小报也纷纷出现。《玉梨魂》《兰娘哀史》《情网蛛丝》

等小说重复风行。这些刊物标榜趣味主义,长篇小说大都内容低俗,思想空虚,"言爱情不出才子佳人偷香窃玉的旧套,言政治言社会,不外慨叹人心日非世道沦夷的老调"。在对鸳鸯蝴蝶派的斗争中,文学研究会的成员写了许多文章揭露这类作品对读者的腐蚀。沈雁冰在《自然主义和中国现代小说》一文中,指出鸳鸯蝴蝶派在思想上是"游戏的消遣的金钱主义的文学观念",在艺术手法上是"记账式"和"虚伪做作"。郑振铎的《血和泪的文学》指出:"我们所需要的是血的文学、泪的文学,不是'雍容尔雅'、'吟风啸月'的冷血的产品。"创造社及其他进步文学社团也积极参与对鸳鸯蝴蝶派的斗争。鸳鸯蝴蝶派的刊物和作品到20世纪30年代以后逐渐衰亡,这派人物后来起了不同的变化。

在与各种复古派斗争的同时,新文化统一战线的分化也愈来愈趋于明显。在"问题与主义"论争以后不久,《新青年》编辑部逐步发生分裂。胡适因为《新青年》日益成为宣传马克思主义的刊物,于是退出该刊,在1922年另办《努力》周报,提倡"好政府"主义与"联省自治"。他开始倡导"整理国故",列出一张将近200部的《一个最低限度的国学书目》,一反以前的主张,列入并"表彰"了《三侠五义》之类宣传封建主义的作品。这种做法引起鲁迅的不满,批评说:"少看中国书,其结果不过不能作文而已。但现在的青年最要紧的是'行',不是'言'。"1924年,陈源、徐志摩等创办《现代评论》,胡适亦积极参与。

第二节 新文学初期的创作实践

一、白话新诗的尝试与开局

胡适(1891—1962)是最早尝试新诗创作、最有代表性的初期白话诗人。1917年2月,他在《新青年》上率先发表《白话诗八首》。1920年3月,出版新诗集《尝试集》。这是中国现代第一部新诗集,影响重大。

1918年5月,刘半农在《新青年》上发表《卖萝卜的人》,这是中国现代最早出现的无韵新诗;同年7月,他又在《新青年》上发表《窗纸》和《无聊》等作,这是中国现代最早出现的散文诗。刘半农的著名诗篇还有《教我如何不想她》《相隔一层纸》《学徒苦》等。他的代表诗集有《扬鞭集》和《瓦釜集》。此外,初期白话诗的代表作品还有:沈尹默的《月夜》和《三弦》,周作人的《小河》和《山居杂诗》,俞平伯的《冬夜》和《西还》,康白情的诗集《草儿》,刘大白的诗集《旧梦》和《邮吻》等。初期白话诗人对中国诗歌的重大变革和贡献主要有两点:一是以白话写诗,将中国诗歌从文言语体中解放出来;二是创立了自由诗体、无韵诗体、散文诗体,将中国诗歌从旧诗词的体式中解放出来。这两大变革都是诗歌形式方面的变革,但其意义不仅仅限于诗歌形式上,它所触动的是附丽在形式上的种种传统心理、观念、意识。

  初期白话诗具有很浓的旧诗的味道,像胡适的新诗,有脱胎于格律体的,有演化自古乐府的,不少诗干脆是在词牌下填字。但是,初期白话诗人经过摸索,很快突破了旧诗体的束缚。稍晚从事新诗写作的沈尹默、周作人、康白情、刘大白等人,都写出了一些优秀的诗作。沈尹默的《月夜》就是一首比较出色的新诗了:"霜风呼呼地吹着,月光明明地照着。我和一株顶高的树并排立着,却没有靠着。"这首诗不仅描画出一幅动态的夜景,显示出一种幽远旷达的意境,而且在表达上也取得了节无定句、句无定字的充分自由。周作人的无韵诗《小河》和《山居杂诗》等都写得很不错。

  当然,初期白话诗毕竟只是新诗的开端,不可避免地存在诸多不足,比如缺乏情感和想象力,语言散文化,缺少应有的韵律美和节奏感,等等。不过,这些前进中的缺点随着新诗的发展渐渐得到了克服。

  早期的新文学小说家大致可以划分为"新青年"作家群和"新潮"作家群。在"新青年"作家群中,最能显示文学革命实绩的无疑是鲁迅。从1918年5月的《狂人日记》起,连同以后陆续发表的《孔乙己》《药》以及著名的《阿Q正传》等,都以勇猛彻底的反封建精神以及"表达的深切和格式的特别",激动了许多读者的心,并成为有志于新文学的年轻作家的学习典范。自鲁迅《狂人日记》之后,积极尝试白话小说的还有陈衡哲和胡适等人。陈衡哲是最早创作白话小说的女作家。她的《老夫妻》1918年10月发表在《新青年》上,是中国现代第二篇白话小说;1920年在《新青年》发表的《小雨点》,是中国现代最早的童话。

"新潮"作家群也是较早进行白话小说创作的,主要代表作家有汪敬熙、罗家伦、杨振声、俞平伯、叶绍钧等。汪敬熙的一些短篇,据后来出版的《雪夜》集"自序"所述,是"力求着去忠实的描写我所见的几种人生经验"的。技巧都很幼稚,但具有不同程度的生活实感。其中《雪夜》一篇,借贫苦家庭所遭困境的描写,对陷于不幸的妇孺表示同情,对卑劣暴戾的"一家之主"给予鞭挞。《一个勤学的学生》则对热衷于仕途者的心理做了细致的刻画。杨振声早年的短篇,有写人祸天灾使渔民遭困的《渔家》,军阀混战陷入于绝境的《一个兵的家》,逼少女嫁给"木头牌位"令其惨死的《贞女》等,都是较为浅露的速写式的作品,而作者的"极要描写民间疾苦"则又表明了新文学初起时的一般倾向。杨振声后来又发表中篇小说《玉君》,描述一个少女的爱情故事,从侧面揭露家族制度与包办婚姻的弊害,同时又突出地渲染了资产阶级自我完成的道德标准和处世风度。情节曲折,文笔洗练,在人物创造和生活描绘上,体现了作者"要忠实于主观"的创作主张。作品存在着过分"把天然艺术化"的缺点,不过构思精巧,意趣盎然,从许多地方可以看出作者艺术手段的成就和进展,在当时有较大的影响。初期新小说中,取材于下层人民生活的,还有欧阳予倩写军阀纵兵殃民的《断手》,叶绍钧写贫女屈辱无告的《这也是一个人?》《低能儿》等。郭沫若的《牧羊哀话》冰心的《斯人独憔悴》,则是以反帝爱国为题材的代表性作品。这些作者后来又各自在不同的文学体裁方面做出了不同的贡献。此外,一些后来并未以文艺为专业的作者,也在各个报刊上发表过若干散篇,如夬庵的《一个贞烈的女孩子》等,虽不成熟,却也有新的时代气息,跟清末民初以来的旧派小说显然不同。新小说自1918年开始登上文坛,在几年中,就能取得鲁迅称之为"上海的小说家梦里也没有想到过"的成绩,这正显示了新文学的巨大生命力。

"新青年"和"新潮"两大小说作家群的共同特点是:密切关注社会问题,以小说反映和讨论社会现实问题,把小说作为改良社会、改良人生的工具。

二、现代话剧的引入与演进

话剧源于欧洲,20世纪初传入中国。作为一种全新的外来艺术形式,话剧在中国近现代文学史上经历了一个从萌芽生长到成熟完善的发展过程。在这一过程中,中与西、新与旧、外来形式与民族传统如何有机地融为一体,成为中国现代戏剧工作者一直努力探讨并力图在实践中加以解决的焦点。胡适1919年3月发表于《新青年》上的独幕剧《终身大事》,是中国现代第一部刊载于正式刊物的话剧创作。1921年3月在上海成立了"五四"文学革命后最早的话剧社团"民众戏剧社",主要代表人物有沈雁冰、郑振铎、陈大悲、欧阳予倩、熊佛西等,创办了较早的话剧刊物《戏剧》月刊。该社主张创作为人生的现实主义戏剧。1921年冬在上海成立了"戏剧协社",主要代表人物有谷剑尘、应云卫、汪仲贤、欧阳予倩和洪深等。

在新文学初期的创作实践中,相对新诗和白话短篇小说而言,话剧剧本的创作作为一种独立的文学样式起步较晚。"五四"初期,话剧创作的主要收获是独幕剧,其艺术水准并不高,大部分作品的思想内容也很单薄,基本停留在对生活的故事化展示阶段。虽然如此,早期独幕剧的创作在中国现代话剧发展史上却占有相当重要的地位,为中国话剧的发展和成熟注入了新的活力。

"五四"时期的话剧创作,首先应提及的是胡适的独幕剧《终身大事》。该剧主要讲述了这样一个故事:中产阶级家庭出身的田亚梅女士,在留学日本时与青年陈先生自由恋爱,但回国后遭到父母的强烈反对,于是她以"孩儿的终身大事,孩儿该自己决断"为信念,毅然地"坐了陈先生的汽车去了"。该剧的故事情节可以明显见出易卜生剧作《玩偶之家》的痕迹,因而很多评论家称田亚梅为中国式的娜拉。剧本在艺术上虽然还很粗糙,但其思想内容的进步性和积极性是显而易见的。该剧在肯定和歌颂资产阶级民主婚姻观念的同时,也对当时中国社会的封建迷信思想和封建宗法制度予以坚决的否定和严厉的批判,作家将当时人们关注的社会问题用话剧的形式展示出来,发表自己的见解,启发观者思考,是一次有着重要意义的大胆尝试。

洪深主编的《中国新文学大系·戏剧集》中,选入了这一时期创作的独幕剧13部,包括欧阳予倩、田汉、郭沫若、丁西林等人的作品。其中,以丁西林(1893—1974)的独幕喜剧最为出色,堪称"五四"时期喜剧创作的一座高峰。

丁西林原名丁燮林,字巽甫,江苏省泰兴县(现江苏省泰兴市)人,1914年留学英国,专攻物理和数学。留学期间,他阅读了大量英文小说和戏剧,逐渐对文学产生了浓厚的兴趣,1923年至1930年陆续发表了《一只马蜂》《亲爱的丈夫》《酒后》《压迫》《瞎了一只眼》《北京的空气》等多部独幕剧。他以创作幽默机智的喜剧而著名,《一只马蜂》和《压迫》是他最具影响的作品。《一只马蜂》是一部格调优雅、结构精致、诙谐幽默的轻喜剧。它主要写了吉先生、余小姐为追求自由恋爱与吉老太太发生的家庭矛盾。作者没有直接写吉、余二人与吉母之间的冲突,而是通过一系列颇具情趣的喜剧场面加以表现,巧妙而圆满地突出主题。一方面温和地嘲笑吉老太太陈旧的婚姻观念,另一方面也婉转地表达了对恋爱自由的支持。该剧虽短,但构思精巧,取材于日常生活琐事,却在"无事"中创造了无法调和的戏剧冲突。如吉先生与余小姐兴趣相投,早已眉目传情,心有灵犀,但不知情的老太太,又想将余小姐介绍给侄儿做媳妇,这一做法引出一系列矛盾,增添了不少笑料。丁西林还特别注重情节结尾的戏剧性,认为"独幕剧的结尾特别重要"。在《一只马蜂》结尾处,正当吉先生拥抱余小姐时,吉母偏偏闯入,余小姐急中生智,用"一只马蜂"掩盖了真情,蒙蔽了吉母,圆满地打开僵局,具有强烈的喜剧效果。《压迫》写于1925年,是一出反映市民生活的幽默喜剧。剧本描写的是一个只肯把房子租给有家眷者的房东太太和一个要租房子却没有家眷的男客之间的矛盾冲突。当房东与男客处于僵局时,作者又插入了急于租到房子的女客,最后男客与女客冒充夫妻,愚弄了房东和巡警,僵局就这样出人意料地打开了。在剧中,作者充分动用了喜剧的夸张手法。从女客误认男客为房东,到后来发现男客和她处境相同,共同设法对付房东,写得十分曲折、生动。最有趣味的是,男客最后问女客:"啊,你姓什么?"在笑声中对房东以及当时的某些社会观念给予了极大的嘲弄。丁西林的喜剧在语言上也很有特色,对话简练、机智、含蓄,合乎人物在特定情境中的思想和心理状态。

丁西林在抗日战争爆发后的1939年到1940年间,还写了《三块钱国币》《等太太回来的时候》和《妙峰山》三部重要的喜剧作品。在这些作品中,以往机智的风格犹存,但已经达到了一个新的高度,尤其是在思想内容方面,爱与恨、现实与向往、揭露与歌颂都带有了鲜明的政治倾向性,充溢着抗战救国的激情。

除了胡适和丁西林，在早期的独幕剧创作中，欧阳予倩的《泼妇》《回家以后》也产生了较大影响。《泼妇》写于1922年，描写了另一个娜拉式人物素心与瞒着她娶妾的丈夫慎之决裂并携子离去的故事。这部剧着力围绕人物性格组织矛盾，展开冲突，使人物塑造随着剧情的发展而逐步得以实现，达到相当高的艺术水准。写于1924年的《回家以后》，则讲述了一个留洋学生陆治平在国外另娶玛丽，回国后欲与妻子吴自芳离婚却又因妻子的贤惠而眷恋不舍，决定重新处理自己婚事的故事。根据故事情节，这出戏很可能成为一场闹剧，但作家却在含蓄的笔调中谴责了不正确的婚恋观以及留洋学生的某些行为。除了主题的不同流俗，该剧情节紧凑，对话精当，充分体现了欧阳予倩丰富的实践经验和较高的文化素养。

20世纪20年代的话剧在艰难中缓慢发展，由于它是来自外国的"舶来品"，没有本民族的根基，所以发展就更为缓慢，直到20世纪30年代曹禺等人的崛起，现代话剧才有了真正的生机和迅速的发展。

三、现代散文的发生与发展

1918年4月《新青年》开辟了"随感录"专栏，刊发短小的时评或杂感，这是现代散文最早出现的品种。它是"五四"思想革命和文学革命的产物，是适应当时急遽的战斗要求而产生的。《新青年》"随感录"作者群的主要代表有鲁迅、陈独秀、李大钊、刘半农、钱玄同等。这种文体，经鲁迅等人的长期努力，变成了文艺性论文的代名词。后来《向导》等刊物上的"寸铁"专栏，也正是这一战斗武器的运用和发展。

李大钊所写的一些带文艺性的短论，针砭时弊，战斗性很强。从这些文字中，可以看到马克思主义最初在中国传播和人民反帝反封建斗争渐次扩展的时代侧影。《新纪元》等文以热情洋溢的语调，预言了十月革命后封建主义、军国主义"枯叶经了秋风"般的命运，号召"黑暗的中国"的人民迎着"曙光"前进；《混充牌号》以形象鲜明的比喻，提醒人们及早警惕那些挂着形形色色"社会主义"牌号表现了一个马克思主义启蒙者特有的敏感。《政客》《宰猪场式的政治》借助于逻辑的推论或巧妙的联想，三言两语就剖析出军阀政治的本质；《太上政府》《威先生感慨如何?》则义愤填膺,单刀直入,戳穿了帝国主义的面皮,暴露了它们的凶恶面目。这些也都显示了作者高于一般小资产阶级革命派的可贵之处。它们同《新青年》上鲁迅、陈独秀、钱玄同等人的"随感录"一起,产生了较大的影响。初期白话散文中,游记、通讯报告也占有重要位置;稍后更有抒情小品、随笔出现。这些都属于当时所谓"美文"类。用白话写这类文字,足以打破"白话只能作应用文"的陈腐看法,含有向旧文学示威的意思。但在内容上,还是以抒写闲情逸致者居多。较有社会意义的作品,应推瞿秋白(1899—1935)的《饿乡纪程》和《赤都心史》。

现代作家真正有意识地把散文作为一种文学体裁来创作,是从1919年开始的,是从以抒情和叙事为主的"美文"开始的。李大钊、冰心、鲁迅、周作人等都积极尝试和倡导美文。1921年6月,周作人发表了题为《美文》的文章,号召新文学作家致力于美文创作,对推动中国现代散文的自觉发展具有重要意义。随后,朱自清、郁达夫、郭沫若、瞿秋白、叶绍钧、徐志摩、俞平伯、钟敬文、梁遇春、丰子恺、林语堂、许地山、郑振铎等作家创作了大量现代散文,使散文成为"五四"时期各文体中收获最大的一种。

第三章　文学研究会

文学研究会是成立最早、影响最大的新文学社团,其成员在"为人生"的文学旗帜下,积极进行理论倡导和创作实践,为中国新文学的发展奠定了重要基础。

第一节　文学研究会概述

新文化运动和文学革命的发展,使形态各异的西方文艺思潮纷至沓来。新文学作家在选择和接受外来文艺思潮时,因为某种共同的文艺理念和创作倾向逐渐聚集成为文学社团。文学社团作为新文学实践的重要形式,在1921年后迅速在全国范围内铺开,形成一股声势浩大的潮流。

文学研究会成立于1921年1月,但一些主要成员在1919年就已经开始了文学活动。瞿秋白、郑振铎、耿济之、许地山、瞿世英等当时还在北京读书,他们创办了《新社会》旬刊,发表文章鼓吹变革社会,传播新思想。1920年5月,《新社会》被军阀政府查禁。此后不久,郑振铎等人又办《人道》月刊,最终也被当局查封。刊物两次被禁后,郑振铎接到了沈雁冰的邀请,提议共同组织一个文学社团,来支持沈雁冰正着手改革的《小说月报》。经过酝酿和商讨,周作人、朱希祖、耿济之、郑振铎、瞿世英、王统照、沈雁冰、蒋百里、叶绍钧、郭绍虞、孙伏园、许地山十二位列为发起人,由周作人起草了《文学研究会宣言》,并在《晨报》《新青年》《民国日报·觉悟》等京沪报刊上发表。文学研究会的成立,标志着新文学运动有了更为明确的目的和正式的组织,拉开了中国现代文学史上文学社团风起云涌的序幕。

文学研究会成立后,主要以北京和上海为活动中心,组织形式除总会之外还有分会,其规模也很快扩大,正式登记的成员就有170多位。文学研究会的成员多,成分也杂,有小说家、诗人、散文家、剧作家、翻译家、音乐家,也有学者、编辑,甚至政论家。1925年前文学研究会的活动比较活跃,但"五卅惨案"后整个社会陷入了大动荡之中,文学研究会因为其成员纷纷做出新的选择和探索而开始分化。到1927年,文学研究会就只有一些骨干成员依然坚守阵地,维持基本的社团活动。1932年《小说月报》停刊,文学研究会的活动悄然终止。

文学研究会虽然发起人多数是当时有名望的学者和作家,但成员主要是20多岁的青年。茅盾、郑振铎、叶绍钧、王统照、许地山五人是文学研究会的骨干人物,在文学研究会的发起和发展中一直起中流砥柱的作用。而当时文坛又把茅盾和郑振铎视为文学研究会的"双柱"。郑振铎(1898—1958),笔名西谛,是一位思想先进、行动活跃的进步青年,五四运动爆发后积极地投身到革命斗争的洪流中。他曾担任过《文学研究会丛书》《文学旬刊》《小说月报》的编辑工作,在文学研究会和其他文学势力发生论争时,他总是积极地予以反驳,维护文学研究会的阵营,为新文学的理论建设做出了重大贡献。茅盾是文学研究会著名的文艺理论家、批评家。1921年他接编和改革《小说月报》,使之成为文学研究会的重要阵地。叶绍钧、王统照、许地山是文学研究会自始至终的活跃会员,文学研究会之所以能够存在那么久,与他们的坚持与创作是分不开的。

文学研究会最初的阵地是《小说月报》,1921年5月又创办了《文学旬刊》,附在上海的《时事新报》上发行,从1923年7月第81期开始,改名为《文学》(周刊),1925年5月又更名为《文学周报》,改为独立发行,出版第380期后于1929年12月停刊。1922年1月,文学研究会还在上海创办了中国新诗史上第一个新诗专刊——《诗》月刊。《诗》月刊到1923年5月终刊,共发表新诗500余首,诗论20余篇,为中国新诗的发展做出了自己的贡献。

文学研究会主张"为人生的艺术",是现实主义的文学社团。它在成立宣言中强调:"将文艺当作高兴时的游戏或失意时的消遣的时候,现在已经过去了。我们相信文学是一种工作,而且又是于人生很切要的一种工作;治文学的人也当以这事为他终生的事业,正同劳农一样。"这一句话表明其成员对文学持有共通的态度。茅盾后来进一步解释说,这个态度"在当时是被理解作'文学应该反映社会的现象,表现并且讨论一些有关人生一般的问题'",而"文学家所欲表现的人生,绝不是一人一家的人生,乃是一社会一民族的人生"。文学研究会"为人生的艺术"的文学主张,既把新文学与游戏消遣的旧文学区别开来,又体现了以社会思考和人生探索为文学必要内容的文学功利观。

文学研究会"为人生"的文学主张是承继《新青年》和"新潮社"的文化与文学传统而来,与周作人所提倡的"人的文学"一脉相承。茅盾在阐述这一主张时,提出文学者的责任是要把人和文学的关系认识清楚,文学的目的就是要综合地表现人生,尤其是被压迫的劳苦大众的社会人生;认为文学是社会生活的写照,要多描写社会的悲剧,用分析的方法来找到悲剧存在的根源并解决。郑振铎认同文学为人生的观点,但是主张把"人的文学"简化成为"血和泪的文学史",注重文学对社会主体——人的情感教育,认为文学最终是通过情感的交流来化解问题。总之,"为人生的艺术"主张既是五四文学革命的产物,也是外来文艺思潮影响的结果。文学研究会的文学观念较多地受到19世纪以来欧洲的批判现实主义和自然主义文学,尤其是俄国的现实主义文学的影响。这种影响从理论上说虽然是笼统的,有时甚至是含混的,但在重视文学创作与社会背景的关联以及对文学真实性的强调等方面,却又是十分清晰的。

文学研究会的作家对文学的社会本质以及文学与生活的关系的认识,较为一致。他们要求文学反映社会现实,强调文学要有指导人生的作用,因此主张文学的内容是描写现实社会和自身的经历。在创作方法上,他们尊崇现实主义,追求文学的真实感和真实性。为了达到文学的真实性,文学研究会的作家都重视对身边社会生活的观察,力求在现实中找到写作的素材,融入真实、鲜明的感情,从而创作出优秀的作品。不过,也应该看到,文学研究会的作家对真实性的原则有各自的理解,从而表现出了彼此的差异性。比如冰心主张"心里有什么,笔下写什么""努力的发挥个性,表现自己",提出"表现自己的文学,就是'真'的文学"。庐隐却认为"艺术的结晶便是主观",朱自清则反对"模拟",主张"创造"。郑振铎更是把"美"看成文艺的生命。许地山宣布自己在艺术上"无派别",认为作家"直如秋夏间底鸣虫",只希望给人"解苦恼"。因此,文学研究会作家的文学创作并不齐整和统一,他们文学风格的差异化、艺术方法的多样化,促进了新文学园地的繁荣。

文学研究会在文学革命中诞生，也是在和各种文学势力斗争中成长的。其主要反对力量是旧文学阵营中的鸳鸯蝴蝶派、复古主义的学衡派和新文学队伍中的创造社。鸳鸯蝴蝶派形成于清末民初，代表作家有周瘦鹃、包天笑、徐枕亚、李涵秋、张恨水等。这些旧时代的文人，接受了新时代的一些影响，面向市民读者，倾向于将文艺当作茶余饭后的消遣品，强调文学的趣味性、娱乐性和秘闻性。文学研究会从成立之初就和鸳鸯蝴蝶派展开了斗争，一方面是二者的文学观念截然不同，另一方面是新文学需要从旧文学中拉出读者，占领阵地。茅盾和郑振铎是这一场斗争的干将，他们以《小说月报》和《文学旬刊》为阵地，大力批判鸳鸯蝴蝶派的文学观念，限制了鸳鸯蝴蝶派的影响范围。当学衡派攻击新文化、反对新文学时，茅盾等人也起来进行了针锋相对的斗争。除此之外，新文学阵营中的创造社也向文学研究会发起过挑战。文学研究会和创造社是五四时期两大文学社团。文学研究会追求"为人生的艺术"，而创造社追求"为艺术而艺术"。这种分歧导致它们从理论主张到创作实践都是针锋相对的，常常互不相容。但也正是这些论争使五四文坛充满了活力，给新文学创作以直接而又深远的影响。

五四高潮过去后，大批知识青年陷入彷徨和迷惘之中。文学研究会的成立，给了这些青年一条摒弃旧思想、探索未来的道路。文学研究会的作家关心民生疾苦，揭露社会黑暗，同情被压迫的民众，创作了大量小说、诗歌、散文，并且通过译介外国文学来试图找到真正的前途和光明。他们为中国新文学的成长和发展做出了重大的贡献。

第二节　问题小说与乡土文学

文学研究会的创作涉及小说、诗歌、散文等方面，而以小说的成就最为突出。这些小说题材广泛，风格多样，从不同的角度去描述社会人生，比较深刻地反映了普通人或下层民众的疾苦，表现了深厚的人道主义精神。

在文学研究会成立前，问题小说已经产生了重要影响，一些写问题小说的作家后来大多加入了文学研究会。问题小说是五四时期一些文学青年思考和探索社会人生的产物,内容大多和个性自由、婚姻家庭、伦理道德、妇女解放等现实问题相关,反映出这些年轻作家受欧洲和俄国现实主义文学,尤其是易卜生的问题剧的深刻影响,苦苦思索着人生和社会的问题,显示出他们强烈的社会责任感。

由于思想观念不同,问题小说的作者在探索人生意义时,对人生的思考并不一样。不过,冰心和王统照两位在问题小说创作阶段都把爱和美当作人生的价值和意义,小说的表现内容和风格是比较接近的。

冰心(1900—1999),原名谢婉莹,原籍福建长乐。五四运动爆发时,冰心正在北京协和女子大学读书,因受到新文艺思潮的影响而开始创作,1921年加入文学研究会。她的作品有小说集《超人》、诗集《繁星》和《春水》、散文《寄小读者》等。冰心是以问题小说步入文坛,并以问题小说闻名于世的。

冰心的问题小说代表作是《两个家庭》《斯人独憔悴》和《超人》。《两个家庭》与《斯人独憔悴》是五四高潮时的作品,针对社会黑暗和弊端提出与人生有关的问题;《超人》是五四退潮时的作品,针对知识青年的矛盾和苦闷,提倡"爱的哲学"。《斯人独憔悴》描述了青年学生颖铭、颖石兄弟俩积极参加爱国运动,遭到身为军阀政府官僚的父亲的强力阻挠,被停止了学业,软禁在家中,只能苦吟"冠盖满京华,斯人独憔悴"。故事的背景是"青岛问题",映射了当时的社会现实,作品的焦点是父子两代的矛盾,具有广泛的时代意义。颖铭和颖石的失败宣告了觉醒的青年并没有取得胜利,他们的苦闷真实地再现了五四时期一部分青年的精神面貌。这就是冰心在小说中所提出的问题:五四运动确实是让很多的青年觉醒了,但是他们热情有余而行动不足,缺乏斗争到底的勇气和策略,在顽固和强大的封建势力、侵略势力面前,他们便束手无策,被迫屈服。

受泰戈尔的影响,爱与美成了冰心小说的两大主题,这也是她寻找人生出路的一个结果。冰心写小说是"要感化社会,描写旧社会旧家庭的不良现状,叫人看了有警觉,方能想去改良"。"爱的哲学"是她的济世良方。《超人》的主人公何彬住在人员复杂的大楼里,来去匆匆,不和外界交往。真正自卑和悲观的人往往是用自傲来掩饰的,何彬就是这样。他用自闭来显示他的冷漠高傲,犹如一位"超人"。然而小说最终以一个孩子的名义让他明白了"世界上的母亲和母亲都是好朋友",

从而回归到母爱的温馨世界。这一改变,显示了冰心心目中"爱的哲学"的力量。何彬这位"超人"虽然有着不可捉摸的冷漠,但也不是顽固不化,无可救药。他是五四时期一些青年的典型,社会的动荡和思想的空虚让他们迷失在理想与现实的差距中,在自己迷茫的同时也把世界和他人虚无化,排斥世界又排斥自己。小说风格温婉细腻,注重内心世界的描写,语言隽永,具有诗化的特征。

1931年8月,冰心创作了《分》。作品采用梦幻手法,借两个刚出生的孩子的对话,揭示了社会贫富悬殊的现实。这标志着冰心的思想从早期的"爱的哲学"转向了对人生的关注,小说的现实感增强了。不过小说中的儿童视角和温柔细腻的女性体验,表明冰心创作风格在变化中保持了前后联系,体现了她一贯的温婉气质。1949年以后,冰心参加了许多国际文化交流活动。她创作的大量散文和小说,结集为《小橘灯》(1960)、《樱花赞》(1962)、《拾穗小扎》(1964)、《晚晴集》(1980)等,皆脍炙人口,广为流传。

冰心还是一位出色的诗人和散文家。她的诗集《繁星》和《春水》,是五四哲理小诗中的佼佼者。她早年的散文《寄小读者》,拥有众多的少年读者,也广受成年人的喜爱。

王统照(1897—1957),字剑三,山东诸城人,1918年考入北京中国大学英文系,1921年发起成立了文学研究会。他有长篇小说《山雨》《春花》,短篇小说集《春雨之夜》《霜痕》,诗集《童心》《夜行集》等。王统照坚持"为人生"的现实主义艺术追求,早期作品也属于问题小说。他在探求人生真谛时,把美和爱看作人生真善的境地,把改变现实的愿望寄托在乌托邦的想象中。《微笑》中的男主人公阿根因偷窃而被捕入狱,由于瞥见狱中另外一个女囚无意的一丝"微笑"而彻底地洗心革面,出狱后一心向善,成了一位工人。那位女囚也受了教会女医生的感化,从前的凶悍气质变成了温柔甜蜜的微笑。一个"微笑"居然彻底地感化了两个因犯,这种神奇只能说是作者的美好愿望,体现了博爱的思想。《沉思》中的主人公琼逸以磊落的襟怀当画家的裸体模特儿,以期画一幅表现人生"真美"的作品。追求她的记者、画家、官吏都想干涉甚至剥夺她追求美的自由,结果都失去琼逸。这位想借艺术之力给人生以光明的女孩是"爱"与"美"的象征,也是作者理想的化身。王统照的小说在艺术上借鉴了象征主义手法,往往"从空想中设境和安排人物","重在'写意'",近似于散文的写法,结构随意而和谐,语言优美,笔调清新,带有主观抒情的色彩。但是,王统照并没有沉溺于爱与美的虚幻中,1922年《湖畔儿语》等作品显示了向写实过渡的迹象,而1927年的《沉船》和《刀柄》则代表了他从问题小说步入乡土小说的艺术转向。1933年出版的长篇小说《山雨》全面展现了20世纪30年代北方农村衰败崩溃的图景,农民的觉醒预示着"山雨欲来风满楼"的形势,风格沉郁厚实,表明他在思想和创作上取得了重要的进展。

与冰心和王统照的人生价值观不同的是庐隐,她认为人生的支配者是无穷无尽的恨,总是怀着苦闷和彷徨的情绪来思考人生。茅盾称她是"'五四'怒潮中掀起来的觉醒的女性,是'五四'的产儿,也是'五四'时期的时代儿"。庐隐(1898—1934),原名黄英,福建闽侯人。受五四新思潮的影响,她1921年加入文学研究会,初期写的多是问题小说。代表作《海滨故人》发表于1923年,探究的是女性爱情、婚姻的问题。以露莎为中心的五个姐妹,经过五四的洗礼,每个人都在追寻人生的意义,并且在努力地寻找出路,却屡屡受挫,在泪水和伤痛中度过了苦涩的青春期。虽然五位女学生都意识到了自由和解放,然而她们只是看清了现实,却没有办法去改变自己所不愿意面对的现实,这种清醒的痛苦使小说笼罩在悲伤的色彩之中。《海滨故人》具有很强的自传色彩,露莎的学习和爱情生活是作者前半生的真实写照。露莎像很多小资产阶级知识分子一样,梦醒了无处可走,新思想只能引导她认识到自我存在的价值和意义,但是真正的答案却无从得到,无奈之中只能质疑:"究竟知识误我?我误知识?"她大胆地爱上了有妇之夫,但是囿于传统的观念只能做苦苦的挣扎,社会和爱情的谜团困扰着她,让她不知道何去何从。庐隐以露莎的口吻叙述了自己的生活和心路历程。《海滨故人》没有着意于人物形象和故事情节,将内心独白通过一种极其流畅自然的叙述方式流露出来,营造出感伤、哀怨、悲观的抒情氛围,给读者带来巨大的情感冲击。她的另一篇小说《或人的悲哀》,用书信体形式写女主人公亚侠在"情的苦海"和"知的苦闷"中挣扎,沉湖自尽,真实地反映了当时一部分尚未找到真正人生出路的青年知识分子内心的苦闷,可以说是充满了浓郁悲伤气息的时代特写。

冰心和庐隐,她们分别把人生的意义阐释到了两个极致:一个是温暖的爱与美,一个是消极的悲与恨,而人生观介于这二者之间的是许地山。许地山(1893—1941),名赞堃,字地山,笔名落华生,出生于台湾。1917年,考入燕京大学,1919年积极参加五四运动,同年11月,与郑振铎等人一道创办刊物《新社会》。1920年底,参与发起"文学研究会",1921年在《小说月报》上发表了处女作《命命鸟》,1925年,散文集《空山灵雨》、短篇小说集《缀网劳蛛》出版。由于受到家庭环境和自身成长经历的影响,许地山有深厚的宗教学养,通晓佛教、道教、基督教的教义,因此他的作品里有浓郁的宗教意识,充满异域风情和浪漫传奇色彩。许地山的小说通过描写被侮辱与被损害的弱小者尤其是妇女的生活和命运,表达了对黑暗的社会现实特别是封建伦理道德的不满,洋溢着人道主义的思想感情。《命命鸟》写一对缅甸仰光青年敏明与加陵,因其爱情受到家长的阻拦反对,结果双双沉湖自尽,用生命来换取爱情,幻想着可以寻觅到另外一片生命的净土。作者用缠绵哀怨的语调叙述一段纯洁的爱情,对这对恋人的悲惨遭遇寄予了深切的同情。《商人妇》中的惜官更是一个苦命的女性,对丈夫的真心实意和温顺体贴不但没有挽留住丈夫,反而被丈夫抛弃与转卖,其逃亡流浪、漂泊无依的生命渗透着浓郁的悲凉。《缀网劳蛛》中的尚洁也遭遇了诸多不如意。她与世无争、逆来顺受,逃离家族的希望因与长孙的结婚而破灭。她出于高尚的怜悯之情,为小偷包扎伤口,结果被逐出家门。这些女主人以一种超然的平静来面对生命中的种种挫折,积极和消极的取舍似乎都是一种宗教意义上的选择,其中隐含着作者开出的解救社会苦难的药方——宗教哲学。他认为人生苦恼,解脱的最好方式是自赎,以平静而达观的心态面对世俗痛苦,实现涅槃归真的极乐。许地山是主张"文学为人生"的,创作方法是现实主义的,但他不像鲁迅那般犀利、尖刻,也没有女作家那样的抒情、温婉,而是以宗教情怀及异域风光来显示自己与众不同的才华,这使得他的问题小说具有非常鲜明的特色。

问题小说的基本主题是探寻人生意义和价值,创作上受到了人道主义和浪漫主义的影响。作家用人道主义眼光去观察人,用浪漫主义情怀去阐释人生的意义,把爱和美视为人生的理想。随着岁月的流逝,现实社会的凄风苦雨最终消磨了问题小说的人道主义情怀和浪漫主义精神,加上题材狭小、描写的视野不宽,问题小说不久就被一种深深地根植于生活沃野中的乡土小说所替代。

现代乡土小说的开风气者是鲁迅。《故乡》《社戏》等小说在当时就被视为杰出的乡土作品,因此有人说鲁迅"是眼前我们唯一的乡土艺术家",鲁迅在《中国新文学大系·小说二集·导言》中说:"凡在北京用曲笔写出他的胸臆的人们,无论他自称用主观或客观,其实往往是乡土文学,从北京这方面说,则是侨寓文学的作者。"他又指出这些作品都是回忆故乡的,"因此也只见隐现着乡愁",20世纪20年代中期,在鲁迅的直接扶持和影响下,许钦文、台静农、王鲁彦、蹇先艾、冯文炳等一批文学青年成长为写农村题材并显示出一定特色的小说家。乡土文学作家群大多是文学研究会的成员,即使不是,其作品也显现出了文学研究会关注人生和社会的文学立场。文学研究会主张"文学为人生",重视"写实主义",提倡"乡土文学""农民文学",倡导"文学的地方色彩",直接或间接地推动了乡土文学作家群的形成。文学研究会的作家,在探索人生意义而得不到有用结果之后,把目光转向了自己最熟悉的乡村生活。他们发表了数量可观的小说,形成了中国现代文学史上乡土小说的一个高潮。这些作家中,作品数量比较多、成就也比较高的有许杰、王鲁彦、彭家煌、台静农等人。

许杰(1901—1993),字士仁,浙江天台人。1922年师范毕业,1924年小说《惨雾》在《小说月报》发表后,开始受人注意。此后三四年内,他写了一系列反映农村题材的作品,《惨雾》《大白纸》《台下的喜剧》等揭露了封建宗法制度与陈规陋习给乡村劳动者特别是青年妇女带来的痛苦,《赌徒吉顺》《隐匿》等篇则表现了沿海农村在资本主义侵袭下意识形态的变化以及正在发生的悲剧。许杰和其他文学研究作家一样,从写问题小说转到创作乡土文学,自觉遵循着现实主义的原则。《惨雾》写新嫁娘香桂的夫家和娘家两个村子为争一块地而发生大规模械斗的悲剧,有力地控诉了封建宗法制度。作品以粗犷的笔触描绘了原始的强悍民风和传统的野蛮习俗,把一个头绪纷繁、过程复杂的械斗事件写得惊心动魄,体现了作者善于组织安排故事情节的特点。《赌徒吉顺》写赌徒吉顺输钱后把妻子租给富绅陈哲生的故事。这是现代小说史上最早写典妻的作品,当然,它不仅仅是批判典妻这种封建制度,更重要的是揭露了吉顺典妻背后农村社会的深刻变化。正如茅盾所说:"吉顺堕落在赌的魔手中,一方面固然由于都市的罪恶伸展到农村,而另一方面也由于农村的衰败和不安引起了人心的迷惘苦闷,于是要求刺激,梦想发财的捷径了。在堕落中的吉顺,只奉一个上帝,就是金钱。他第一次拒绝了典妻,就因为他刚刚赢了钱;第二次他在名誉和金钱之间挣扎了片刻,终于还是金钱得胜。"作品通过细腻的心理描写表现出吉顺的畸形性格,吉顺的畸形性格显然是中国农村社会沦为半殖民地半封建这个大转变过程的产物。

王鲁彦(1901—1944),原名王衡,浙江镇海人。他18岁流浪到上海,20世纪20年代初在北京曾听过鲁迅讲"中国小说史",受益匪浅。个人的经历让王鲁彦对人生的体验别具一格。他的小说主要是短篇,有小说集《柚子》《黄金》等。对社会黑暗的不满使他深情地向往新生活,而现实的悲哀又让他失望,因此他把痛恨和不满融入滑稽的叙事当中去,在笑声中揭示人们的血泪史。茅盾说王鲁彦是"用人道主义的情感去抚摸农民的累累伤痕,去舔干农人伤口的积血,另一方面,用一无情的笔尖去挑开农人心灵创口上的纱布,用批判嘲讽的目光来藐视国民的劣根性"。短篇小说《柚子》以反讽的语言描绘了在长沙处决犯人时人们倾城出动、争相观赏的"盛况"。作者一方面讽刺了民众的看客丑态与嗜血心理,鞭挞了围观者的麻木和残忍;另一方面抨击了军阀政府草菅人命的残酷统治,这种抨击又是通过戏谑的笔调和大量的反语来实现的。《菊英的出嫁》描绘了浙东农村为死人办"冥婚"的陋习。作品写菊英母亲为了菊英的婚事而煞费苦心,从请媒人说合到最终的婚礼,菊英母亲没有丝毫懈怠。若是正常的婚礼,母亲为了女儿的婚事操劳让人尊敬,但是菊英母亲张罗的是已经死去了10年的女儿和另一个死人的婚礼,难免让人感到荒唐。小说中充实的物质铺张、忙碌的人物行为,反衬出人物精神的空白与生命意义的空虚。另一篇《黄金》则写出了乡村纯朴民风的衰落。乡绅史伯伯仅仅因为出门在外的儿子没有如期寄钱回家,就受到了村民的侮辱和欺凌,反映出20世纪20年代乡村"金钱至上"的世态炎凉。借助一支出色的笔,王鲁彦对乡村中失势的乡绅、无耻的痞子、贪婪的官僚都进行了无情的讽刺。

彭家煌(1898—1933),湖南湘阴人,字蕴生,又名介黄。1924年开始文学创作,著有短篇小说集《怂恿》《茶杯里的风波》《平淡的事》等。彭家煌做小说十分认真讲究,"没有粗制滥造的现象,作品往往要经过多次修改才拿去发表"。这使得他的乡土小说"有那特出的手腕的创制",比20世纪20年代一般乡土作家更加深刻圆熟,也更为活泼风趣。最能体现他这种喜剧风格的是《怂恿》。作品以端午节卖猪肉为情节酵母,写了乡绅兼地头蛇牛七利用家族势力与另一财主冯家斗法,将族内一对老实夫妇当作牺牲品的故事。作者在写老实的农民夫妇被人怂恿而受尽屈辱的同时,也把作为事件主使人——恶豪和讼师的丑态展现得一览无余。小说通过牛七阴险计谋的失败并陷入"赔了夫人又折兵"的困境,辛辣地嘲讽了地方封建恶势力,显示出强烈的喜剧性。真实生动的细节和饶有风味的对话活脱出小说人物的性格特点,如蛮横狡诈的牛七、懦怯昏庸的政屏、老实可怜又愚昧无知的二娘子、伶牙俐齿却不失单纯的禧宝等。《陈四爹的牛》描绘了牛倌周涵海的凄惨命运,由于他性格懦弱,逆来顺受,以至于经常受人欺负、压迫,把牛放丢了以后,周涵海选择了自杀,作品充满了人物性格与命运的双重悲剧意蕴。彭家煌的小说就是通过这种事件来揭示宗法制度下农民的愚昧、落后和野蛮。在艺术上,人物多样,动作滑稽,充满了洞庭湖边潮润的泥土气息。

台静农(1903—1990),字伯简,安徽霍邱人。1923年开始文学创作,出版小说集《地之子》(1928)、《建塔者》(1930)。《地之子》共收小说14篇,都是取材于乡间村镇极端闭塞落后的生活,通过平凡事件揭露封建制度的黑暗,倾吐着农村下层人民的辛酸血泪。台静农笔下的故事是阴冷的,如结婚本是一件好事,但《拜堂》的婚礼却不同寻常。汪二要娶寡嫂,选在深夜拜堂,因为汪二的大哥死后不到一年,嫂子的肚子里已经有了四个月的身孕,汪二的爹要把汪二的嫂子卖了凑个生意本钱,于是他们急着成亲,做这件"不光彩"的事情。在昏黄的灯光下孤零零地拜堂,写出了贫寒男女生存的凄凉苦涩和灵魂的战栗无奈,同时也表现了他们忍辱负重的生存意志和追求精神。质朴的人物、简练的语言、真切的环境,使作品富有艺术的感染力。台静农的小说也有"典妻""卖妻""冲喜"等封建陋俗的描写,在题材上与许杰有近似之处,但在阴冷气氛的制造上则更接近于鲁迅。鲁迅对台静农的小说给予了很高评价,他在《中国新文学大系·小说二集·导言》中说:"在争写着恋爱的悲欢,都会的明暗的那时候,能将乡间的死生,泥土的气息,移在纸上的,也没有更多、更勤于这作者的了。"台静农关注的不是农民生活上的清苦,而是人物精神的空虚和命运的无常。他的小说笔调简练、朴实而略带粗犷,有浓厚的地方色彩。

其他的乡土小说作家也都通过自己的笔,在乡村风俗的画卷上展开社会矛盾冲突。蹇先艾的《水葬》和《贵州道上》写出了贵州山区的乡土特色,许钦文的《父亲的花园》和《毛线袜》、黎锦明的《出阁》为读者展现的是浙东、湖南等地区的风俗民情。这些小说透过野蛮习俗,探究造成乡民愚昧麻木精神状态的社会的或阶级的原因,作品思想内涵深厚,感情真挚,具有较强的艺术感染力。

乡土小说的作者大都是从农村或者城镇走出去的知识分子,因此他们笔下的故事大多数是发生在自己所熟悉的故乡,展现的是故乡人物的现实生活和悲惨命运。但是,在笔法上他们却以批判的眼光去审视故乡风习,对愚昧和落后予以尖锐的讽刺鞭挞。在讽刺与批判的同时,作家又对生长于斯的土地有着情感上的依恋,于是在情感上是同情与批判、哀怜与讽刺互相交织。在艺术上,除了现实主义的创作方法和冷峻的讽刺艺术外,乡土作家在真实地讲述农民生活时注重运用本土语言来描绘风习民情,使小说饱含着泥土的气息。

20世纪20年代的乡土小说在近代以来的小说史上第一次提供了中国农村宗法形态和半殖民地形态的宽广而真实的图景,也为现代文学提供了一幅幅题材多样、色彩斑斓的风俗画。

在文学研究会的作家中,创作时间较长且风格变化比较大的小说家是叶绍钧。叶绍钧(1894—1988),字秉臣,笔名圣陶,江苏苏州人。代表作有短篇小说《潘先生在难中》(1924)、《夜》(1927)、《多收了三五斗》(1933)和长篇小说《倪焕之》(1928)等,堪称是最典型的人生派作家。叶绍钧的处女作,是文言小说《穷愁》,写的是下层人民的苦难生活,显示了他对现实社会的关注和认识。从1918年起,他开始用白话创作问题小说,《隔膜》和《苦菜》是代表。作品中有爱与美的倾向,但叶绍钧没有像其他问题小说作家沉浸在爱与美的幻想中,而是面向现实,用人道主义的武器揭露社会各个方面的矛盾。《隔膜》里的真正隔膜并不是时空的距离,而是人与人之间的心灵距离。精神上的互相隔绝和现实生活中的无聊敷衍,让隔膜的痛苦更加难受。《苦菜》写的也是不相知的悲哀,知识分子认为种菜是一种陶冶性情的乐趣,而在农民的眼中,种菜却是一种维持生存的无奈劳作。

第三节 诗歌和散文

　　文学研究会在诗歌和散文领域也取得了重要的成果。诗歌方面,文学研究会有一支力量雄厚的队伍,而且创办了中国现代第一个新诗专刊《诗》月刊。周作人、刘半农、刘大白、朱自清、冰心等,大多出版了自己的诗集。他们遵循"诗是人生的表现,而且还是人生向上的表现"的主张,坚持"真率"和"质朴"的写诗原则,表现了对于现实生活的感受和对于人生意义的追求。在创作新诗的同时,他们还积极地翻译外国的诗作和诗论,对中国新诗的发展起到了建设性作用。

　　刘半农(1891—1934),原名刘寿彭,改名刘复,字半农,有诗集《扬鞭集》和《瓦釜集》。刘半农是早期白话诗的代表,在新诗理论上也有重要贡献。《相隔一层纸》通过一纸窗户内外冷热贫富的鲜明对比,深刻揭露了旧社会尖锐的阶级对立和社会制度的不合理,表达了诗人改革现实的强烈愿望。《教我如何不想她》全诗只有四节,月夜、清风、海滨等意象营造了一个月夜海滨思念人的优美意境。每节都采用比兴手法,章法一致、句式相同,最后一句都用"教我如何不想她"。这种重章叠唱的方法使整首诗一唱三叹,回环往复,情韵绵长。这首诗经过赵元任谱曲后,迅速地流传开来,有人解之为游子对祖国的眷恋,也有人把它看作一首爱情诗。刘半农的诗或模仿民谣儿歌,或借用乐府歌行,语言通俗活泼,节奏自然明快,风格平易质朴,在新诗体式方面做出了独特贡献。

　　五四时期小诗的流行,与文学研究会一些诗人的译介与创作密切相关。1921年至1922年间,周作人翻译了日本的短歌和俳句,郑振铎翻译了泰戈尔的《飞鸟集》。正是受到日本俳句和泰戈尔诗歌的影响,加之对中国古典诗词的借鉴,小诗遂酿成风气,形成一派。冰心是最早写这类小诗的作者之一,且颇有影响,她的这类小诗被称为"冰心体"。她的《繁星》和《春水》两部诗集收录诗歌300多首,都是小诗佳作。这些诗多则三五行,少则一二行,注重刹那间感觉的捕捉,寄予了作者"爱的哲理",诗歌内容是歌颂自然、童真与母爱,贯穿着褒扬真善美的思想,在一定程度上反映了她对人生的追求、对黑暗专制社会的不满和愤恨,也袒露出心灵的烦闷和矛盾。在艺术上,它兼采中国古典诗词和泰戈尔哲理小诗之长,清新淡雅而又晶莹明丽,颇有艺术魅力。

文学研究会在诗歌创作方面所取得的成就受益于多方面的艺术借鉴。他们有的从古典诗词中吸取养分,音律和形式十分整齐;有的借鉴民歌的格调,清新质朴;有的倾向于行云流水的散文化写作;有的则是受到外国诗歌影响的结果。无论是借鉴了哪方面的艺术经验,文学研究会的诗人都坚持"为人生"的艺术追求,自由地抒写个人对人生的思索和对现实生活的感受。诗歌的形式自由,风格各异,对新诗的发展不乏推进之功。

中国现代散文是在五四新文化运动和文学革命的时代洪流中萌生和成长起来的。从议论性散文的兴起到抒情性散文小品的涌现,五四以来的散文一起步就走在现代化的道路上,并在短时间内获得长足发展与空前繁荣。其中的因缘有时代的背景,有外来的影响,也有文化的渊源。文学研究会的一大批作家写出了不少优秀的散文作品,如朱自清的《背影》、许地山的《空山灵雨》、丰子恺的《缘缘堂随笔》冰心的《寄小读者》等,为现代散文的绚烂多彩的局面做出了重要的贡献。

朱自清(1898—1948),原名朱自华,字佩弦。1916年考入北京大学预科,后加入新潮社和文学研究会。朱自清大学时代开始写新诗,最早以新诗创作赢得声誉。1922年出版与俞平伯等人的诗歌合集《雪朝》,1923年发表抒情长诗《毁灭》,次年出版诗文集《踪迹》。《毁灭》近300行,分八个层次展开。诗歌从生活的实感出发,率真地倾诉了生活"诱惑"对他的"纠缠"之苦,并"亟亟要求毁灭",从而抒发了那个大动荡、大分化的时代中一般知识分子悲怆、孤寂、苦闷、彷徨的思想情绪。诗风质朴明快,在文学研究会的诗人中具有一定的代表性。

但比起诗歌来,朱自清的散文成就更为出色。他是我国现代散文创作的大家,写有许多脍炙人口的散文名篇,在现代文学史上产生过深远影响。朱自清认为散文比诗歌更能够"表现着,批评着,解释着人生各方面"。他的散文集有《背影》

(1928)、《欧游杂记》(1934)、《你我》(1936)、《伦敦杂记》(1934)等。朱自清的散文内容十分广泛,有描写风光景物、借景抒情的,如《荷塘月色》《绿》《春》《桨声灯影里的秦淮河》;有描述亲族、记述家事、忆念亲人的,如《背影》《儿女》《给亡妇》;还有揭露旧社会的黑暗、批判统治者的罪行、表达民主爱国情怀的,如《生命的价格——七毛钱》《执政府大屠杀记》《白种人——上帝的骄子》《航船中的文明》等。

　　写于20世纪30年代的海外游记是朱自清严肃地进行艺术探索的典范,20世纪40年代后朱自清散文偏重说理,向着杂文的方向发展了。朱自清的散文在平淡中见情、于朴实中见真。以真挚的感情写自己的所见所闻,是朱自清散文的长处和魅力所在。《背影》就是其中的代表。这篇散文以"背影"为线索,通过描述家庭遭逢变故时父子别离的情景,表现了真挚的父子之爱,淳厚的人情之美。文章写平凡的人,记日常的事,全凭真生活、真感受和真性情,使其在当时誉满文坛,后来为人传诵。朱自清的散文具有娴熟的艺术技巧,首先就体现在构思缜密、布局精巧上。《背影》开篇点破题旨之后,却转而从回家奔丧写起,有条不紊而又要言不烦,直至全文文眼处"我"买橘子的场面,才放开笔来精细雕镂,写得委曲婉转,一波三折。那淡淡感伤与深深自责紧密交织的语调,为平实的叙述与"白描"的情事笼罩了浓郁的抒情氛围。朱自清散文的特色还体现在把抒情与叙事、描写与议论有机地融合在一起,想要表达的感情在文字之间不自觉地流露出来,自然而清晰。《桨声灯影里的秦淮河》即是如此,汩汩的桨声和朦胧的灯影勾画出秦淮河灯月交辉、轻歌袅袅的迷人景象,然而歌伎卖唱的现实扰乱了作者安宁的心境,美好的秦淮风物又承载着无法摆脱的抑郁和惆怅。情景交融,物我一体,在《荷塘月色》中表现得尤为明显,朦胧的荷塘、苍茫的月色、清风、流水、远山、淡树、荷叶、莲花、斑驳的灯影、树上的蝉声等,构成了一幅幽静优美的画面,作者置身其中,景迷幻,心迷茫,难以摆脱不宁静的苦闷和哀愁。朱自清散文的语言十分的凝练、典雅和清新。《背影》《儿女》《给亡妇》等散文如谈话一般,娓娓道来,纯正朴实,却又巧妙精到。《荷塘月色》极富文学韵味,其中"曲曲折折的荷塘面上面……"这一小段的风景描写,既有恰当的比拟手法,又有许多双声叠韵,读起来节奏和谐,音韵圆顺。

　　冰心是一个小说家,也是一个诗人,同时又是一个颇有成就的散文家。散文是冰心最喜爱的文学形式,她的第一篇白话散文《笑》,曾被称为新文学运动中最初的"美文"。1923年至1926年赴美留学期间她所写的《寄小读者》,以精美动人的通讯形式,给祖国的小朋友描绘了旅途的奇异风光,倾吐了对祖国故土的思恋之情和对亲人故友的眷念之心,成为我国现代文学史上较早的而且有着广泛影响的儿童文学作品集。另一部散文集《往事》,通过回忆"生命历史中的几页图画",抒发了在异国他乡的思母之情。其中的《南归》记叙了母亲从患病到逝世期间,一家人在生离死别时的骨肉之情,写得凄婉动人,是一篇难得的"至情至性"的长篇抒情散文。冰心的散文立意新颖,构思精巧,语言凝练,笔法细腻,在现代文学史上占有重要地位。郁达夫说:"冰心女士散文的清丽,文学的典雅,思想的纯洁,在中国好算是独一无二的作家了。"

文学研究会的其他散文作家也有自己的特色,如叶绍钧的散文平实从容,舒徐有致,有社会之形和乡野之趣;许地山的散文空灵玄幽,有一丝人生的苦味,弥漫着宗教的气息;丰子恺的散文率真自然,活泼诙谐,流露出哲人的童心爱心与智者的匠心诗心。文学研究会众多作家创作了大量丰富的作品,风格千姿百态,形成了现代散文的良好开端。

第四节 翻译和研究

"五四"新文学的发生和发展与外国文学的译介密切相关。文学研究会作为当时力量最为雄厚的一个文学社团,在外国文学译介方面做出了很大的贡献。《小说月报》是文学研究会开展译介工作最重要的阵地。沈雁冰接编《小说月报》后,开辟了"海外文坛消息"栏目,综合介绍外国的文坛动态、作家情况、作品出版及研究情况等,内容涉及几十个国家和地区,范围包括小说、诗歌、散文、戏剧等各个文类。在当时通讯不发达的情况下,《小说月报》把世界文坛的大量信息传递进来,让中国读者迅速地感受到世界文坛新气象、新变化,为中国读者开辟了一片新视野、新天地。从此,中国文坛不再是封闭的,以自我为中心的,而是开放的,与世界文坛保持了实时联系和沟通。文学研究会译介外国文学除了编写简明消息外,还编辑出版专号、专栏和丛书。据统计,《小说月报》从改革后的12卷到终刊22卷,共译介了39个国家的304位作家及其作品804篇(包括长篇小说和多幕剧);《文学周报》(及其前身《文学旬刊》和百期纪念刊《星海》)1—7卷共译介外国文学作品282篇;《诗》月刊译介了日、德、美、法等国诗歌82首,《小说月报丛刊》5集,涉及12个国家的15位作家及其作品,《文学研究会丛书》中翻译了小说、戏剧、文艺理论、诗歌、童话等71种;北京文学研究会在《晨报副刊》上编辑《文学旬刊》,共82期,译介了15个国家的文学作品111篇。这种大规模的译介外国文学,从理论到创作为中国新文学的建设和发展做出了很大的贡献。

文学研究会译介外国文学往往根据自身及时代的要求选择相关的思潮流派和作家作品。在时间上,他们注重翻译外国近代、现代的文学;在地域上,他们多是翻译俄国的作品和世界被压迫民族的文学;在思潮上,他们着力介绍和倡导的是写实主义。文学研究会积极译介外国近现代文学作品,同他们面对现实、呼应时代的文学主张是一致的,也和他们希望拉近中国文学与世界文学的距离,促使中国文学迅速实现现代性变革的译介目的是一致的。由于中国与俄国在社会政治和革命思潮上的亲缘,以及文学研究会对现实主义文学的偏好,使得俄国和苏联的现实主义文学成为翻译者关注的焦点,大量优秀的作品被翻译和介绍进来。《小说月报》改编之后,就接连发表俄国的文学作品,包括连载长篇小说和设置《俄国文学研究》增刊等。俄国十月革命的胜利让中国知识分子深感振奋,它为中国指明了新的革命道路,作为思想引导的俄国文学作品也就自然成为译介和研究的首选。虽然被译介过来的果戈理、普希金、莱蒙托夫、屠格涅夫、陀思妥耶夫斯基、安德烈耶夫、阿尔志跋绥夫、勃洛克等作家的作品统称为现实主义不一定贴切,但他们的作品在中国被一律看作"人生派",使文学研究会"为人生"的文学创作既保持了与生活的高度一致性,又包容了各种各样的艺术流派和表现手法。正因为如此,俄苏文学对中国新文学的影响巨大,中国现代重要作家的文学修养和知识结构里几乎都包含有它的思想和艺术基因。如果说译介俄苏文学是为了学习,那么译介外国弱小民族的文学则更多的是同情和自勉。北欧、东欧诸多弱小民族的文学的翻译、评述等集中地发表在《小说月报》的第12卷第10号的《被损害民族的文学号》上。鲁迅翻译有《近代捷克文学概观》《小俄罗斯文学略说》等文章,茅盾也做了大量的工作,译介的范围包括芬兰、波兰、保加利亚等国家。当然,文学研究会的翻译者和研究者并没有完全排斥欧美国家的文学,如《法国文学研究号》《安徒生号》与《拜伦纪念号》等专号的出现就是明证。而对当时世界文学思潮和流派的介绍,文学研究会则有所侧重,最着力介绍和倡导的是写实主义。文学研究会倡导"为人生"的文学,要求确立文学与社会的密切关系,以及要求文学主动承担批评社会的使命。为了在理论上阐述这种文学主张,他们不得不借助西方写实主义思潮,因而对这一流派做了比较系统全面的介绍。在五四新文坛上,正是文学研究会通过不遗余力地译介和倡导,才有力地促成了西方现实主义思潮在中国的传播。对印象派、表现派、未来派、无政府主义、浪漫主义、感伤主义等其他思潮流派,文学研究会也有少量的介绍,尤其是文学研究会还第一次引入了弗洛伊德的精神分析学,这对长期存在"性"禁忌的旧中国来说是一记强大的冲击波,对文学创作和研究不可避免地产生了重要影响,为五四新文学更好地理解和表现人性提供了理论依据。文学研究会通过对外国文学思想、原理和作品的译介,给当时迫切需要理论指导的五四新文学提供了根本性的帮助,也为中国新文学的健康发展提供了环境。中国的政治大门已经打开,中国的文学发展也不可能再故步自封,积极地参与到世界文学进程中是新文学发展的必然趋势,文学研究会的这一举措也是其主要的成就。

在译介外国文学的同时,文学研究的成员也没有忘记本民族的优秀文化。整理中国旧文学是文学研究会所做的另一项重要工作。《小说月报》在倡导和发表新文学的同时,还开辟了"整理国故与新文学运动"栏目,在上面展开关于国学的研究和讨论,这在新思潮盛行的大背景下,是难能可贵的。在整理国学方面卓有成就的有郑振铎、郭绍虞、赵景深等人,其中郑振铎对中国古典文学整理的重视是最值得关注的。从1923年郑振铎接管《小说月报》以来,他就把当时被很多人遗弃的中国传统文学提上了重要的地位。首先,郑振铎在《小说月报》上为古典文学的研究和整理开辟了专栏,鼓励当时研究者重视古典文学,并且为他们展示成果提供了阵地。1926年《小说月报》增加的特大刊《中国文学研究》,可以说是文学研究会研究古典文学成果的集中地,从诗经楚辞汉赋,到魏晋南北朝文学,再到唐诗、宋词、元曲、明清小说,择优而论,并且对经常为人所忽视的民间文学也做了大量的整理。这些成果成为后来治古典文学者不可忽略的资料。其次,郑振铎提倡整理古典文学,肯定古典文学的价值。他在《新文学之建设与国故之新研究》中,主张要用科学的方法来研究旧文学,不是一味地埋头研究,而是要有选择地研究,取其精华,去其糟粕。五四运动以来,中国传统的文学在很多情况下是被当作新文学的对立面来批判的,对传统文学的继承和批判也构成了现当代文学一条发展的脉络。提倡古典文学研究的价值在现在看来是很显而易见的事情,但是放到当时时代背景来看,郑振铎的这一认识是十分具有前瞻性的,他能从思想流派很复杂的文学现象中重视到古典文学,确实为古典文学整理起到了重要的作用。最后,郑振铎在提供阵地、积极倡导的同时也身体力行地做了很多相关的整理工作。他发表过《水浒传的演化》《三国志演义的演化》《杂剧的转变》《元曲叙录》等文章。郑振铎本人的古典文学知识积累是相当丰富的,由他主编的插图本《中国文学史》也是现在比较通行的一个版本。文学研究会翻译外国文学和整理中国典籍的工作为新文学提供了良好的发展环境,使之能够在与外国文学和古典文学的融会贯通中健康地发展。

文学研究会既译介外国文学,又整理中国古典文学,在这两项工作共同进行的过程当中,难免会让有心的研究者发现中西文学的差异,从而萌生了比较文学的研究。周作人、茅盾、郑振铎等一些有文学识见的人都曾发表过相关的文章。郑振铎的《研究中国文学的新途径》提出了一种新的研究方法,即研究中国历代的文学受到了多少西方文学的影响,这些影响体现在哪儿。这一研究方法的提出可以说是中国现代比较文学与世界文学研究的发端。对中国古典文学的批判与继承,对外国文学的译介和借鉴是中国现当代文学发展的两大主要线索,而这两条线索在新文学发端不久,就在文学研究会的作家和翻译家这里得到了融合。与其他一些文学社团专注于某一个方面相比,文学研究会两者兼顾的思想显得十分的重要。在中外文学互相影响、紧密结合的视野中,文学研究会在创作与批评、译介和整理等各文学领域中积极探索及实践,为新文学的继续发展培养了一批逐渐成熟的作家和理论家。

第四章　创造社与新月社

创造社作家侧重自我表现,较少客观描绘。无论是诗歌、散文还是小说、戏剧,都带有浓重的主观抒情的色彩。在他们的作品里,对于当时黑暗污浊社会所怀的不满,主要不是渗透于现实本身的细密描绘和深入剖析之中,而是直接发为大胆的诅咒和强烈的抗议。

新月社取名于印度大诗人泰戈尔诗集《新月集》,曾于1926年借北京《晨报副刊》出过《诗刊》和《剧刊》,对新诗和戏剧发展有过一定贡献。该社政治上宣扬"自由"与"民主",强调"人性论",在文艺上主张"艺术至上"和"天才论"。

第一节　创造社概述

创造社1921年6月在日本成立,发起人为郭沫若、郁达夫、成仿吾、张资平,田汉、郑伯奇和穆木天也是其中重要的成员。创造社成立后,出版了《创造》季刊(1922年)、《创造周报》(1923年)、《创造日》(1923年)等,还编辑出版了一批丛书。以1925年9月《洪水》半月刊的发行为标志,创造社进入了后期。随后又创办《文化批判》《创造月刊》,倡导革命文学。

创造社成员是一些才气横溢、不甘居人后的留日青年学生。他们得知国内文学研究会成立的消息,受到鼓舞,商量着要自己来成立一个同人团体,倡导一种新的文学运动。他们所倡导的文学运动的"新",是相对于文学研究会"为人生而艺术"而言的"为艺术而艺术"。郭沫若说:"我们的主义,我们的思想,并不相同,也并不必强求相同。我们所同的,只是本着我们内心的要求,从事于文艺的活动罢了。""诗人写出一篇诗,音乐家谱出一支曲子,画家绘成一幅画,都是他们感情的自然流露,如一阵春风吹过池面所生的微波,应该说没有所谓目的。"郁达夫强调:

"文艺是天才的创造物,不可以规矩来测量的。"成仿吾认为,"专求文学的全与美,有值得我们终身从事的价值"。这些话道出了他们反对文学的功利性、尊崇内心要求、重视天才和灵感的浪漫主义文学观。

创造社倾向于浪漫主义,与时代的影响和这些成员在日本留学的经历有关。郁达夫说:"五四运动的最大成功,第一要算'个人'的发现。从前的人是为君而存在,为道而存在,为父母而存在,现在的人才晓得为自我而存在了。""为自我而存在",使青年人打破了封建礼教所设定的道德限制,解放了个性,对未来怀着热切的期待。可现实并没有为他们提供良好的条件。他们正当人生的浪漫年龄,对爱情有美好的想象,可因为国家贫弱,在日本受到了歧视,心中常生起一种怀乡病。回国以后,他们目睹政治黑暗,社会动荡,个人的才能难以发挥,又常生出一种怀才不遇的空虚感,因而内心有痛苦、愤懑、失望的情绪要宣泄。更重要的是,他们在留学时广泛涉猎了西方文学,从卢梭、歌德、拜伦、雪莱、济慈、惠特曼那里接受了西方浪漫主义的影响,同时也受到了日本文坛正盛行的私小说的偏于主观表现的文风的感染。西方浪漫主义给了他们自我表现的抒情方式的暗示,日本私小说则把他们的艺术感受拉向了个人的身边琐事。这些因素通过创作实践融合成了重视自我表现、主观抒情的浪漫主义风格。

创造社成员个性鲜明,具有很强的流派意识。当《创造》季刊还在筹备中,出版预告就已经登了出来,还声称要打破"一二偶像"对文坛的垄断,矛头直指文学研究会。随后,郁达夫发表《艺文私见》,郭沫若发表《海外归鸿》《论国内的评坛及我对于创作上的态度》等文章,与文学研究会就文学的性质和功能等问题展开了论争。他们反对文学的功利性,认为创作要尊重个人的内心感受,因为"个人的苦闷,社会的苦闷,全人类的苦闷,都是血泪的源泉,三者可以说是一根直线的三个分段,由个人的苦闷可以反射出社会的苦闷来,可以反射出全人类的苦闷来"。而其中能不能写出真情最为重要:"艺术既是人生内部深藏着的艺术冲动,即创造欲望的产物,那么当然能把这内部的要求表现得最完全最真切的时候,价值最高。"真情是自然流露出来的,就像"命泉中流出来的调子,心琴上弹出来的旋律"。因此,"诗不是作出来的,而是写出来的"。所谓写出来,就是指不做作,让情感自然地流露。这样的文学观念,与文学研究会重视客观写实的"为人生而艺术"的现实主义文学观完全两样。创造社就用这种浪漫主义文学观,在五四文坛引领了一个新的潮流,形成"异军突起"之势,扩大了新文学的影响。

创造社的文学创作,以郭沫若的诗歌和郁达夫的小说成就最高。但张资平早期的小说创作也是有影响的。张资平(1893—1959),广东梅县人,在日本留学时开始创作,其处女作《约檀河之水》描写主人公与日本房东女儿的恋爱悲剧,以浪漫主义的抒情笔调表达了个性解放的要求。《冲积期化石》是新文学的第一部长篇小说,写韦鹤鸣自幼丧母,刻苦读书,后来留学日本,与酒楼女侍相爱,但遭到父亲反对,感到人生幻灭,悄悄走进了寺院。小说对辛亥革命后的社会现状有所批判,但艺术上比较粗糙。技巧趋于圆熟的是《飞絮》(1926年)和《苔莉》(1927年)。前者写一对青年的恋爱悲剧——刘教授把女儿许配给留洋博士吕广君,女儿琇霞却钟情于文学青年吴梅,婚非所爱,酿成了苦果。小说对男女青年的心理描写细致入微,是其显著的特色。《苔莉》在两性心理描写方面更为精细,苔莉为追求爱而背弃堕落的丈夫,与表弟相好。表弟既向往爱情,又想顾全名声,经过激烈的思想斗争,最后与苔莉双双跳海自杀。这类爱情题材的小说包含了对封建礼教的批判,但作者倾向于用生物学的观点解释人类爱情,模糊了情与欲的界限,这显然是明显的缺点。

创造社的陶晶孙和被称为创造社小伙计的周全平、叶灵凤、潘汉年等人的小说,穆木天、冯乃超、王独清的带有象征派色彩的诗歌,也是颇有成就和影响的。

1926年3月,郭沫若、郁达夫等人南下广州。同年5月,郭沫若发表《革命与文学》,提出目前需要的是"表同情于无产阶级的社会主义的写实主义的文学",宣布浪漫主义已成了反革命的文学,要对它"采取一种彻底反抗的态度"。这标志着创造社开始方向转换,告别了早期的浪漫主义阶段。

后期创造社的主要业绩是提倡革命文学。大革命失败后,郭沫若、成仿吾回到了白色恐怖下的上海,一批新从日本回国的青年,如李初梨、冯乃超、彭康、朱镜我,加入了创造社。新老创造社成员打出革命的旗号,把此前还没有产生广泛影响的革命文学口号发展为一场声势浩大的无产阶级文学运动。不过,由于受苏联和日本无产阶级文学运动中不良思潮的影响,也由于他们对中国社会缺乏深入了解,革命文学运动存在着一定的缺点,比如为了突出革命文学的先进性而片面地否定五四文学成就及其历史意义,因此与鲁迅等人开展了一场关于"革命文学"的大论战。

创造社的转向,即意味着它的分化。张资平1928年离开创造社后,选择了一条商业化的写作道路。郁达夫因为与郭沫若等人意见不合于1927年宣布退出创造社。郭沫若、成仿吾等人则走上了革命道路。成仿吾(1897—1984),湖南新化人,其文学成就主要在批评方面。早期,他坚持创造社的文学理念,对不同于创造社风格的其他文学流派的作品进行严厉的批判,被视为当时文坛的"黑旋风"。1928年,成仿吾发表《从文学革命到革命文学》,号召一切革命作家要"以真挚的热诚描写在战场所闻所见的,农工大众的激烈的悲愤,英勇的行为与胜利的欢喜"。这篇文章影响很大,成了新文学从五四文学革命发展到20世纪二三十年代之交的革命文学的一个重要标志。

第二节 郭沫若的创作

郭沫若(1892—1978),原名郭开贞,四川乐山人,他1919年发表新诗时用了"沫若"的笔名。郭沫若从小喜欢文学,唐诗中他喜欢王维、孟浩然、李白、柳宗元。少年时期,他读《西厢记》《西湖佳话》《花月痕》等古典名著。稍长,又开始读《楚辞》《庄子》《史记》,1914年留学日本,先入东京第一高等学校预科,后进九州帝国大学学医,开始广泛接触西方哲学,阅读泰戈尔、拜伦、雪莱、歌德、惠特曼等外国诗人的作品。

郭沫若通过歌德接触了荷兰哲学家斯宾诺莎的泛神论思想。斯宾诺莎认为"本体"即是神,神即是自然,这实际上是把宗教神学中的上帝泛化到了自然界的万物。郭沫若非常欣赏这种否定了偶像崇拜的泛神论思想。他还通过泰戈尔接受了古印度哲学著作《奥义书》中的"梵我同一"的思想,又从中国的庄子身上发现了"万物一体"的世界观。他把这些中外哲学家的思想综合起来,形成了他自己的泛神论思想,欣喜地宣布"诗人底宇宙观以泛神论为最适宜"。泛神,即是无神。从泛神再到"我即是神,一切自然都是我的表现",郭沫若把主体的能动性强调到了无以复加的水平,充分表达了五四时代的个性解放精神,也为他的注重幻想的浪漫主义诗学提供了哲学的依据。

郭沫若是怀着对国家和社会有所贡献的理想东渡日本的。但身为弱国子民,他在日本"受的是东洋气"。国内政治黑暗,这更使他心中充满了"民族的郁积",因而他曾写出《死的诱惑》这类带有感伤色彩的诗。五四爱国运动激起了郭沫若的热情,1919年9月上海《时事新报》文艺副刊《学灯》发表了他的两首白话诗,这鼓舞了他的创作热情。他说,从1919年的下半年和1920年的上半年,"便得到了一个诗的创作爆发期",几乎每天沉浸在诗的狂热中。《女神》中的大多数作品,就是这一时期写的。

1924年,郭沫若翻译日本马克思主义者河上肇的著作《社会组织与社会革命》,开始接受马克思主义思想的影响。在大革命高潮中,他的思想加速转化。1926年7月参加北伐。在"四一二"前夕,他写出《请看今日之蒋介石》,揭露蒋介石背叛革命,因受到通缉而逃亡日本。他在日本开始研究中国古代社会和古文字,著有《中国古代社会研究》《甲骨文字研究》《殷周青铜器铭文研究》等重要著作。

1937年秋回国参加抗战。20世纪40年代初,他连续创作了6部历史剧,迎来了创作的第二个高峰。1949年后,郭沫若长期担任中华全国文学艺术工作者联合会主席,先后担任过中国人民政治协商会议副主席、全国人大常委会副委员长、中国科学院院长等重要职务。

一、《女神》等诗歌创作

《女神》是郭沫若的代表作,1921年8月出版,总计57首诗。第一辑《女神之再生》《湘累》《棠棣之花》,是诗人学习歌德诗剧的产物,取材于中国古代神话、传说、历史,表达了自由、创造、反抗的主题。第二辑30首诗,分为"凤凰涅槃之什""泛神论者之什""太阳礼赞之什",诗风粗犷豪放,是受惠特曼影响、最能体现五四时代精神的作品。第三辑23首,分为"爱神之什""春蚕之什""归国吟",是《女神》中创作时间最早和最晚的一些作品,风格清新,带有泰戈尔诗歌的特点。

闻一多说:"若讲新诗,郭沫若君底诗才配称新呢,不独艺术上他的作品与旧诗词相去最远,最要紧的是他的精神完全是时代的精神——二十世纪底时代的精神。有人讲文艺作品是时代底产儿。《女神》真不愧为时代底一个肖子。"《女神》的时代性最集中地体现在它的反抗黑暗、追求光明、赞美自由解放的理想和狂放的浪漫主义诗风上。

《女神》鞭挞封建专制,呼唤光明,追求民主自由和个性解放。"茫茫的宇宙,冷酷如铁""黑暗如漆""腥秽如血",诗人发出了对旧时代的强烈诅咒和拷问:"你脓血污秽着的屠场呀/你悲哀充塞着囚牢呀/你群鬼叫号着的坟墓呀/你群魔跳梁着的地狱呀/你到底为什么存在"/《凤凰涅槃》他在诅咒旧时代的同时,把希望寄托给光芒万丈的"新生的太阳","太阳哟/你请把我全部的生命照成道鲜红的血流/太阳哟/你请把我全部的诗歌照成些金色的浮沤!"(《太阳礼赞》)。他所礼赞的是光明:"他从光明中飞来,又向光明中飞往。"(《心灯》)。他甚至希望做阿波罗的助手,把一切的暗云"驱除干净",迎来"光的雄劲"(《日出》)。《天狗》则表达了诗人强烈的个性解放和民主自由的理想:"我是一条天狗呀/我把月来吞了/我把日来吞!/我把一切的星球来吞了/我把全宇宙来吞了"他希望砸碎一切枷锁,期待自我的新生:"我飞奔/我狂叫/我燃烧/我如烈火一样地燃烧/我如大海一样地狂叫/我如电气一样地飞跑!"这里的"我",蕴含着惊天动地的气概和强大的生命力量。

《女神》歌颂彻底破坏、大胆创造的精神。《凤凰涅槃》就是一首破坏和创造的颂歌:凤凰厌倦了冷酷的世界,在除夕的晚上自焚。它们死而复生,变得更为鲜艳美丽,看到了更加美好灿烂的世界。由死到生,象征着祖国的新生、民族的新生、自我的新生。

《立在地球的边上放号》则描绘了这么一幅壮阔的图景:"啊啊!好一幅壮丽的北冰洋的情景呦!无限的太平洋提起他全身的力量来要把地球推倒/啊啊我眼前来了的滚滚的洪涛哟/啊啊不断的毁坏,不断的创造,不断的努力哟/啊啊!力哟!力哟/力的绘画,力的舞蹈,力的音乐,力的诗歌,力的律吕哟!"这些形象地展示了毁坏和创造的力量源泉。只有大时代,才具有这样通过破坏来创造新的世界的伟大力量。只有与时代共呼吸的诗人,才能最为充分地感受到这种伟大力量的存在,并期望它来改造世界。

《女神》表达了热烈的爱国主义情怀。郭沫若在《创造十年》中说:"'五四'以后的中国,在我的心目中就像一位很葱俊的有进取气象的姑娘,她简直就和我的爱人一样。"在《炉中煤》,他将祖国比喻为年青的女郎,将自己比喻成炉中燃烧的煤块:"我活埋在地底多年/到今朝总得重见天光。""我自从重见天光/我常常思念我的故乡,我为我心爱的人儿/燃到了这般模样地!",表达了对祖国一往情深地眷恋。在《地球,我的母亲!》中,诗人赞美"田地里农人"是"全人类的保姆","炭坑里的工人"是"全人类的普罗美修士"。他将地球想象成慈祥而伟大的母亲,从心底里喊出:"地球,我的母亲/我的灵魂便是你的灵魂/我要强健我的灵魂来/报答你的深恩。"《晨安》中,他向"我年青的祖国","我新生的同胞",向黄河与长江,向帕米尔高原和喜马拉雅山,向太平洋、大西洋一连喊出27个"晨安",请大家"快来享受这千载一时的晨光呀",看得出来,郭沫若的爱国主义情怀中包含着劳工神圣的思想和世界大同的理想。

《女神》赞美大自然的美。受泛神论的影响,郭沫若热爱大自然,他的诗几乎都是对大自然的礼赞。日月星辰,大江大河,春蚕秋蝉,一到诗人的笔下,都成了有灵性的生命形式,都是"神"及其意志的体现,也是自我及其意志的表现。"神"、大自然、自我,构成了"一的一切""一切的一"的关系,融合成为一个和谐的整体,达到物我无间的境界,就如他的《光海》一诗所写的:"无限的大自然/成了一个光海了/到处都是生命的光波/到处都是新鲜的情调/到处都是诗/到处都是笑/海也在笑/山也在笑/太阳也在笑/地球也在笑/我同阿和,我的嫩苗/同在笑中笑。"对大自然的这种态度,构成了郭沫若新的意识观念的一个重要部分。

郭沫若不是最早发表新诗的,但他在新诗发展史上担当了一个关键的角色。新诗打破旧诗词形式束缚后,面临着建构属于自己的诗学以推动新诗向形式自由而又富有诗意的方向发展的重大任务。郭沫若的贡献,就在于他发展了一种注重情绪节奏的自由体诗,把新诗的创作提高到了一个新的水平。《女神》的诗形打破了任何规范的限制,做到了"绝端的自由、绝端的自主"。数十首诗歌,长的数百行,短的就几句,诗剧、叙事诗、抒情诗,形式多种多样,不拘一格,把诗形的解放推进了一大步。但打破了形式的束缚,并非没有了诗歌的节奏。《女神》的节奏是内在的,是建立在情绪起伏的基础上的。郭沫若根据诗所要表达的内容,"随物赋形",用情感的起伏作为节奏的基础,保证了诗在自由体外形下具有内在的整体感和鲜明的节律。如《天狗》,受惠特曼诗风的影响,形式是粗犷甚至有点粗糙的,但诗人以"天狗"鲸吞日月展开神奇的联想,在象征性的诗歌意象中,塑造了一个大胆反抗、勇敢叛逆的抒情主体"我"的形象。全诗以"我"字领句,连珠排比,层层推进,气势磅礴,足以引起读者心灵的强烈震颤。从某种意义上说,诗形的粗犷此时反倒成了青春的狂放激情和力量的一种象征。

《女神》在艺术上呈现出浪漫主义的特色,这是一种富有阳刚之美的浪漫主义。这首先表现在它张扬个性的力度和激荡人心的气势上。郭沫若把诗人看作情感的宠儿,认为"诗的本质专在抒情",又特别强调"诗是人格创造的表现,是人格创造冲动的表现"。他青年时代的人格又是叛逆冲动型的,就像他自己说的:"我一有冲动的时候,就像一匹奔马,我在冲动窒息了的时候,又好像一只死了的河豚。"作为这种人格的表现形式,《女神》的许多作品,如《凤凰涅槃》《天狗》《立在地球边上放号》《地球,我的母亲!》《匪徒颂》《我是个偶像崇拜者》等,都有一个大胆叛逆、创造的抒情主人公形象。这个抒情主人公敢于打破一切偶像崇拜,冲决一切地张扬自我。他要去开辟洪荒,创造崇高的山岳、辽阔的海洋,鲸吞日月星辰,他要去再造一个新的太阳:

——破了的天体怎么处置呀?
——再去炼些五色彩石来补好他罢?
——那样五色的东西此后莫中用了!
我们尽他破坏不用再补他了!
待我们新造的太阳出来,要照彻天内的世界,天外的世界!

(《女神之再生》)

他反对在旧的基础上做修修补补的工作,主张推倒重来。这种恢宏的气势和狂放姿态,代表了五四一代青年从封建思想的牢笼中解放出来后对自我、对世界的一种自信、刚毅和喜悦的态度，表达了他们渴望自由解放的心声。在这样的艺术创造中，人的主体性得到了充分肯定，读者可以从中体验到强大的激情和不受任何限制的自由。这样的浪漫体验是超拔的，就像周扬在评价《女神》时说的："那辗转在封建重压之下要求解放的个性，不过是被堰拦住，只是徒然地在堰前乱流的'小河'的水，到他，这水便一下子泛成提起全身力量来要把地球推倒的无限的太平洋的滚滚怒涛。"《女神》因此成了新诗发展史上的一个极为重要的里程碑。

《女神》狂放的浪漫主义特色还表现在它的奇特想象上。郭沫若说："我是一个偏于主观的人……我自己觉得我的想象力实在比我的观察力强。"泛神论思想为他的想象插上了一对强劲的翅膀，使他可以超越常规，打破内外宇宙的界限，在与自然的对话和精神的漫游中写出这样的诗句："无限的太平洋提起他全身的力量来要把地球推倒"（《立在地球边上放号》），"我是一条天狗呀／我把月来吞了／我把日来吞了／我把一切的星球来吞了／我把全宇宙来吞了／我便是我了！"（《天狗》）他可以想象凤凰死而复生，可以向着"我年轻的祖国""浩浩荡荡的南方的扬子江""冻结着的北方的黄河"，向着恒河、印度洋、尼罗河，向着泰戈尔、华盛顿、林肯、惠特曼一口气喊出27个"晨安"（《晨安》）。这类超出日常经验的奇异想象，给诗歌增添了浓郁的激荡人心的浪漫主义色彩，也给读者一个惊奇，一种出人意料的喜悦。

《女神》以其富有阳刚之美的"男性的单调"开一代诗风，奠定了郭沫若在中国新诗史上的突出地位。《女神》之后，郭沫若还出版了《星空》《瓶》《恢复》和《前茅》等。

《星空》出版于1923年，收入1921年10月到1922年间创作的诗31首，戏曲3篇，散文4篇。构成《星空》的依然是巨大的形象：地球、大海、星辰和太阳，但这些形象的质感却与《女神》有了重要的区别，它们减弱了昂扬欢快的情绪，多了点彷徨、苦闷、感伤的色调。《冬景》写"世界末日的光景中"，地球在"海水怀抱"中"死了"，只有"泪珠在那尸边跳跃"。《献诗》写星星不再明亮，"有的是鲜红的血痕，有的是净朗的泪晶"，"那可怜的幽光之中含蓄着多少沉淀的苦闷"。这种低沉的情绪，反映了五四高潮过去后诗人内心一种趋向失望的变化。当然，也有一些抒写优美情感和美好想象的诗篇，比如《天上的街市》创造了优美的天上人间的神话世界,表达了诗人对民主自由生活的不懈追求。《星空》虽然少了点《女神》时代那种火山爆发式的情感,但诗艺趋于圆熟,语言更加凝练含蓄,感情也更为深沉蕴藉了。

《瓶》是一本爱情诗集,写于1925年春天,1927年出版。诗人抒写了对爱情的美好想象,具有委婉缠绵的浪漫格调,但更多的是写单相思的焦躁、苦闷和失望:"啊,海水荡着地球/地球是永远不动/波震着的我的心哟/你是只有呀终天的永痛!"《瓶》在形式上有所创新,42首诗,每首诗独立,合起来则是对一段恋情的完整展现。

《前茅》收1921年至1924年间写的14首诗,出版于1928年。《恢复》收1928年1月所写的24首诗,也出版于1928年。这两本诗集是郭沫若思想转变过程中的产物,明显地增加了革命的意识内容,但艺术上大多是"口号诗""标语诗",是用诗歌来直接传达革命时代的政治理念,因而缺少一点艺术的感染力。

郭沫若的诗歌创作一直持续到晚年,先后出版了《战声集》(1938)、《蜩螗集》(1948)、《新华颂》(1953)、《雄鸡集》(1959)、《潮汐集》(1959)、《骆驼集》(1959)、《东风集》(1963)等。不过,他后来的这些诗标语口号的倾向更加明显,艺术上再没有达到《女神》的水平。

二、小说与历史剧创作

除了诗歌,郭沫若还创作了40余篇小说、大量散文和一些很有影响的历史剧。他的小说分散在《塔》《橄榄》《水平线下》《地下的笑声》《豕蹄》等集子中,主要是受日本私小说的影响,写身边小事,具有自叙传性质,表达的是作家自我在人生路上的真切感受,如《牧羊哀话》《漂流三部曲》《行路难》《叶罗提之墓》《喀尔美萝姑娘》等。有些也容纳了一些现代派的观念和技巧,如《残春》写梦境对主人公行动的警告。他的散文有抒情小品和个人的自传,皆写得自然流畅,感情真挚。

郭沫若历史剧创作的成就和影响堪与其五四时代的新诗相比。收在《女神》中的三个诗剧《棠棣之花》《湘累》《女神之再生》,是他创作历史剧的最初尝试。不过,这些作品都是"想象力的产物,我不过只借些历史上的影子来驰骋我创造的手腕罢了",因而与其说是历史剧,还不如说是抒发他个人情怀的诗篇。到20世纪

20年代中期的《孤竹君之二子》《三个叛逆的女性》(《卓文君》《王昭君》《聂嫈》),剧情有所加强,但他仍然认为"创作家是借史事的影子来表现他的想象力,满足他的创作欲",宣称他的历史剧是"借古人的骸骨来,另行吹嘘些生命进去",即要为古人翻案。比如,把与司马相如私奔的卓文君改写成维护自己独立人格、追求爱情的时代女性,把昭君出塞的故事改写成昭君反抗元帝的意旨自愿出嫁匈奴,因而这些作品仍然是借历史来驰骋想象力的产物,重在表现时代精神,缺少真正的戏剧冲突,是不适合搬上舞台的。20世纪40年代初,郭沫若连续创作了《棠棣之花》《屈原》《虎符》《高渐离》《孔雀胆》《南冠草》6部大型历史剧。可以说,这是他浪漫主义诗情的再度爆发,迎来了他创造社阶段以后的第二个创作丰收期。

郭沫若20世纪40年代的历史剧,延续并发展了他早期历史剧的浪漫主义风格。这是因为20世纪40年代初,他蛰居重庆,个人自由受到国民党政府的限制,民族生存面临日本侵略者的严重威胁。个人的创伤与民族的创伤互相交结,使他得以从个人的愤怒来表达民族的愤怒,个性表现与时代精神的表达重新达成了统一。

在历史剧观念上,这时郭沫若依然强调剧作家对历史精神的主观把握。他说:"剧作家的任务是在把握历史的精神而不必为历史的事实所束缚。剧作家有他创作上的自由,他可以推翻历史的成案,对于既成事实加以新的解释,新的阐发,而具体地把真实的古代精神翻译到现代。"又说:"历史研究是'实事求是',史剧创作是'失事求似'。"所谓"失事",就是指剧作家可以不必拘泥于历史的事实,可以根据内心的要求来进行虚构,但这样的虚构从本质上来说又不能违反历史的精神;所谓"求似",即努力地去准确把握和表现历史的真实。这是一种浪漫主义的历史文学观。

就作品的主题和激情的性质而言,郭沫若20世纪40年代初的历史剧也延续了他早期历史剧的风格。基于相似的历史情境,他主要选择战国时期的历史题材来表达现实政治中团结抗战、反对分裂投降的主题,达到借古鉴今、以古喻今的目的,这与其早期历史剧借古人骸骨以表达现代人的思想的方法是一脉相承的。在这种借古鉴今、以古喻今的艺术创造中,剧作家的主观激情得到强烈宣泄,作品的战斗性得到充分发挥。而从《屈原》的"雷电颂"磅礴的气势、瑰丽的想象、粗犷的语言、奔涌的激情，以及崇拜毁灭，崇拜创造，崇拜火中，人们也不难联想起《凤凰涅槃》《天狗》等诗篇的"男性的音调"。当然，郭沫若20世纪40年代的历史剧不是他五四时期浪漫主义诗剧的翻版。比起他早期的历史剧，他20世纪40年代初的历史剧无论是历史容量、思想深度，还是艺术成就，都达到了新的水平。

首先，他20世纪40年代的历史剧是尊重历史精神与发挥主观想象相结合的产物，是他作为历史学家与诗人两种身份统一的象征。历史学家要求严谨，所以郭沫若对相关的史实详加考证。如《虎符》写信陵君窃符救赵的故事，依据的是《史记·魏公子列传》和《战国策》的一些材料。《孔雀胆》参照了《明史》和《新元史》。《高渐离》对主人公所用的乐器"筑"也做了详细考证。作为诗人，他则喜欢按照内心的要求展开丰富的想象。郭沫若没有让历史学家的身份束缚诗人的想象，也没有让诗人的想象损害历史的精神，而是让两者相辅相成，互相渗透，使诗人的想象更富有历史的内涵，使历史的故事增添了诗的瑰丽色彩，从而显示出他的独特风格。

其次，20世纪40年代的历史剧是历史精神与现实批判精神的统一。剧本分别取材于不同的历史时期，可都围绕一个基本的主题，即善与恶、公与私、合与分、爱国与卖国的斗争。这一主题并没有游离于他所依据的历史题材。无论是屈原"信而见疑，忠而被谤"的悲剧命运，高渐离刺杀秦始皇的壮举，还是信陵君冒险救赵的侠义行为，都贯穿了一条爱国主义的主线，体现了正义的力量要求联合抗暴反遭不测的历史悲剧，这是符合历史真实的。但它们又十分鲜明地影射着现实政治，体现了一种强烈的现实批判精神。正因为具有现实意义，所以它们的上演在当时激起了强烈反响。

最后，20世纪40年代的历史剧达到了诗与剧的统一，即除了"诗意的盘旋"，还有"剧情的统一"。这些历史剧围绕大是大非问题来组织矛盾冲突，人物的性格十分鲜明，情节复杂而且集中。像《屈原》，以屈原一天的经历来概括他一生的命运和战国时代诸侯国之间错综复杂的关系，塑造了一个爱国主义者屈原的光辉形象。《虎符》在合纵和连横的背景上，展现了魏国宫廷内部的激烈斗争。《高渐离》

写义士忍辱负重打入秦皇宫殿,见机刺杀暴君的惊险故事,其剧情都是惊心动魄的,富有动作性,有很好的舞台演出效果。作品的诗意既体现为人物性格从这矛盾冲突中碰撞出来的火花和他们激情洋溢的内心世界,又包含在剧作所引用的为数不少的诗歌中。这些诗歌不是一般的点缀和摆设,而是作品不可或缺的组成部分。它们反映了作者的诗人本色,作为一种抒情力量增加了作品的魅力。这种内在的激情和诗歌插曲所加强了的抒情氛围相结合,使历史剧的诗意趋向深沉含蓄,而不像他早期诗剧那样直露。

郭沫若的历史剧创作也持续到1949年以后。20世纪50年代末至20世纪60年代初,他创作了《蔡文姬》和《武则天》。这两个历史剧也是为古人翻案,体现了他对20世纪40年代历史剧浪漫主义风格的继承。他说:"蔡文姬就是我,是照着我写的。"剧中蔡文姬为继承父亲遗志忍痛归汉,回汉路上又日夜思念一对留在匈奴的儿女,来到父亲坟头一诉心中的委屈,这一切写得非常真挚。《武则天》的翻案意味更浓些,郭沫若把中国历史上唯一的女皇帝写成了一个有政治胆识、用人唯才、为人民谋利的好皇帝,明显是按照现实政治的需要来理解历史人物,并按这种个人的理解来重新设计历史人物之间的关系。这样写的优点是恢复了武则天长期以来被传统男权观念所蒙蔽的作为一个杰出政治家的历史面目,不足之处则是由于过分主观化,对武则天等历史人物的处理引起了当时和后来的不少争论。

第三节 郁达夫的小说

创造社最有成就的小说家是郁达夫。郁达夫(1896—1945),浙江富阳人,出生于一个破落的书香门第,受过古典诗文的良好熏陶,从小聪慧。1913年,他随长兄去日本留学,先进东京第一高等学校预科,1919年考入东京帝国大学经济学部。在高等学校的几年中,他读了大量西方文学名著。1921年7月年出版小说集《沉沦》,次年回国编辑《创造》季刊,积极参加创造社的活动。

郁达夫声称"文学作品,都是作家的自叙传,这一句话,是千真万真的"。他把小说当作自叙传来写,写出了他此时所感受到的青春期苦闷和一个弱国子民在日本留学时所遭遇到的种种歧视,因而他的小说一开始就带有浓郁的感伤情调。他的处女作《沉沦》,写一个从小就得了忧郁症的青年到日本留学,既受日本人的歧视,又遭同胞的误解,忧郁症越来越严重,终至于去酒家买笑,玷污了自己的情操,最后跳海自尽。小说重点是展示主人公内心的情感历程,不同于传统小说重视故事情节的写法。这招来了周围友人的怀疑,认为它不像小说。但这篇不像小说的小说发表后,却引起了热烈的反响,接连印出十余版,发行三万余册。巨大的成功,主要是因为抒写主人公对爱情的大胆表白,击中了时代青年的敏感神经:"若有一个美人,能理解我的苦楚,她要我死,我也肯的。若有一个妇人,无论她是美是丑,能真心实意地爱我,我也愿意为她死的。"这种毫不掩饰的倾诉,在引来守旧派激烈抨击的同时,也激起了五四青年的强烈共鸣。把年青人的心说软了。于是,"人人都觉得郁达夫是个值得同情的人,是个朋友,因为人人皆可从他作品中,发现自己的模样"。《沉沦》之后,郁达夫又写出《南迁》和《银灰色的死》。

1921年10月,他把3篇小说结集为《沉沦》,作为"创造社丛书"之三出版。综合来看,郁达夫早期的小说都是自叙传的写法,取材限于自我的个人经历,连形象也贴近作者的自我。比如小说中的人物,在《南迁》中叫"伊人",在《茫茫夜》中叫"于质夫",在《烟影》里叫"文朴",有的用"我"或"他",但其实都是郁达夫自我的不同侧面的写照,连一副相貌也往往与他酷似:"平正的面上,加上一双比较细小的眼睛,和一个粗大的鼻子。""颊上有一层红潮,同蔷薇似的罩在那里,眼睛里红红浮着,不知是眼泪呢还是醉意。"(《茫茫夜》)这种写法,让作品中人物的情绪成了描写的重点,情绪的起伏成了小说结构的基础。虽然作者也写到许多外部事件,但这些事件都是零碎的,缺乏因果连贯性,只在表现人物的内心冲突时才具有切实的意义。当然,"自叙传"与"自传"是有差别的。郁达夫也说:"并不是主人公的一举一动,完完全全是我自己的过去生活。读者若以读《五柳先生传》的心情,来读我的小说,那未免太过了。"按之作品,如《南迁》《银灰色的死》都以主人公死亡为结局,而郁达夫显然好好地活着。这说明,郁达夫相当程度上只是借主人公的死来向世人强调作者内心创痛的深广罢了,似乎非如此不足以表示他的痛苦和绝望。

郁达夫小说中写得最多的形象是"零余者"。"零余者",在19世纪俄罗斯文学中是常见的。他们出身贵族,有进步的思想和敏感的头脑,但优越的生活养成了他们的惰性,当历史变动到来时,这些人被抛出了正常的生活轨道,失去了行动的能力,因而只配哀叹着自己的不幸。郁达夫生活在中国,出身底层,与俄罗斯的"零余者"存在差异,但他生长在动荡的岁月,性格敏感,因而比一般人更多地感觉到人生无助的痛苦。当他从俄罗斯文学中读到"零余者"的形象,马上就引起了强烈的共鸣,就像他在《零余者》一文中所写的:"我忽而感觉得天寒岁暮,好像一个人漂泊在俄国的乡下"。于是,"我的脑里忽而起了一个霹雳",意识到我是一个真正的"零余者","生在这里,世界和世界上的人类,也不能受一点益处;反之,我死了,世界和社会,也没有一些儿损害"。很显然,这是基于相似命运而产生的情感触动,由情感触动所导致的一种思想启迪,一种对于自己的多余人身份的恍然大悟。对于诗人气质极浓的郁达夫来说,恍然意识到自己的"零余者"的身份,无异于使他从小就有、原本处于朦胧状态的忧郁情绪朝多余人的形象凝聚,因凝聚而加强了情绪的能量。那也等于给他创作暗示了一个主题和一种宣泄内心情感的方式,使他得以从自我的忧郁情绪出发,描绘、甚至夸饰多余人的种种病态心理,写出一篇篇充满感伤情调的作品。对郁达夫小说产生重要影响的还有日本的私小说。私小说是一种自我小说,写的是自我的身边小事,通过日常生活的描写来表露作者内心隐秘的体验,文笔纤敏,含着淡淡的诗意。这种小说在郁达夫留学期间正在日本流行,十分符合郁达夫敏于自我感受的个性,从而影响了他的创作。郁达夫的小说,无论是前期还是后期,对生活细节和大自然的美都十分敏感,描写贴近自我的感受,文笔细致,写景的片段富有诗意,这不能不说包含了日本私小说对他的影响,当然这也符合浪漫主义者回归自然、注重内心感受的特点。任何外来的影响都要通过内在的因素起作用。郁达夫所表现的伤感情绪,归根到底应该还是他自身所有的。他小时的忧郁情怀,在日本作为弱国子民所受到的心理伤害,回国后所感受到的种种失望,投射到他的小说中,就成了"伤心的种子",酿成了他小说的感伤抒情的风格。难能可贵的是,郁达夫总是把个人的哀愁与家国之思结合起来,从而使个人的情感有了较充实的社会内容。如《沉沦》的主人公跳海自尽前,遥望神州,含泪呼呼祖国快快强大起来,好使海外的游子不再受苦,这就在个人的感伤抒情中包含了爱国主义的主题。郁达夫小说争议最大的是他的"自我暴露",即对"性苦闷"的描写和渲染。郁达夫常把自我置于卑微的心态中,大胆展开灵肉冲突,不考虑感情的节制、欲望的掩饰,有时甚至夸饰颓废和变态的心理。《沉沦》描写窥浴、自虐,已经相当暴露。《茫茫夜》写于质夫混迹妓馆,寻求麻醉,情调更为颓废。后来的《秋柳》《寒宵》《街灯》,主人公越来越频繁地出入秦楼楚馆,与风尘女子相恋相悦,把那一点颓废进一步放大了。不过应该看到,这些在今天算不上优点,但在五四时代却包含了反封建的内容。中国人恪守礼法,对性的问题历来讳莫如深。郁达夫则从人文主义思想立场出发,把性看作人的一种天性,要通过其被扭曲的过程,表达对封建礼教的抗议和对人性解放的强烈呼吁。用郭沫若的话来说,"他那大胆的自我暴露,对于深藏在千年万年背甲里面的士大夫的虚伪,完全是一种暴风雨式的闪击,把一些假道学、假才子震惊得至于狂怒了。为什么?就因为有这样露骨的真率,使他们感受着作假的困难"。因而不难理解,在郁达夫的笔下,性的描写往往升华为一种文学的因素。

郁达夫的自我暴露,有人文主义思想的支撑,同时也与他"唯真唯美"的文艺观有关。他说:"艺术的价值,完全在一真字上。"而真实中最重要的他认为又是情感的真实,因而,"世上若骂我以死作招牌,我肯承认的。世上若骂我意志薄弱,我也肯承认的。骂我无耻,骂我发牢骚。都不要紧。我只求世人不说我对自家的思想采取虚伪的态度就对了",既如此,那么"我的心境是如此,我若要辞绝虚伪的罪恶,我只好赤裸裸地把我的心境写出来"。

郁达夫的小说,前后风格是有变化的。1923年,他创作了《春风沉醉的晚上》,写烟厂女工陈二妹与一个知识分子的"我"同病相怜,保持着纯洁的友谊,表达了朴素的社会主义思想和欲情净化的主题。《薄奠》作于1924年,写一个洋车夫与知识分子的"我"的交往。洋车夫没能实现买一辆车的理想,死于水灾;"我"怀着悲愤,送一辆纸扎的人力车去祭奠这个车夫,控诉眼前这个不公道的世界。这两篇小说是新文学中最早一批反映工人生活的优秀之作,现实主义因素有所增加,但从总体上看,还是侧重于表现"自我"的浪漫主义风格。

1927年的《过去》,是郁达夫小说风格转变的一个重要标志。周作人读了《过去》，特地写信给郁达夫，称赞他作风的改变和成熟。其实，《薄奠》的风格比它清新，欲情净化的主题也先于它在《春风沉醉的晚上》中出现。《过去》之所以被看重，主要是因为它说明郁达夫在处理灵肉冲突这类题材时，态度发生了变化。同是欲情净化的主题，在《春风沉醉的晚上》表现为面对纯洁少女时的灵魂升华，而《过去》则更多地带有自我忏悔的意味。郁达夫一贯喜欢夸饰颓废，可到了《过去》却注意起情感的节制，让李白时面对有情的寡妇老三，依靠自己的力量超越了情欲，达到灵魂净化的境界，从而使作品的风格由直露趋向含蓄。

已经形成的风格，是作家可以引以为豪的，但也往往是作家探索新的风格的重大阻碍，情感型的作家尤其如此。郁达夫虽然已经意识到必须改变创作的基调，跟上时代的步伐，所谓"走消极的路，是走不通了，我想一改从前的退避的计划，走上前路去"，甚至认识到时代需要新的风格："我们在这一个时代里所要求的，是烈风雷雨般的粗暴伟大、力量很足、感人很深的文学，就是我在前面所说的跃动的、有新生命的文学。"但他似乎一面在忏悔，一面又在重温，一面想改变以往的写法，一面又总喜欢用忧伤和痛苦来酝酿诗意，以致意愿与效果之间存在明显的落差。比如《迷羊》，他写王介成从处子的羞涩、情欲的苦闷到与女伶热恋的迷乱，直至沉溺于疯狂病态的生活而不能自拔。他想批判王介成的悲剧性格，但一落笔似乎就陷于感同身受的共鸣，过多的同情严重削弱了批判的力度。所以从《过去》开始，郁达夫的创作实际上进入了一个过渡时期：它是前一时期感伤风格的终结，又是后一时期新的风格的开端。

大革命失败后，社会斗争日趋激烈，时代要求进步作家站在人民一边。这使富有正义感的郁达夫加速从感伤的状态中走出来。在创作方面，他开始寻找新的路子，尝试用现实主义方法来反映民生疾苦，展现时代风貌，写下了《她是一个弱女子》和《出奔》等作品。但因个性所限，这些小说并没有发出他所预期的"力量很足、感人很深"的声音，艺术上并不成功。真正能代表他后期创作成就的还是那些优美的抒情之作。在这些浪漫抒情的作品里，他原先的颓废隐去，忧伤开始淡化。其中写得最好的，是作于1932年10月的《迟桂花》。这篇小说写"我"应邀赴翁家山参加朋友的婚礼，与朋友的妹妹同游五云山。"我"一时冲动，很快被大自然净化了欲念,心情复归、轻松愉快,表现了作者寻找纯真、返归自然的新的人生态度。

郁达夫是写景的能手。他用景物来反衬或调和人物的心境,表现了他对自然美的敏感和表现技能。没有这些写景的文字,郁达夫的小说就会显得"贫血"。但完全忘情于湖光山色,用大自然的美来衬托人物心境的淡泊平和,则是他后期抒情小说所特有的。《迟桂花》最动人的魅力还在于它优美景色中的那种独特情调。作者写山居幽暝、高秋时节晚钟的余音、朦胧的月色、晃动的树影以及"闻了好像宿梦也能摇醒"的晚桂香气,生活在这里的人与世无争,怡然自乐,情景交融,实在是一首优美而含着淡淡忧郁的田园诗。这种情调与风波浩荡的社会斗争隔了一层,但确能够安抚郁达夫这类知识分子受伤的心灵。

除了小说,郁达夫还写了大量散文,不少人认为其散文成就还在小说之上。这主要是因为他的散文写景抒情,深得古代小品文真切的神韵,做到了情景兼到,既细且清。这种特色也是他小说写景文字所具有的,因而郁达夫的散文与小说常常难以细分。一些作品,他有时编入小说选,有时又选在散文集里。郁达夫写得最漂亮的散文,是他20世纪30年代初的游记。此时的他,建"风雨茅庐"于杭州,游历各地的名山胜景,一路写来,结集为《屐痕处处》。这些游记情景交融,间有弦外之音,历来为人所称道。此外,他出版日记数种,也是散文中不可多得的上品。

抗战爆发,郁达夫的爱国热情再次燃起。1938年,他应郭沫若之邀赴武汉参加抗日工作,随后经福建南下,先后在中国香港、新加坡、印度尼西亚的苏门答腊等地从事抗日宣传。1945年9月,他在苏门答腊的武吉丁宜被日本宪兵秘密杀害,用热血为其爱国的一生画上了句号。

第四节 新月社与新月诗派

新月社1923年成立于北京,发起人有徐志摩、胡适、黄子美、蹇季常、张君劢、丁文江、林长民、陈西滢等,其成员大多有留学欧美的背景。1925年以后,闻一多、余上沅、梁实秋等陆续回国,也参加了新月社的活动。1926年4月1日起,徐志摩主持《晨报副刊·诗镌》,共出版11期,形成了一个以徐志摩和闻一多为首的诗歌流派,史称新月诗派。

1927年春,新月书店在上海成立筹办,胡适任董事长。1928年3月,《新月》月刊发行,创刊号上发表了徐志摩执笔的发刊辞《新月的态度》,倡导"健康与尊严"的标准,批评文坛上的"感伤派""颓废派""唯美派""功利派""训世派""攻击派""标语派""主义派"等所谓不良的文学现象。《新月》出至1933年6月停刊,前后5年43期,较为全面地反映了后期新月派的面貌,在中国现代文坛上产生了重要的影响。

1931年1月,徐志摩、邵洵美等人创办了《诗刊》,其宗旨是"以诗会友",促进诗的繁荣发展,作者主要有徐志摩、朱湘、闻一多、饶孟侃、陈梦家、邵洵美、方玮德、方令孺、刘梦苇、卞之琳、孙大雨、梁实秋、杨子惠、邓以蛰、林徽因、梁宗岱、曹葆华、宗白华等。由于徐志摩因飞机失事去世,《诗刊》出至1932年6月7日第4期《志摩纪念号》便告停刊。随着《新月》和《诗刊》的停刊,新月书店也于1933年9月关闭,新月社的活动至此画上了句号。

新月社的活动涉及政治、思想、文化、学术等各个领域。其中新月诗派在中国新诗史上处于十分重要的地位。这除了因为他们的新诗创作成就卓著,还由于闻一多等人提出了新诗格律化的主张,对中国新诗产生了重要影响。

新诗格律化的主张,是针对新诗发展中存在的问题提出的。胡适提倡白话诗以后,新诗打破了旧体诗的形式束缚,实现了诗体大解放,这是历史性的成就。但由于一些诗人过分地追求形式的自由,完全不讲节奏,不讲韵律,新诗出现了散文化的倾向,影响了新诗的诗性品质。新月派诗人最先意识到这一问题,闻一多在《诗的格律》一文中,对自然主义和浪漫主义的诗风提出批评,他解决问题的方法,就是新诗走格律化的道路。

闻一多的格律化,首先是指"节的匀称,句的均齐",即诗形上的"建筑美"。中国的旧体诗,也有诗形整齐的特点。但在闻一多看来,旧体诗只有不多的几种规定好了的格律,与诗的内容无关,而新诗的格律是无限多样的,因为它是按照诗情的表现需要由诗人来创造的。新诗的格律不仅不会限制诗情的表达,相反会使诗情表现得更美,他说:"恐怕越有魄力的作家,越是要戴着脚镣跳舞才跳得痛快,跳得好。只有不会跳舞的才怪脚镣碍事，只有不会作诗的才会觉得格律的束缚。对于不会作诗的，格律是表现的障碍物，对于一个作家，格律便成了表现的利器。"戴着镣铐跳舞，实质就是要求诗人在形式的限制内按照诗的内在规律来创造，并非只是消极地追求形式上的整齐。

闻一多新诗格律化的另一个要点，是"音乐美"，他认为音乐美是实现建筑美的重要条件："句法的整齐不但于音节没有妨碍，而且可以促进音节的调和……整齐的字句是调和的音节必然产生出来的现象。绝对的调和音节，字句必定整齐。"闻一多所理解的音乐美，是指音节的调和。旧体诗的音节调和，建立在文言单音节词的基础上。新诗用现代汉语，现代汉语以多音节词为主，所以旧体诗词所依据的平仄、对仗等形式技巧用不上了。新诗要做到音节的调和，就得另辟蹊径。闻一多的办法，是按照现代汉语语音的自然停顿划分出最小的语音单位"音尺"。音尺分二字尺和三字尺，把二字尺和三字尺按照一定的规律交错搭配起来，便能造成诗句的节奏。他的理论向人们表明，现代白话新诗虽然完成了对古典律诗的彻底反叛，但照样可以在内在层面上实现古典律诗的一些重要的审美功能。

闻一多新诗格律化的再一项内容，是"绘画美"。闻一多在美国学的是绘画，他对色彩比较敏感。这影响到他的诗学思考，他特别地提出了诗人要以具有色彩感的辞藻写诗，追求诗的视觉表达效果。他认为好诗必须有浓丽繁密而具体的意象，以增添画面的生动性。

新月诗人大多认同新诗要有诗性的节奏，但各人对于新诗格律的理解是有所侧重的。

闻一多的新诗"三美"理论，瞄准的是旧体诗的节奏感——他要立足于现代汉语的特点，让新诗也有中国旧体诗词那种抑扬顿挫的韵律。闻一多做到这一点，凭借的是对中西诗学的修养。他从西方诗歌中取得"音步"的概念，又从中国旧体诗中拿来"节奏"，把两者结合起来，形成了他的新诗格律理论。这就像他自己说的："我总以为新诗径直是'新'的，不但新于中国固有的诗，而且新于西方固有的诗，换言之，它不但要作纯粹的本地诗，还要保存本地的色彩，它不要作纯粹的外洋诗，但又尽量地吸收外洋诗的长处，它要做中西艺术结婚后产生的宁馨儿。"徐志摩也把音节看作"诗的生命",说"一首诗的秘密也就是它的内含的音节的匀整与流动",但他更注重诗的节奏的"流动",即诗的旋律感,而且他把节奏问题与"诗感"和"诗意"联系起来,他说:"音节的本身还得起源于真纯的'诗感'。""一首诗的字句是身体的外形,音节是血脉,'诗感'或原动的诗意是心脏的跳动,有它才有血脉的流转。"饶孟侃也同样把音节问题与情绪表现联系起来,而且认为"新诗的音节要是达到了完美的地步,就能够使读者从一首诗的格调、韵脚、节奏和平仄里面不知不觉地理会出这首诗的特殊情绪来",这显然深化了新诗的节奏理论。

正是在相近的诗学理念指引下,新月派诗人的诗歌风格虽有个人的特色,但大体表现出了共同的重视诗歌形式美,尤其是音乐美的特点来,并且都重视从中西诗歌传统中吸收营养,加以创造。

朱湘(1904—1933)是新月诗人中的重要一位,他原籍安徽,生于湖南沅陵,1925年出版第一本诗集《夏天》,另有《草莽集》《石门集》等。他在新诗史上的影响不及闻一多和徐志摩,却是新诗形式运动的健将。朱湘从西方古典主义和浪漫主义诗歌中得到启示,发觉"诗而无音乐,那简直是花无香气,美人无眼珠了"。于是他尝试各种西式诗体,如"四行""三行""三叠令""回环调""巴俚曲""英体和意体十四行"等。但问题回到如何实现音乐性时,他显然又不能完全照搬西诗的韵律技法,而要向中国古典的词学习。他说:"两年来作了许多诗,特别注重的是音节;因为在旧诗中,词是最讲究音节的,所以我对于词,颇下了一番体悟的功夫。"当然,他没有被词调缚住,而是根据内容表达的需要,确定一种有"节律"的"图案",各节沿用。这图案,常用长短句适当地搭配,语调轻重缓急交迭,音韵疏密宏幽相间,打破了词的固定形式,却吸收了词的韵律节奏的美。如他的《采莲曲》,各节完全对称,每节间用二言、五言、七言句,其中首节:

小船啊轻飘,

杨柳呀风里颠摇;

荷叶呀翠盖,

荷花呀人样娇娆。

日落,

微波，

金丝闪动过小河，

左行，

右撑，

莲舟上扬起歌声。

诗句中的音节由衬字"呀"而延长，产生悠扬的乐感，给欢歌荡舟的少女增添了几分妩媚和优雅。紧接的二言句"日落，微波"与"金丝闪动过小河"押韵，虽然有民歌风味，却如《花间·河传》的句式。温庭筠《河传·其一》有"江畔，相唤，晓妆鲜"，尽写江南采莲少女的天真烂漫，朱湘的句式正与此相近。朱湘这类极富民歌风和词味的诗，还有《棹歌》《摇篮歌》《婚歌》等。据罗念生、苏雪林等人的回忆，朱湘曾于晚会上诵咏《摇篮歌》，"其音节温柔飘忽，有说不出的甜美与和谐，你的灵魂在那弹簧似的音调上轻轻簸着摆着，也恍恍惚惚要飞入梦乡了"。可见其音节的魅力。朱湘的遣词造句，多受婉约词的影响，如句式："对长空""鸟凭风"(《棹歌》)是婉约词的风格；语词："翠盖""新罗"(《采莲曲》)，"月钩""新黛"(《催妆曲》)，"草妹""月姊"(《小河》)，味之甜腻，尤与"花间"相近。沈从文说朱湘"欲求'亲切'，不免'细碎'"，这缺点是存在的。

新月诗人中借鉴词的音律而在艺术上有所成就的绝非个别现象，如林徽因的《笑》《仍然》，方玮德的《幽子》《海上的声音》，方令孺的《诗一首》，陈梦家的《摇船夜歌》，杨子惠的《她》等，都不是豆腐干体，而是以委婉有致的旋律取胜。新月诗派的诗学探索，是有意义的。虽然新诗后来并没有完全按照新月诗人所设想的格律化道路发展，但他们的思考启发了后来的诗人认真地关注新诗在形式上的诗性特点问题，并去探索实现诗美的新途径。

第五节　闻一多、徐志摩的诗

一、闻一多的诗

闻一多(1899—1946),原名闻家骅,湖北浠水人。他1912年考入清华学校,1922年清华预科毕业,留学美国学习美术,1923年出版诗集《红烛》,1925年7月回国担任北京艺术专科学校教务长,并参加新月社。1928年出版第二部诗集《死水》,同年参与创办《新月》杂志。

闻一多作为新月诗派的主要成员,倡导新诗格律化,在中国新诗史上具有重要的影响,而在新诗创作方面,他实践自己的诗学理想,也取得了突出的成就。《红烛》中的诗,大多写于留美期间,分为"李白篇""雨夜篇""青春篇""孤雁篇""红豆篇"。"红豆篇"42首,抒写诗人在爱情和婚姻方面的矛盾心态。他感觉到包办婚姻的痛苦,但没有推卸作为丈夫的责任,"一字一颗明珠/一字一颗热泪",写出了心中爱非所爱的矛盾。"李白篇"集中表现了诗人早期诗歌对幻美的追寻。长诗《李白之死》,以月亮象征美,李白最后投水救月,是以身殉美。《剑匣》,着力于雕刻一个极其精美华贵的剑匣,大功告成后,"我"驰骋想象,兴奋得情愿用这象征着美的剑匣自杀,带有浓烈的唯美主义色彩。

爱国主义是《红烛》的一个重要主题。20世纪20年代的闻一多,坚持认为"东方的文化是绝对得美的,是韵雅的。东方的文化而且又是人类所有的最彻底的。"因而声称:"我爱中国固因他是我的祖国,而尤因他是有他那种可敬爱的文化的国家。"

他把一个游子在异国对家乡的思念与对中国传统文化的崇敬统一起来,写得真切动人。《孤雁》,写"可怜的孤魂"找不到安息的处所。《太阳吟》写游子幻想着驾六龙骖驾的太阳车,巡视地球,每天见一次家乡。《忆菊》则用华美的笔触,描绘菊花的五彩缤纷,争奇斗艳,来象征他心目中的美丽的祖国:"我要赞美我祖国底花/我要赞美我如花的祖国!"闻一多的游子情怀并不颓废,相反有一种壮烈的内质，这与他对祖国及其五千年的文化怀着崇高的敬意密切相关。

《死水》集是闻一多回国后写的作品。他目睹国家的政治黑暗、社会腐败，感到非常失望。《发现》这样写道：

  我来了，我喊一声，迸着血泪，
  "这不是我的中华，不对，不对！"
  我来了，因为我听见你叫我；
  鞭着时间的罡风，擎一把火，
  我来了，不知道是一场空喜。

这种失望的情绪转化成对社会现实的猛烈批判，因而《死水》不再有《红烛》对祖国的眷恋情绪，它的格调变得冷峻沉郁。如《死水》一诗，用发绿冒泡的一潭腐臭死水来隐喻中国："这是一沟绝望的死水/这里断不是美的所在/不如让给丑恶来开垦/看他造出个什么世界。"诗人由爱生恨，希望其早点崩溃，或许会产生新的希望。

这种态度明显地包含着一种压抑着的愤怒感情，这在《一句话》中猛烈地喷发出来了：有一句话说出就是祸/有一句话能点得着火/别看五千年没有说破/你猜得着火山的缄默/说不定是突然着了魔/突然青天里一个霹雳/爆一声："咱们的中国！"/这话教我今天怎么说/你不信铁树开花也可/那么有一句话你听着/等火山忍不住了缄默/不要发抖，伸舌头，顿脚/等到春天里一个霹雳/爆一声："咱们的中国！"一句"咱们的中国"，包含着闻一多对现状的愤怒和对祖国未来的希望。

《死水》的风格是冷峻沉郁的，但也有柔情似水的诗。悼亡曲《也许》："也许你真是哭得太累/也许，也许你要睡一睡/那么叫夜鹰不要咳嗽/蛙不要号，蝙蝠不要飞。"

他不许阳光拨女孩的眼，不许清风刷上她的眉，满腔的哀痛已升华为对亡女的无限爱怜。这风格就有点像婉约词。他的《渔阳曲》，明显地吸收了曲的音节组合，饶孟侃认为它的节奏是从全诗的音节中流露出来的一种自然的节奏，与《死水》依着格调用相当的拍子组合的混成的节奏有别。其实人心是一个神秘的宇宙，天赋的东西和各种文化的影响，错综复杂地决定着诗人的创作。因而，闻一多的诗风呈现多样的色调，是可以理解的。在诗歌艺术方面，闻一多前期的诗多用倾诉的语调，注重幻象的捕捉。到了《死水》这里，转而努力实践他自己的格律诗主张。《死水》一诗，典型地体现了他的"三美"标准，即通过"二字尺""三字尺"的交错安排，使诗句读起来抑扬顿挫，富有节奏感，这是"音乐美"；每一句诗包含数量相等的音尺，保证了"节的匀称，句的均齐"，看起来方方正正，这是"建筑美"；选用色彩感强烈的文字，加强诗情的表达，如"翡翠""桃花""罗绮""云霞"，这延续了他前期诗歌对色彩的敏感，是"绘画美"。不过，这种豆腐干体在闻一多的作品中也是少数，更多的是他依据诗情的特点来探索相应的形式，在变化中追求规范，从而表现出现代性的古典美的风格。

闻一多诗歌的魅力，主要还在于其幻想的奇特和意象的新鲜。《红烛》时期的意象，多是漂泊的游子、失群的孤雁(《孤雁》)、悲凉的秋色(《秋深了》)、荒芜的废园(《废园》)，包含着忧愁和寂寞。《李白之死》写到"死"，也是浪漫之极的死法，反映出他前期对"死亡"所持的神秘主义的轮回观念，即死是整个生死循环中的一个环节，不是生命在时空中的绝对结束。因此，他有时还有一种抑制不住的冲动，期望在美丽的死中求得一个圆满的归宿。在题为《死》的一首诗中，他这样写："你若赏给我快乐/我就快乐死了/你若赐给我痛苦/我也痛苦死了/死是我对你唯一的要求/死是我对你无上的贡献。"死亡似乎成了人生的一种仪式，一个美丽的象征，因而他要恳求死的降临："让我淹死在你眼睛底汪波里/让我烧死在你心房底熔炉里/让我醉死在你音乐底琼醪里/让我闷死在你呼吸底馥郁里！"这里，"死"的意象放逐了绝望和恐惧，转化为幻想中的一种浪漫姿态，说明诗人并没有真正体验到生存的困境，人们也很可以从中看出古代落拓不羁的文人做派的某些遗传。

《死水》时期的意象则有了变化。"死水"披着桃红翠绿的外衣，格外让人觉得现实的丑陋和生命的无望。闻一多对生命的存在有了更深的悲剧性感受，不再像前期那样单纯而轻飘地赞美死亡，而是承认生存的艰难，有了更强烈的现实感。于是，他可以与"死亡"的意象拉大距离，回过头来加以冷静的审视，产生了一种间离的反讽的艺术效果。

如《末日》,"我"静候着远道来的客人——死神,"露水在筦筒里哽咽着/芭蕉的绿舌头舐着玻璃窗/四围的垩壁都往后退",这些都是死神到来所呈现的阴森诡谲的景象。诗人并没有过多地表露自我的感情,他只是借助这些景象来反衬死神的冷酷无情和无所不在,暗示人力的微不足道,难以抗拒死神的捉弄和摆布。即使是《春光》这样一般可以写成欢快乐章的诗题,闻一多也仅仅是把"春光"的意象用作背景,来反衬要饭的瞎子的可怜。很明显,前期的闻一多的诗歌常做苦语,可骨子里缺少真正的苦情;后期的一些作品用语冷静客观,却是绚烂至极后的归于平淡,包含了诗人的无限悲愤和历史沧桑感的积淀,他的诗风也正因此而趋于沉郁。

值得一提的是,闻一多还是新诗戏剧化的先行者。他把戏剧的手法引入诗歌,写下了《罪过》《你指着太阳起誓》《大鼓师》《也许》《末日》《发现》《一句话》《洗衣歌》《忘掉她》《泪雨》《死水》《夜歌》《荒村》《飞毛腿》《闻一多先生的书桌》等诗篇。戏剧化成分的介入,把诗的主观化抒情提升为客观化的呈现,并把诗人自我隐去,达到了"非个人化"抒情的境界。这样,既避免了浪漫派诗歌的直抒胸臆,又在相当程度上克服了新诗格律化的某些消极影响,使诗艺趋向深邃而富有变化。

二、徐志摩的诗

徐志摩(1897—1931),原名徐章垿,浙江海宁人。1910年进杭州府中学,1918年留学美国,1920年10月到英国伦敦大学攻读经济学,次年转入剑桥大学,并开始诗歌创作。他于1923年初回国,与胡适等人发起新月社。1924年10月任教于北京大学,1925年主持《晨报》副刊,发起新诗格律的讨论。他可以说是新月诗派的"盟主",出版的诗集有《志摩的诗》《翡冷翠的一夜》《猛虎集》《云游》,散文集有《落叶》《巴黎的鳞爪》《自剖》《秋》,小说集《轮盘》,还有译作《曼殊斐尔小说集》等。

在新月诗人中,徐志摩是最擅长抒写个人性灵的一位。他自称"是一个信仰感情的人",又说:"我爱动,爱看动的事物,爱活泼的人,爱水,爱空中的飞鸟,爱车窗外掣过的田园山水,星光的闪动,草叶上露珠的颤动,花须在微风中的摇动,雷雨时云空的变动,大海中波涛的汹涌,都是在触动我感兴的情景。是动,不论是什么性质,就是我的兴趣,我的灵感。是动,就会催快我的呼吸,加添我的生命。"他用一颗纯真的心感知万物,捕捉其灵动的诗感,痴到要把"柔软的心窝紧抵着蔷薇的花刺,口里不住地唱着星月的光辉与人类的希望,非到他的心血滴出来把白花染成大红他不住口"。比如,他喜欢在月光下看雷峰塔静极了的影子——"我见了那个,便不要性命。"即使在康桥乡村,他也是陶醉于"草青人远,一流冷涧"。醉心于清丽的美,哪怕它带点颓废;多情,却又脱了俗气,这是富于东方精神的,令人想起"杨柳岸,晓风残月"的名句。徐志摩诗的好处,就在于能把这种东方情调用相应的优美音节表达出来。

《再别康桥》是他的代表作,写的是他1928年重访康桥后的离别之情:

> 轻轻的我走了,
> 正如我轻轻的来;
> 我轻轻的招手,
> 作别西天的云彩。

连用三个"轻轻的",仿佛是诗人踮着足尖像一股清风飘来,又悄无声息地离去,抒写了至深的感情。随后六节,写他对康桥的感受,无论是河畔的"金柳"、柔波里的"水草",还是天上的"星辉",都附上了诗人的感情,渲染出离别的感伤。在形式上,诗的每一节用同一种格式,体现了新月派诗人对诗歌形式美的共同追求,但徐志摩通过叠词、押韵、变奏等手法所创造的节奏,却要比闻一多的诗婉转得多了。他要的是"音节的匀整与流动",即在匀整中的流动,那种洋溢着诗意的波动性。

徐志摩温婉多情的个性,本身就是诗。《雪花的快乐》——半空里飞舞的雪花认准方向,消融进"她"柔波似的心胸,媚而不俗,处子情怀。

> 最是那一低头的温柔,
> 像一朵水莲花不胜凉风的娇羞,
> 道一声珍重,道一声珍重,
> 那一声珍重里有甜蜜的忧愁——
> 沙扬娜拉!

《沙扬娜拉》把日本少女的娇羞和脉脉含情写绝,勾起多少男儿的神往,却又不敢抱半点非分之想。徐志摩赞美女性的娇美,或抒发相思之苦,都是基于对女性人格的尊重和爱情高于名利的观念。即使是那些正面描写恋情、含着几分情欲的诗,像《她是睡着了》《我来扬子江边买一把莲蓬》,按说可能会失之直露,但徐志摩善于把情欲掩藏在香草、莲蓬等意象里,避免了庸俗的直白。《决断》则要恋人痛下决心,冲破世俗偏见的藩篱,奔向恋爱和自由的天地,充满反封建的精神。《两地相思》中"他"与"她",魂系对方,至诚的爱,相思的苦,有情人难成眷属的遗恨,交织在一起理不清头绪,固然美艳,可在追求爱的大胆勇敢里,包含着人格平等、爱情至上的现代意识,同样反映了五四时期人性觉醒的时代特色。

徐志摩的诗,甜而不俗,间有淡淡的幽香,这正是他可取的地方。《月下雷峰影片》第二节:"深深的黑夜,依依的塔影/团团的月彩,纤纤的波鳞——/假如你我荡一支无遮的小艇/假如你我创一个完全的梦境!"在月色朦胧的夜里,纵一叶扁舟,听潺潺的水声,岸列烟柳,塔依远山,什么忧喜得失,一切尽可以不想,你我又一切都可在无言中意会,让思绪随微风飘去,身心获得了彻底自由。然而这毕竟是一个梦境!诗歌着墨于月彩、波鳞、塔影,用叠词竭力渲染花前月下的情调,可它抒发的情思却是来自性灵的深处,沾满晶莹的朝露,洋溢着青春的激情。

胡适曾评价徐志摩说:"他的人生观真是一种,单纯信仰,这里面只有三个大字:一个是爱,一个是自由,一个是美。他梦想这三个理想的条件能够会合在一个人生里,这是他的单纯信仰。他的一生的历史,只是他追求这个单纯信仰的实现的历史。"徐志摩的可爱,恐怕就在这"单纯"里。

徐志摩的诗也有一些是反映社会现实的。如《先生!先生!》《叫化活该》《谁知道》,揭露了贫富悬殊的现状,用戏剧化的对话手法,在活泼的语句中包含着沉重的感受。《大帅》用的调侃和反讽:"嘿,三哥,有没有死的/还开着眼流着泪哩/我说三哥这怎么来/总不能拿人活着埋/吁,老五,别言语,听大帅的话没有错/见个儿就给铲/见个儿就给埋/躲开,瞧我的/欧,去你的,谁跟你啰嗦!"写出了军阀混战中前线士兵的"随死随埋,间有未死者,即被活埋"的残酷。这些诗包含着诗人对底层民众的人道主义同情,体现了诗人的良知和正义感。

徐志摩的诗,前期的主调是浪漫中略带忧郁。到后期,就较多地流露出了怀疑和阴郁的色彩。《我不知道风·一》:"我不知道风/是在哪一个方向吹/我是在梦中/在梦的悲哀里心碎/我不知道风/是在哪一个方向吹/我是在梦中/黯淡是梦里的光辉!"说明随着时局的变化,他的思想产生了迷惘。这代表的是一些出身于富裕家庭,有很好的教养和艺术素养,怀着单纯的信仰,在时局的剧变中把握不住方向的中国自由主义知识分子的普遍苦闷。

在艺术方面,徐志摩早期诗的节奏还较为生涩。《草上的露珠儿》前后风格不一致。头几节句式长短错落,跳行押韵,有词的节律,又用"璠瑜""琼珠"等词中艳语;末几节则句子较为匀整,散文笔法,词意袒露,缺少余味。到《翡冷翠的一夜》,在形式上结束了随意尝试的阶段,开始自觉地在诗行有规律的参差中求得诗形的匀称。他的诗所接受的外来影响,已经融化了西方古典、浪漫诗歌以及中国古典诗歌中一切他所喜欢的意味和有助于表现他情感、抒发性灵的技巧,那是属于文化对心灵的陶冶。他的诗歌风格,是他心灵的诗化,也是这多种文化的综合反映。如《海韵》,写一个"单身的女郎"在黄昏的海边徘徊,狂风恶浪吞没了她窈窕的身影。一面是执着于单纯的信仰——"啊不;回家我不回/我爱这晚风吹。"为美而不顾性命;一面是难以避免的悲剧——"海潮吞没了沙滩/沙滩上再不见女郎。"诗人为美在现世的消亡而悲哀,但在他的心里,信仰依然单纯,"海韵"——女郎——美的精灵——上帝的天使,那是永生的。仅看构思:诗分五节,每节表达一个感情层次,层层递进,达到高潮后旋复归于伤感的余音里。这种方法在《诗经》里可看到,要说借鉴了西洋诗的体裁也未尝不可。但在《乐府雅词》中有一种转踏类的词,是用几首词组合起来的叙事兼抒情的歌曲。如《九张机》,用同一词调组成九首词的联章,合为一篇完整的作品。每首写一个感情层次,"一张机""二张机"直到"九张机",随着锦越织越多,次第展开织锦女从欢愉的初恋、热切的相思至薄情离别的过程。这与《海韵》的构思是颇相似的。徐志摩未必研究过这类词,但说它通过文化的中介,如古代诗人的类似章法,对徐志摩产生了影响,并非毫无道理。

徐志摩以诗歌名世,但他的散文也有不俗的成绩。不过他的散文比起其诗歌来,显得太过浓艳,华词丽句,浓墨重彩,少了点感情的节制,不及其诗的清新宜人。

第五章　大后方文学

1937年7月爆发的全面抗战,深刻地影响了中国的历史进程。抗战时期的文学也受到战事的影响,在全国分为几大板块,即大后方文学、根据地文学和沦陷区文学。大后方文学主要是以国民政府陪都重庆为中心的国民党统管区文学,由重庆以及昆明、桂林、成都、西安等地的文学构成。它与以延安为中心的根据地文学一起,联合被日本侵略军及其势力占据的沦陷区进步作家,高举起民族解放的旗帜,用文学形式表现中国人民反抗强敌的不屈精神。

第一节　抗战文学运动

从1937年"卢沟桥"事变到1938年10月武汉沦陷这一年多时间里,抗战文学在中国大地上形成滔滔之势。1938年,在武汉成立了"中华全国文艺界抗敌协会"(简称"文协")。该协会有郭沫若、茅盾、冯乃超、夏衍、胡风、田汉、丁玲、老舍、巴金、陈西滢、王平陵等理事45人,周恩来为名誉理事。它的成立标志着文艺界在民族解放的旗帜下结成了广泛的统一战线,是唯一一次包括国共两党作家在内的大联合。"文协"在全国各地组织了数十个分会,出版了会刊《抗战文艺》,开展了"文章下乡,文章入伍"运动,鼓励和组织作家深入农村、部队、前线,使文艺活动真正与时代、现实紧密结合起来。继"文协"成立后,戏剧界、电影界等也相继成立全国性的抗敌协会。为了适应现实战斗的要求,小型作品大量涌现,成了抗战初期文学的一个突出现象。短小、快捷、通俗的文学样式空前兴盛,报告文学、战地通讯、街头诗、朗诵诗、活报剧等形式广受民众欢迎。文学必须充当时代的号角,必须直接反映现实,成为众多作家的共识。原先倡导纯艺术、纯审美的作家,以及坚守普遍人性标准的文学批评家,都逐渐向现实主义文学观念靠拢。

第五章 大后方文学

大后方的文学运动因1941年的"皖南事变"而进入一个新的阶段。政治形势的变化直接引起了社会心理、时代氛围、创作情绪的变化。作家对于抗战时期的社会生活,由兴奋转入沉思,由热情奔放转入静默观察,视野向生活纵深突进。这种思考直接地反映在文学创作中,促进了主题的开掘和题材的拓展。这时的文学形式主要是长篇小说、多幕剧、长篇叙事诗和抒情诗,"史诗性"成了文艺家所追求的目标。而在文学内容方面,则明显地表现出下述三个方面的特点,并取得了重要的成就:

一是深入揭露阻碍抗战的黑暗势力,解剖民族性格的痼疾。这种反思是在民族生死存亡的关头展开的,它继承并深化了五四启蒙的主题。张天翼的《华威先生》在这方面具有标志性的意义。作品描写了一个对抗战"包而不办"的官僚,他的那种狭隘自私的性格、无孔不入的亢奋劲头、装腔作势的"领导"派头,使其成为中国现代文学史上一个不可多得的典型形象。沙汀的《在其香居茶馆里》《淘金记》延续了这一揭露与批判主题。陈白尘的《升官图》通过两个"流氓"做的一个荒诞的"升官梦"来讽刺那个时代的政治腐败,作品有意识地让群魔登场,自我揭露兼互相扭打,以此对黑暗没落的官场进行了痛快淋漓的揭露和辛辣尖锐的讽刺。

二是从历史中寻找民族脊梁,发掘民族美德,总结历史教训,或从生活的再现中去探讨民族文化的传统和民族性格的优劣。在小说方面,值得称道的是老舍的《四世同堂》。小说以祁家四世同堂的生活为主线,辅以小羊圈胡同各色人等的荣辱浮沉、生死存亡,真实地记述了北平沦陷后的畸形世态,形象地描摹了日寇铁蹄下广大平民的悲惨遭遇、心灵震撼和反抗斗争,刻画出一系列栩栩如生的艺术形象,史诗般地展现了抗战期间中国人民与世界人民一道反法西斯的伟大历程及生活画卷。在戏剧方面,郭沫若创作了《屈原》。他用古今参照的叙事方式,以古鉴今、据今推古,从历史和现实的交接点上选材,提炼主题,引起了重大的反响。而曹禺的《北京人》《家》也是这一主题的延续和再现。

三是反映爱国知识分子的苦难,探讨他们的人生道路。路翎的《财主底儿女们》、沙汀的《困兽记》等是这方面的力作。《财主底儿女们》描写了蒋蔚祖、蒋少祖、蒋纯祖三人不同的人生道路,对现代知识分子的命运进行了深刻的反思。《困兽记》讲述了抗战后方一群乡村小学教师的苦闷和纠葛，对知识分子的精神弊病进行了揭露和批判。夏衍《法西斯细菌》中的俞实夫，陈白尘《岁寒图》中的黎竹荪，袁俊《万世师表》中的林桐，都是从事科研和教学的知识分子，在现实和理想的距离面前，他们都陷入了矛盾，作品充分地展示了一代知识分子的心路历程，对造成知识分子困境的缘由进行了反思。除了上述共同的方面，桂林文坛和西南联大诗人群所取得的文学成就特别瞩目。桂林不是抗战的主战场，政治环境较为宽松，山水秀丽，生活条件相对稳定，文化氛围浓厚，因此桂林作家群的创作不像抗战初期文学那样的热烈，而是侧重于反思和讽刺。茅盾的《霜叶红似二月花》写于此地，它与战时的关系并不明显，讲述的是一个小城镇的情况。艾芜的长篇小说《山野》围绕一个山村一天中发生的事，刻画了农村各个阶级、各个阶层不同人物错综复杂的社会关系和彼此不同的生活面貌。骆宾基的代表作《北望园的春天》写了一群蛰居在北望园的各色知识分子庸俗、孤寂的生活，展示了他们晦暗颓唐的心境。西南联大偏处昆明一隅，学院风气浓厚，拥有闻一多、沈从文、冯至等一批著名的新文学作家当老师，英籍的燕卜荪教授也在西南联大讲授西方现代新诗。这里的新生代诗人承继了向西方寻找和借鉴诗艺的传统，自觉地在诗的内容和形式上进行现代主义的尝试和探索，并取得了骄人的成绩。

不过，在抗战背景中，各派政治力量之间的关系错综复杂，变化剧烈。这不可避免地会反映在不同信仰、不同立场的作家和诗人对文学问题的看法上，从而围绕文学与生活、文学与政治、文学与大众的关系，不同政治倾向的作家和批评家展开了一系列论争。

1938年12月1日，梁实秋在《中央日报》副刊《平明》上发表《编者的话》，重提了他的"为艺术而艺术"的观点，并特别强调："于抗战有关的材料，我们最为欢迎，但是与抗战无关的材料，只要真实流畅，也是好的，不必勉强把抗战截搭上去，至于空洞的'抗战八股'，那是对谁都没有益处的。"罗荪在《"与抗战无关"》一文认为，"在今日的中国，要使一个作者既忠于真实，又要找寻'与抗战无关的材料'，依我拙笨的想法也实在还不容易"，意即任何真实的生活都与抗战有关。梁实秋次日又在《中央日报·平明》上发表《"与抗战无关"》一文，重申他的"最为欢迎"和"也是好的"两个表态。随后,罗荪又在《国民公报》上发表《再论"与抗战无关"》,再次批评梁的观点。1939年1月22日,沈从文在《今日评论》发表《一般或特殊》,支持梁实秋的观点。他把文学划为"特殊"部门,把抗日工作鄙薄为"一般"工作,同样受到众多的批评。参与这场论争的,除了《新蜀报》副刊有关作者和罗荪,还有宋之的、陈白尘等人,稍后又有巴人、郁达夫、胡风、张天翼。梁实秋在受到众多批评的形势下,于1939年4月1日在《中央日报》发表《梁实秋告辞》一文,为自己辩护,同时宣布辞去《平明》副刊编务一职。这次论争到此基本告一段落。

梁实秋(1903—1987),号均默,原名梁治华,字实秋,祖籍浙江杭州,出生于北京。1926年,他发表了《现代中国文学之浪漫的趋势》一文,开始对五四新文学进行反思和批判。他直接借用了白璧德在清理西方近现代思想时所使用的古典标准,批判了新文学运动的浪漫趋势。他认为五四新文学有"外国的影响""情感的推崇""印象主义""自然与独创"等特点,而这些都是非理性的、激进的,不符合常态的人性标准,其结论是:"新文学运动,就全部看,是'浪漫的混乱'。"他的解救方法,是"文学的纪律"。他说:"在理性指导下的人生是健康的常态的普遍的;在这种状态下所表现出的人性亦是最标准的;在这标准之下所创作出来的文学才是永久价值的文学。"梁实秋的批判,针对新文学早期存在的脆弱、纵情、感伤、散漫、缺乏思想等现象,以及吸收外国文学消化不良、批评上的随意等毛病,有可取之处。但他没有从"浪漫主义"本身特性出发,而是借用白璧德的理念,认为浪漫的就是混乱的,并把一切非理性不符合常态的现象都统统纳入浪漫范畴,却是有失公允的。

"与抗战无关"反映了梁实秋一贯的人性论文学观。文学要反映永恒的人性,这也成了他20世纪40年代散文创作的基本态度。梁实秋写他的"雅舍"小品,有意回避社会重大矛盾,以随遇而安的心态来处世,以超然的目光审视世间万象。"雅"是相对于"俗"而言的,梁实秋以自己渊博的知识,对"俗事""俗景"进行点化和润色,往往能达到"化俗为雅"的效果。《雅舍小品》中的"雅舍",原是梁实秋20世纪40年代在重庆寓居的一厝平房。此处名为"雅舍",实则是个"有窗而无玻璃""鼠蚊猖獗""风来则洞若凉亭,雨来则渗如滴漏"的陋室。"雅舍"条件虽简陋,有诸多不便,但梁实秋认为:"人生本来如寄,我住'雅舍'一日,'雅舍'即一日为我所有。即使此一日亦不能算是我有,至少此一日'雅舍'所能给予之苦辣酸甜,我实躬受亲尝。"这提醒世人,只要品德高雅,万物都会沾上俊雅的灵气,"有个性就可爱"。除了内心的"修身养性"能发现生活中的雅趣外,"雅致"还需要优秀文化来装点。梁实秋的散文充溢了传统文化的精髓,门类很广,有茶文化、酒文化、烟文化、食文化、棋文化、牌文化……娓娓道来,但未有"掉书袋"之嫌、没有头巾气的酸,读起来有一种"雅趣"。

语言精粹简洁是梁实秋散文的一大特色。他在《论散文》中说:"散文的美妙多端,然而最高理想也不过是'简单'二字而已。"什么是"简单"?他这样解释:"简单就是经过选择删芟以后的完美的状态。"梁实秋的散文经过"割爱"的锤炼,褪去了烦冗雕琢的浓妆,而显出一种干净自然的美感,并沉淀了少有的深远、丰富的意蕴,显示了雅洁凝练的真功夫。梁实秋散文的语言还有很强的"幽默"性,在笑声中可以读出作家通达、适意的心境。如《女人》,在谈及女人说谎的特点时,他说:"自己上街买菜的女人,常常只承认散步和呼吸新鲜空气是她上街的唯一理由。艳羡汽车的女人常常表示她最厌恶汽油的臭味。坐在中排看戏的女人常常说前排的头等座位最不舒适。"女人心口不一的特点被诙谐地勾画出来了。又如《男人》,在论及男人懒、脏的缺点时,用夸张幽默的手法进行了描写:"有些男人,西装裤尽管挺直,他的耳后脖根,土壤肥沃,常常宜于种麦!"再如《脸谱》,他将那些碰到上司是一副奴才相,对下属另有一种板凳面的人称为"帘子脸"。我们还可以在《年龄》《中年》《老年》《骂人的艺术》等文章中领略梁实秋过人的"幽默"艺术,他自觉地从枯燥、平淡、死板的日常生活中提取"趣味",产生了"寓庄于谐"的审美效果,也发现了愉悦自身的美。

这一时期的文学论争除了"暴露与讽刺"的论争、"与抗战无关"的论争外,民族形式问题的讨论也格外引人注目。

"民族形式"作为一个口号,是毛泽东 1938 年在中共六届六中全会上所做《中国共产党在民族战争中的地位》的报告中提出的,毛泽东指出要把"国际主义的内容和民族形式"结合起来,形成"新鲜活泼的,为中国老百姓所喜闻乐见的中国作风和中国气派"。1939年,在延安等地展开了"民族形式"的讨论。这场讨论不久就波及大后方。1939年9月,巴人在《文艺阵地》上发表《中国气派与中国作风》,认为"新文学发展到今天,我们的文学的作风与气派,显然是向'全盘西化'方面突进了",并且说这是"新文学的悲剧",由此引起了大后方关于民族形式问题的大讨论。讨论的焦点是怎样理解民族形式的源泉,也就是民族形式和旧形式的关系问题。一种意见以向林冰为代表,他比较重视利用民间的旧形式,主张"以民间形式为民族形式的中心源泉",对于民间文艺采取形而上学地全盘继承的态度。与此同时,对五四以来的新文艺借鉴外国经验给予较多的否定。这种明显错误的观点,遭到许多人的反对。然而在反对向林冰的片面观点时,又出现了另一种片面的观点,代表人物是葛一虹。葛一虹在《民族形式的中心源泉是在所谓"民间形式"吗?》等文章中批判了向林冰的观点,却又矫枉过正,完全否定民间旧形式,斥之为封建"没落文化""只是历史博物馆里的陈列品",而又全盘肯定五四新文学,无视新文学也确实存在与人民大众脱节的弱点。他说"新文艺在普遍性上不及旧形式",其原因不在于新文艺本身,"主要还是在于精神劳动与体力劳动长期分家以致造成一般人民大众的知识程度低下的缘故",因此认为新文艺如果利用旧形式,就是"降低水准"。1940年6月,《新华日报》召开民族形式座谈会,促进了讨论的深入。此后论争不再纠缠在"中心源泉"上,而是关注民族形式的基础和内涵等理论问题以及创作实践。郭沫若的《"民族形式"商兑》、胡风的《论民族形式问题的提出和重点》、茅盾的《旧形式、民间形式与民族形式》,分别从文学植根于"现实生活"、内容和形式的统一、汲取传统精髓和外来营养等方面来思考创造新的"民族形式"问题。这些观点纠正了论争中那些偏颇的问题,切中时弊,有很强的现实针对性。

几乎与以上论争同时出现的是与"战国策派"有关的"民族主义文学"的论战。这次论战体现了新文学作家对民族救亡与自立的道路与方式的不同思考。"战国策派"因《战国策》杂志而得名。1940年4月,云南大学、西南联大的教授林同济、陈铨、雷海宗等人在昆明主编《战国策》半月刊,之后又于1941年12月在重庆《大公报》上创办《战国》副刊,并出版《民族文学》杂志。他们公开宣称当时是"战国时代",提倡历史循环论,推崇权力意志,崇拜支配别人的强者。陈铨发表《指环与正义》,林同济发表《寄语中国艺术人》,认为在文艺上应提倡所谓民族文学运动,"争于力"是文艺的核心要素。对此,汉夫在《"战国"派的法西斯主义实质》中,对他们的理论进行了系统的揭露,指出他们把战国时代的特点硬套在现在的局势上。欧阳凡海在《什么是"战国派"的文艺》中指出,"战国派"所鼓吹的法西斯主义文艺观,是要把文学艺术从"服务抗战""服务民族社会"这一真正的尺度脱离。这场同"战国策"派的斗争,是文艺理论上的一场重要斗争,同时对抗战文化的健康发展具有积极的推动作用。

抗战时期在大后方发生的最后一次影响深远的论争,是关于现实主义和"主观"问题的论争。毛泽东的《在延安文艺座谈会上的讲话》传到大后方后,文学界对此的认识和理解不尽相同,如在对《清明前后》《芳草天涯》两剧的讨论中,王戎等人批判了《清明前后》的公式化,并将之归于"唯政治倾向"。何其芳、邵荃麟等人用《在延安文艺座谈会上的讲话》的精神进行了批驳,而冯雪峰则反对将作品的"政治性"和"艺术性"割裂开来。这实际上显示了大后方文艺思想的复杂性。在此背景下,有关现实主义和"主观"问题的大规模论争也就很自然地发生了。争论的一方是胡风。1945年1月,胡风主编的《希望》杂志在重庆创刊。创刊号上发表了胡风在1944年写的《置身在为民主的斗争里面》和舒芜的长篇文章《论主观》。《置身在为民主的斗争里面》力图从文艺反映伟大的民主斗争这个角度,说明文艺"要为现实主义底前进和胜利而斗争"。胡风认为,"文艺创造,是从对于血肉的现实人生的搏斗开始的",他把作家在体现生活过程中的所谓"自我扩张"看作"艺术创造的源泉"。胡风虽然也说"与人民结合""思想改造",但他强调劳动人民身上的落后面,说他们"随时随地都潜伏着或扩展着几千年的精神奴役的创伤"。《论主观》力图从哲学史的角度说明主观问题:"今天的哲学,除了其全部基本原则当然仍旧不变而外,'主观'这一范畴已被空前地提高到最主要的决定性的地位了。"同时在文艺上提出了"主观精神""战斗要求""人格力量"三个口号,认为这三者是决定文艺创作的关键。这两篇文章在进步文艺界引起了很大反响。乔木(乔冠华)发表了《文艺创作与主观》,指出作家不是用"思想体系或人格力量",而是用"人民主体的健康精神,来批评人民的'奴役底创伤'"。邵荃麟发表了《论主观问题》，指出他们的文艺思想，背离了辩证唯物论的基本原则，陷入了唯心论、唯生论的陷阱中，认为决定创作的最重要的因素是作家的思想认识，要遵照《讲话》的精神解决好作家的思想认识和立场问题。胡风在1948年写了《论现实主义的路》进行反驳。此外，黄药眠、冯雪峰、何其芳等人对胡风和舒芜也进行了批判，但多数文章都在反复阐明当时流行的主导性的观点，如认为生活有主流和支流、本质和非本质、光明和黑暗之分，革命作家应该表现主流、本质和光明的生活面等。这场大论战几乎贯穿了整个20世纪40年代，而且影响延续到了1949年以后。

第二节 "七月派"的创作

抗日战争爆发后，胡风先后主编《七月》《希望》《七月诗丛》《七月文丛》等杂志，写下了大量文艺理论、评论文章，推出了大量国统区进步青年作家和解放区作家的作品，一批青年作家在他的指导和帮助下崛起于文坛，形成了著名的文学流派"七月派"。

"七月派"因文学刊物《七月》而得名，《七月》创刊时团结了一批"倾向上能够共鸣的作家"，如艾青、田间、丘东平、曹白、吴奚如、阿垅、彭柏山等，他们是"基本撰稿人"，后来又有冀汸、鲁藜、天蓝、路翎、绿原等加入。

"七月派"将时代的需求和自己的文学理想融入现实主义文学中。胡风在《七月》创刊号中，强调了要坚持以文艺投身抗战的主张："在神圣的火线后面，文艺作家不应只是空洞地狂叫，也不应作淡漠的细描，他得用坚实的爱憎真切地反映出蠢动着的生活形象。在这反映里提高民众的情绪和认识，趋向民族解放的总的路线。"胡风认为，要创造出好的作品，作家必须以真诚的心意、高度的热情，全身心地投入到作为客体的现实生活里面，拥抱客观对象，肉搏现实人生。"主观战斗精神"成了"七月派"现实主义的生命内核。

在诗歌的思想主题和艺术探索方面，"七月诗派"继承了20世纪30年代中国诗歌研究会的革命现实主义传统，把反映客观现实的真实性与主观抒情的真挚性高度融会在一起，标志着我国自由体诗歌的茁壮成长和走向成熟。他们所塑造的抒情主人公形象则充分反映了经过战争的血与火的考验,我们的民族趋向成熟。作为一个流派,这些诗歌在思想价值取向上有共同之处,明显地表现出以下三个方面的特点:

第一,诗人歌颂了中华民族强大的精神力量,诗歌中洋溢着赤诚的爱国之心。胡风的诗歌常常将主体的满腔"热血"燃烧成"火的风暴","歌唱出郁积在心头的仇火/歌唱出郁积在心头的真爱/也歌唱出盘结在你古老的灵魂里的一切死渣和污秽"(《为祖国而歌》)。他欣喜地看到"中华大地熊熊地着火了!/火在高唱/火在高唱/火在高泣"。在阿垅的《纤夫》中,诗人一方面从那逆水而进的"大木船"发现了历史前进的沉重阻力,另一方面在"佝偻着腰/匍匐着屁股"的"赤铜色"纤夫的身上,发现了历史的强大动力。"纤夫"也就成了象征我们民族精神力量的意象。诗人深刻地意识到,历史前进和民族发展的道路"并不是一里一里的/也不是一步一步的/而只是一寸一寸的",然而正是这"以一寸的力/人的力和群的力/直迫近了一寸/那一轮赤赤地炽火飞爆的清晨的太阳!"杜谷的《写给故乡》表明,祖国东部的原野也在浴血奋战:"我看到了他们的行列/为了消灭那凌辱他们和你的/顽敌/他们倔强地在你那血泊里/仆倒而又爬起。"华夏大地,到处都跃动着生命的力,以及抗争和复仇的力。

第二,诗人对加重民族灾难、制造罪恶的反动派发出了强烈的谴责与反抗的呼声,有的则化为辛辣的嘲讽。绿原的《给天真的乐观主义者们》从纵深处开刀,横剖了这光怪陆离的社会:"大街上,警察推销着一个国家的命运;然而严禁那些龌龊的落难者在人行道上用粉笔诉写平凡的自传/扑克,假面会,赛璐珞,玻璃玩具/勋章,奖状,制服,符号,万能的Pass,鸡毛文书/赌窟,秘密会社,娼妓馆,热闹的监狱,疯人院/鸦片批发,灵魂收买,自行失踪,失足落水/签字,画押,走私,诱拐,祈祷和忏悔……"这是一首直面现实,无情地揭示脓疮,以打破粉饰现实的"天真的乐观主义"的诗。正是这种郁积于心的压抑,点燃了反抗和复仇的火种,他在《复仇的哲学》写道:"起来——柴棒似的骨头们!起来——饥饿王/是的!我们,是中国底人民/烧吧,中国/只留下暴君底那本高利贷的账簿/让我们给他清算/起来,为了自由与饿所杀去/推着柩车迎上去/拿着志哀的白蜡烛迎上去/唱着送葬进行曲迎上去,斗争并不神秘,然而壮丽呀。"这些诗以犀利的笔锋、澎湃的激情揭露了黑暗,表达了对黑暗统治的不满和愤怒之情。

第三,诗人们总是怀着理想的希冀,呼唤着光明温暖的春天。"唉,田间的油菜花快要开了/温暖的季节呀/为什么还不快来?"(杜谷《寒冷的日子》)。"在冰冻的岩石"里看见了火,在沉静的"生命内部"听见了歌声,在无边的黑暗里看见了光明:"没有花吗/花在积雪的树枝和草根里成长/没有歌吗?歌声微小吗/声音响在生命内部/没有火吗/火在冰冻的岩石里/没有热风吗/热风正在由南向北吹来/不是没有春天/春天在冬天里/冬天,还没溃退。"(牛汉《春天》)。田间、艾青、天蓝、孙钿、鲁藜、胡征、阿垅等都曾先后去了延安。他们对延安产生了许多新鲜的感觉:"山上/一列又一列的密洞呵/一层又一层的窑洞呵/抬起头来/全都像摩天楼呢/歌声笑声标语和漫画学习工作。"(阿垅《窑洞》)。另外,胡征的《五月的城》,艾漠的《自己的催眠》《跃进》等,也都表现出自己赞美光明的欣喜之情,带有鲜明的时代色彩。

在大后方的小说创作中,"七月派"占据了非常重要的地位。以路翎、丘东平、彭柏山为代表,"七月派"的小说呈现出深沉、粗犷、凝重、悲怆的审美风格。"七月派"小说高度的真实性,集中体现在作品"再现"之真与"表现"之真的深度融合之中。七月派小说家中影响最大、成就最高的,是路翎。

路翎(1923—1994),祖籍安徽省无为县,生于江苏南京,原名徐嗣兴。他著有长篇小说《财主底儿女们》,中篇小说《饥饿的郭素娥》,短篇小说集《朱桂花的故事》《初雪》《求爱》,话剧剧本《英雄母亲》《祖国在前进》等。路翎的小说写得最多的是知识分子和农民,他们在旧社会和旧习俗的重压下,成为抗争的"漂泊者"。书写这些人物的目的,是"企图'浪漫'地寻找的,是人民的原始强力,个性的积极解放"。《饥饿的郭素娥》以矿山为背景,描写了三个底层人物(郭素娥、张振山、魏海清)的悲剧命运,他们既是"肉体上的饥饿者",更是"精神上的病态者"。小说塑造出了郭素娥、刘寿春、张振山、魏海清等深深烙上"精神奴役创伤"的形象。围绕"精神奴役创伤"的主题,路翎的笔触深入底层民众和时代巨变中知识分子的灵魂。他的目的是"寻求个性的积极解放",而"精神奴役的创伤"是这条道路上的重大障碍,因此他转而寻找另一种反抗的力量——"原始的强力",希望以此催生"个性积极解放"的动力。可纯粹的本能反抗无法获得个体的积极解放,无法摆脱愚弱的状态。胡风对这篇小说非常欣赏,他说:"在路翎君这里,新文学里面原已存在了的某些人物得到了不同的面貌,而现实人生早已向新文学要求分配座位的另一些人物,终于带着活的意欲登场了。向时代的步调前进,路翎君替新文学的主题开拓了疆土。"

《财主底儿女们》是路翎的代表作。这部89万言的巨著,由胡风的希望社于1945年和1948年分上下卷出版。小说上部写20世纪30年代苏州巨富蒋捷三的家庭败落。作为封建家长,蒋捷三已经丧失了像《家》中高老太爷那样的威严和能力,他最终力尽身亡。小说试图通过蒋家第二代,尤其是蒋蔚祖、蒋少祖、蒋纯祖三人不同的思想历程,表现"以青年知识分子为辐射中心点的现代中国历史底动态"。小说的下部,写这个大家庭释放出来的"战士"在抗战期间聚散无常的生活道路和心灵轨迹。主要描写蒋纯祖逃离危城南京,沿长江漂泊到重庆和四川农村所经历的四处碰壁、鲜血淋漓的心灵搏斗历程。抗战爆发后,蒋纯祖投入到了为民族解放而斗争的历史洪流中,以个人主义的奋斗姿态,企图"在自己内心里找到一条雄壮的出路。"他在五四过后近20年,重提五四时代的历史命题,强调"我们中国也许到了现在,更需要个性解放吧,但是压死了,压死了!一直到现在,在中国没有人底觉醒,至少我是找不到"。他加入救亡团体,一心只希望自己"走到最高的地方,在光荣中英雄地显露出来。"加入演剧队后,他依然以"内心"为最高命令,以孤独为荣,在集团利益与他相冲突时,便毫不犹豫地与"左"倾教条进行暴躁的争辩。在四川穷乡僻壤的小学,他又以这种孤傲的个性,向宗法制农村的冷酷和愚昧挑战。在地方恶霸劣绅的排挤打击和流言蜚语的攻击下,他不断地流浪、不断地挣扎,最终无法摆脱精神的折磨和煎熬,在重病中死去。

《财主底儿女们》是一首"青春的诗",在这首诗里"激荡着时代的欢乐和痛苦,人民的潜力和追求,青年作家自己的痛哭和高歌!"。小说刻画蒋少祖、蒋纯祖这样性格复杂的典型人物,着力于探索他们精神世界(包括无意识世界)的丰富内涵和思维轨迹,实践了"七月派"的理论,即用主观精神的"扩张","拥入"客观世界,展示一代青年知识分子的"人性"与"兽性"的搏击、"精神奴役创伤"与"个性解放"的内在冲突。作家对人物心理的书写细腻而深刻,重在揭示其灵魂的复杂、丰富性以及心灵搏战的过程,流露出无可奈何的忧伤和悲恸,热切追求失落后的失望和沉痛。这些构成了路翎小说沉郁、悲凉、热情、激越的美学风格,也是区别于其他现实主义小说的独特之处。

20世纪50年代初,路翎创作了小说《初雪》和《洼地上的"战役"》。前者写志愿军司机刘强奉命送一群受敌人炮火洗劫的朝鲜妇女孩子从前线到后方,展示了志愿军战士丰富而美好的内心世界。后者写朝鲜房东的女儿金圣姬对志愿军战士王应洪产生了微妙而又纯洁的爱情,王应洪受纪律的约束,知道这爱情是不被容许的。他和侦察班潜到敌前沿,发现金圣姬在他的衣服里放进了一条绣有两人名字的手帕。为了掩护战友转移,英雄的鲜血染红了这条手帕。小说写出了青年人的美好爱情和志愿军战士的国际主义精神。

路翎擅长于表现细腻而又深刻的人物心理,刻画的形象有一种浮雕感,其作品大多带有悲剧性,但又透出一种坚韧的乐观精神。即使在最艰难的情境中,他也腾跃着激情,展示他不屈的反抗姿态。路翎把诗的、散文的笔法运用于小说,凝聚起一种粗犷的美。

第三节 西南联大诗人群和穆旦的诗

一、西南联大诗人群

20世纪40年代的西南联大,有南湖诗社(后改名高原文艺社)、冬青文艺社、新诗社等学生诗社,穆旦、王佐良、袁可嘉、杜运燮、郑敏、沈季平、何达、杨周翰、陈时、周定一、罗寄一、赵瑞蕻、俞铭传等在校学生是创作主力,闻一多、沈从文、冯至、李广田、卞之琳、[英]威廉·燕卜荪等担任过诗社的指导老师。我们现在所说的西南联大诗人群就是指这一批师生。他们的诗作多发表于《大公报》文艺副刊《星期文艺》、天津《益世报》副刊《文学周刊》、北平《经世日报》副刊、商务印书馆的

《文学杂志》和他们自办的《文聚》杂志上。

西南联大诗人群在当时并非为一个有组织的群体。闻一多于20世纪40年代中期编选的《现代诗钞》，比较全面地收集了西南联大诗人的作品。在纪念西南联大诞生60周年之时，杜运燮等编辑过一本《西南联大现代诗钞》(1997)，其中收入了卞之琳的《慰劳信集》、冯至的《十四行集》、杜运燮的《诗四十首》、郑敏《诗集1942—1947》，还有袁可嘉的诗21首、穆旦的诗45首。

之所以后来把西南联大诗人群看成一个诗歌流派，主要是因为这些诗人受各种因素的影响，在诗歌观念和创作风格上比较接近，呈现出鲜明的流派特征。而在各种因素中，不可忽视的是当时西南联大校园内浓郁的现代主义气氛。时任教于西南联大的英国诗人燕卜荪等人的诗歌创作受此影响，同时又推动一些诗人去探索现代主义诗歌的理论问题。作为西南联大诗人群理论代表的袁可嘉，在20世纪40年代末发表《新诗的现代化》《新诗的戏剧化》等论文，指出诗歌现代化倾向纯粹出自内在的心理需求，"最后必是现实、象征、玄学的综合传统。"他有感于当时一些诗歌中存在的弊端，强调新诗的现代化并非西洋化，也非晦涩化，而戏剧化追求表面上的客观性与间接性，有三个不同的方向：一为里尔克式，二为奥登式，三为诗剧，这些皆配合了"现实，象征，玄学"的综合传统。袁可嘉的诗学观，较为准确地概括了以西南联大诗群为主的20世纪40年代现代派诗歌的特征和诗风的转向。

作为西南联大学生诗社指导老师的闻一多，也经常和学生讨论诗歌问题。在外文系任教的卞之琳在此期间出版了诗集《慰劳信集》和《十年诗草》等。袁可嘉的《岁暮》《空》，穆旦的《更夫》等诗颇具卞之琳早年的诗风。教德语的冯至出版了《十四行集》，是中国十四行新诗的典范。冯至从自然界中体悟生命的方式，对郑敏等学生诗人产生了重要影响。由此可见，西南联大诗人群实际是在现代派气氛浓郁的校园内，通过中西诗学的交流，依托于师生的互动而以学生诗人为主形成的一个现代诗歌流派。

郑敏(1920—2022)，原籍福建闽侯，1943年毕业于西南联大哲学系，1952年获美国布朗大学英国文学硕士学位。1955年回国后在中国科学院文学研究所西方组、北京师范大学外语系工作。出版诗集有《诗集：1942—1947》(1949)、《寻觅集》

(1986)、《心象》(1991)和诗学著作《诗歌与哲学是近邻——结构·解构诗论》(1999)等。郑敏20世纪40年代的诗歌受冯至影响,趋向里尔克式,"善于从客观事物引起深思,通过生动丰富的形象,展开浮想联翩的画幅,把读者引入深沉的境界",如《金黄的稻束》《树》《生的美:痛苦、斗争、忍受》等通过意象的联想与设想,表达了对人类和历史深远的思考。

杜运燮(1918—2002),原籍福建古田,生于马来西亚。1945年他毕业于西南联合大学外文系,1951年起在北京新华社国际部工作。他出版了诗集《诗四十首》(1946)、《晚稻集》(1988)、《你是我爱的第一个》(1993)等,《滇缅公路》是他的成名之作。杜运燮20世纪40年代的诗歌受奥登影响较大,"以活泼的想象和机智的风趣见胜。他往往用轻松的比较处理严肃的题材,把事物中矛盾的、可笑的实质揭示出来",如《追物价的人》将物价飞涨的事实采用反讽的方式表现出来。1979年创作的《秋》因风格独特,引发了80年代初的朦胧诗之争。

袁可嘉(1921—2008),浙江慈溪人。1941年考入西南联大外文系,著有《现代派论·英美诗论》(1985)、《论新诗现代化》(1988)等,主编《外国现代派作品选》(1980—1985)。80年代,他在译介现代派文学方面有重要贡献。他的诗收入多位诗人合集《九叶集》(1981)和《八叶集》(1984)。

抗战胜利后,西南联大诗人回到北平天津,适逢杭约赫、林宏等在上海创办《诗创造》(1947)。次年一部分诗人另创办《中国新诗》月刊,更强调作品要反映现实。这两种刊物将西南联大诗人与更多的现代派诗人汇聚在一起,扩大了现代诗的影响。文学史所称之九叶诗人、中国新诗派,主要就是指这些诗人。

杭约赫(1917—1995),本名曹辛之,书籍装帧美术家,江苏宜兴人。1938年他在陕北公学和鲁迅艺术学院学习,抗战胜利后在上海与朋友创办星群出版社,主编《诗创造》《中国新诗》,出版了诗集《撷星草》(1945)、《噩梦录》(1947)、《火烧的城》(1948)和长诗《复仇的土地》(1949)等。他的诗歌情感真挚,有强烈的现实感,并富有哲理性。

唐湜(1920—2005),原名唐扬和,1948年毕业于浙江大学外文系,出版了诗集《骚动的城》(1947)、《飞扬的歌》(1950)和历史叙事诗《海陵王》(1980)、十四行集

《幻美之旅》(1984)、《蓝色的十四行·唐湜十四行诗卷》(1995)等。另有评论集《意度集》(1950)、《新意度集》(1990)、《九叶诗人："中国新诗"的中兴》(2003)等。唐湜热衷诗歌评论,被誉为九叶派的理论家。他20世纪40年代的长诗《英雄的草原》,呈现了"宏大的气象与浪漫蒂克的热情奔放",他的抒情短章"多半意象新颖,音节婉转,自有一种清气扑人的感觉"。

陈敬容(1917—1989),四川乐山人,1949年后她在华北大学学习过,1956年为《世界文学》编辑,翻译了《安徒生童话》《巴黎圣母院》《绞刑架下的报告》等名著,著有诗集《交响集》(1947)、《盈盈集》(1948)、《老去的是时间》(1983)等。袁可嘉评价她的诗风:"往往是火爆式的快速反应,高速度地以外景触发内感,势头快而猛,粗犷而有力。"

唐祈(1920—1990),原名唐克蕃,江苏苏州人,1942年毕业于西北联大文学院历史系。他于1938年开始发表作品,出版诗集《诗·第一册》(1948)、《唐祈诗选》(1990)等。唐祈善于表现西北游牧生活,《游牧人》《故事》有着"清新、婉丽的牧歌风格";也有不少揭露现实的作品,如《时间与旗》描写殖民地上海混乱的现状和新的未来。

二、穆旦的诗

穆旦(1918—1977),是西南联大诗群中的佼佼者,原名查良铮,出生于天津。他1935年进入清华大学,抗战爆发后转入西南联大外文系。1940年毕业留校,后加入中国远征军赴缅甸任随军翻译。1949年赴美留学,1953年回国后在南开大学外文系任教。穆旦的个人诗集有《探险队》(1945)、《穆旦诗集》(1947)、《旗》(1948)等。他还有译著《青铜骑士》(1957)、《欧根奥涅金》(1957)和《唐璜》(1980)。

穆旦的诗歌经历了三个阶段。第一阶段(1934—1938)的诗,多在《南开高中生》上发表。如《神秘》(1934)写出了对命运的认识:"一片欺狂和愚痴,一个平常的把戏/但这却尽够要弄你半辈子/或许一生都跳不出这里。"有的诗描写处于社会底层的流浪人、舞女、女工、老木匠、更夫等,略显卞之琳早期诗歌的风格。对自然的描写寄托了他较多的个人情绪,如《园》(1938):"当我踏出这芜杂的门径/关在里面的是过去的日子/青草样的忧郁,红花样的青春。"作品染上了戴望舒、何其芳早期诗歌的那种忧郁。

第二个阶段(1939-1949)《防空洞里的抒情诗》(1939)可视为他诗歌风格形成的标志。他采用戏剧化的手段运用变形手法,塑造了人格分裂的两个形象"我"和"他":一个在战乱中"笑",讲着"五光十色的新闻",想着"丁香夹在书里""公园里摇一只手杖";另一个在想着"大街上疯狂奔跑着的人们""为死亡恫吓的人们"。最后,"我是独自走上了被炸毁的楼/而发现我自己死在那儿/僵硬的,满脸上是欢笑,眼泪和叹息"。俗众的麻木与自我的敏感,统一中的分离和分离中的统一,使穆旦的诗歌走向内心与外化结合,体现出诗歌现代性的特征。1941年是穆旦诗歌创作的高峰期,他写了《在寒冷的腊月的夜里》《赞美》等诗,都是对处于灾难中的民众生存状态的描绘,选材和笔触都与同时期艾青的作品不相上下。1945年,穆旦的诗更多地表现出个性和时代色彩。

因为穆旦的从军经历,《森林之魅》成为抗战中滇缅军的一份纪念。穆旦以诗剧的形式,让人与森林对话。森林把人领过"黑暗的门径","美丽的一切,由我无形的掌握",这森林象征的是死亡。1947年前后,穆旦的诗歌多表达对社会的不满,对信仰也有自己的独立思考。因为社会极度无序,穆旦对上帝不是膜拜,而是讽刺。如《时感四首》之二:"残酷从我们的心里走出来/它要有光,它创造了这个世界。"如果说有上帝存在,那么这个上帝就是"残酷"。穆旦诗歌中的上帝是一个不定型的形象,或许他是一个决定人们命运的神,或许又是生存悖论当中的力量。

穆旦的前述两个阶段的创作,展现了诗人出众的才华。这些诗涉及三大方面的内容是表现自我形象的分裂与孤独。如《我》(1940)是对现代社会中人的存在的认识:

从子宫割裂,失去了温暖,
是残缺的部分渴望着救援,
永远是自己,锁在荒野里。

诗中的"我"可以说是现代人类的象征。从母体中分裂出来之后，便成为残缺的个体，既无法挽留过去了的时间——"不断的回忆带不回自己"，也无法挽留"部分"的自我——"伸出双手来抱住了自己"，渴望融入集体却无法实现，于是只有绝望，去体会"永远是自己，锁在荒野里"的寂寞。因为意识到个体的孤独，在《诗八首》这样的爱情诗中，穆旦表现出与同学王佐良不同的爱情观。王佐良的《异体十四行诗八首》（1941—1944）描写的是婚后的生活："我们并合，我们看各自眼里的笑/或者窘迫，我们上菜市去/任受同样的欺凌。我们回来/又同样地胜利——因为我们已经超越"。穆旦的《诗八首》虽描写"我为你点燃"的爱情，但怀疑自己"我却爱了一个暂时的你"。即使"我和你谈话，相信你，爱你"，但又说"我底主暗笑"，"不断地他添来另外的你我/使我们丰富而且危险"。在爱情的经历中，他感悟到的是"相同和相同溶为怠倦/在差别间又凝固着陌生"，于是"我留在孤独里"。人类有着无穷的痛苦："不断的寻求"，可是"求得了又必须背离"。爱情法则、事业法则、人类生存法则都不过如此，充满了痛苦和无以解脱的悖谬。这就是穆旦笔下现代人的生存状况。

　　穆旦把这一切归为"残酷"。面对残酷书写时，穆旦诗中也闪烁过宗教意识，写到神或上帝，可是穆旦诗中的神或上帝有别于《圣经》中的神或上帝。比如《出发》（1942）中写道：

> 告诉我们和平又必须杀戮，
> 而那可厌的我们先得去欢喜。
> 知道了"人"不够，我们再学习
> 蹂躏它的方法，排成机械的阵式，
> 智力体力蠕动着像一群野兽。

　　这一位告诉"我们"的就是诗中所言的"上帝"。时而和平时而杀戮，让人们喜欢可厌的事物，学习不是为了社会文明，却是为了像野兽般残杀。在"我们"看来，不过是上帝"让我们信你句句的紊乱/是一个真理"。人的觉醒意识在诗中比较醒目，对于上帝，诗人不是感恩，倒是反讽："我们皈依的/你给我们丰富，和丰富的痛苦。"在《隐现》(1947)中,诗人感叹:"我们站在这个荒凉的世界上/我们是廿世纪的众生骚动在它的黑暗里/我们有机器和制度却没有文明/我们有复杂的感情却无处归依/我们有很多的声音而没有真理/我们来自一个良心却各自藏起。""这不是一个有序的世界,甚至责怪神:主呵,我们生来的自由失散到哪里去了。""等我们哭泣时已经没有眼泪/等我们欢笑时已经没有声音/等我们热爱时已经一无所有。"这就是所谓神造的世界——几乎成为20世纪40年代后期穆旦不断的质问与怀疑。

孤独分裂的自我、虚假矛盾的上帝,构成了穆旦诗歌现代意识中的一部分;抗战生活又使穆旦诗歌的现实内容复杂丰富。《赞美》(1941)是穆旦在抗战初期写的少有的赞美诗,他歌颂"在耻辱里生活的人民,佝偻的人民",歌颂"一个民族已经起来"。然而,《饥饿的中国》(1947)里是"饥饿在每一家门口",《荒村》中是"当最熟悉的隅落也充满危险,看见/像一个广大的坟墓世界在等候"。物价飞涨让"一切都在飞,在跳,在笑/只有我们跌倒又爬起,爬起又缩小/庞大的数字像一串列车,它猛力地前冲/我们不过是它的尾巴,在点的后面飘摇"(《时感四首》1947)。《绅士和淑女》(1948)里有奥登式的讽刺:"绅士和淑女永远活在柔软的椅子上/或者运动他们的双腿,摆动他们美丽的/臀部像柳叶一样地飞翔/不像你和我,每天想着想着就发愁/见不得人,到了体面的地方就害羞!"穆旦的诗并不缺乏现实批判的精神。

王佐良认为穆旦的诗歌"感性化、肉体化"。具体说来,穆旦的诗歌很注重传达个体肉体与心灵感受。这在郭沫若、徐志摩、闻一多、戴望舒、艾青等以来的诗人中是少见的。以上诗人多关注时代思潮与个人感受的结合,而对于肉体的感知,或者说人的本能欲望是隐晦不明的。这或许与中国的诗学传统有关,写爱情也只是描述爱情带来的心灵愉悦或痛苦。可是穆旦的《春》(1942)采用暗示的方式,写到青春的快乐与苦闷:"满园的欲望多么美丽",而"蓝天下,为永远的谜迷惑着的/是我们二十岁的紧闭的肉体","被点燃,却无处归依"。他不再以旧式伦理为描写的禁区,而是带有一种开放的科学态度。正视人体的奥秘在穆旦的诗歌中,戏剧化手法是常用的技巧。这首先表现在人称的不确定上。袁可嘉曾在《新诗的戏剧化》

中提出"第三人称的单数复数有普遍地代替第一人称单数复数的倾向"。穆旦的《诗八首》中有一节出现多个人称:"他存在,听从我的指使/他保护而把我留在孤独里/他的痛苦是不断的追求/你底秩序,求得了又必须背离。""他""我"和"你"可做多种人称或含义的理解。有的诗,他采用诗剧的形式,如《神魔之争》(1941)、《森林之魅》(1945)、《隐现》(1947),通过分角色对话,来实现戏剧化的效果。穆旦的诗歌与卞之琳、艾青不同之处在于语言的高度密集,他不太采用口语,也少铺陈或排比。如《诗八首》(1942)在紧凑的诗句中,描述了爱情的萌发、热恋、高潮乃至结局,并由爱情思考上升到人生、命运的终极认识。诗共八首,每首分两节,每节四行,形式整齐,双行押韵。

  20世纪50年代初,穆旦的诗歌创作进入了第三个阶段。他把主要精力用于俄罗斯诗歌的翻译之中,但还写诗,只是因为海外经历给他带来人生灾难,很长一段时间他是在秘密状态中写作的,作品流露出沧桑之感。他反思社会,追忆友情,还有多首诗通过四季意象表达对社会变化的感受。如写春天:"不意的暴乱,把我流放到……一片破碎的梦"(《春》1976)。夏天:"太阳要写一篇伟大的史诗/富于强烈的感情,热闹的故事/但没有思想,只是文字,文字,文字"(《夏》1976)。秋天:"坠入沉思,像在总结/它过去的狂想,激愤,扩张"(《秋》1976)。冬天:"生命也跳动在严酷的冬天"(《冬》1976)。《"我"的形成》(1976)描写了专制社会中的个人命运——"在大地上,由泥土塑成的/许多高楼矗立着许多权威/我知道泥土仍将归于泥土/但那时我已被它摧毁"。《老年的梦呓》(1976)中悲凉地写道:"这么多心爱的人迁出了/我的生活之温暖的茅舍,有时我想和他们说一句话/但他们已进入千古的沉默。"

  此时的穆旦,还在校正个人与现实的关系。经历战争,经历社会变革,他的心态苍凉却始终满怀希望。他坚信没有理想的人是"草木""流水""空屋",他不怕"一个精灵从邪恶的远方/侵入他的心,把他折磨够",他坚信"在地面看到了天堂"(《理想》)。

第四节 徐訏、无名氏新浪漫小说

　　大后方的文学是丰富的。正当现实主义主潮盛行,而当现代派文学逐渐受到人们关注之际,出现了以徐訏、无名氏为代表的"新浪漫小说"。与此前浪漫主义小说有所不同,新浪漫小说渲染异国情调和神秘色彩,讲述奇情、奇恋、艳遇、传奇,借助奇异的幻想达到精神的自由,以其新颖别致的风格标示着浪漫主义思潮的一种新的走向。

　　徐訏(1908—1980),浙江慈溪人。早年曾任职于《人世间》(林语堂主编),与人合办《天地人》半月刊。1937年成名作《鬼恋》发表于《宇宙风》。次年从法国回到上海,陆续创作了《荒谬的英法海峡》《吉布赛的诱惑》《精神病患者的悲歌》。1943年因在报上连载长篇小说《风萧萧》而名声大振,成了一名畅销书作家。1950年,徐訏移居香港,仍然从事创作,但影响不及他的早期了。

　　《鬼恋》写一个年轻的绅士在冬夜的上海街头偶遇一位自称为"鬼"的冷艳美女。"我"被她的美丽聪敏和博学冷静所吸引,但她始终以人鬼不能恋爱为由,拒绝"我"的爱情,使"我"陷入万分痛苦。直到"我"发现她确实是人不是鬼后,她才承认自己曾经做过秘密工作,暗杀敌人18次,流亡国外数年,情侣被害,现在已经看穿人世,情愿做鬼而不愿做人了。当"我"劝她同做个享乐的人时,她离开了"我"。"我"大病一场,痊愈后去到她曾住过的房间,"幻想过去,幻想将来,真不知道做了多少梦"。小说情节扑朔迷离,气氛幽艳诡谲,人物的命运和归宿令人久久难以释怀。《阿拉伯海的女神》写"我"在阿拉伯海的船上与一位阿拉伯女巫谈论人生经历和阿拉伯海女神的奇遇,而后与女巫的女儿发生恋爱关系。但伊斯兰教不允许信众与异教徒婚恋,于是一对恋人双双跃入大海。然而,"哪儿有巫女?哪儿有海神?哪儿有少女?"原来是"我一个人在地中海里做梦"。小说打破了现实与虚幻的界限,表现了人与神、实在与虚幻、死与生的困惑,弥漫着一种虚无缥缈的感觉,既有奇异的故事,又有哲理的气息。《荒谬的英法海峡》中的"我"在岛上经历了一场奇异的爱情,最后发现只是南柯一梦,不禁叹息:"真是荒谬的英法海峡!"小说以梦境和现实的对照,表达了对现代文明的批判和反省,并显露出对梦幻艺术的偏爱和依恋。《吉布赛的诱惑》写"我"与潘蕊的奇遇,由于文化心态的不同,使得这对恋人出现了文化的不适应:潘蕊与身为中国人的"我"的家人格格不入,日渐寂寞和憔悴,当"我"与潘蕊重返马赛,潘蕊担任广告模特如鱼得水,容光焕发时,"我"却陷入孤独和妒忌之中。这时,吉布赛人(即吉卜赛人)乐观朴素的生命哲学启发了他们,他们与一群吉布赛人一道远航南美,以流浪和歌舞享受着大自然的蓝天明月,感受着人世间的喜怒哀乐。所谓"吉布赛的诱惑",就是自由的诱惑、自然人性的疑惑。

长篇小说《风萧萧》是徐訏的代表作,1943年,在重庆《扫荡报》上连载,风靡一时,"重庆江轮上,几乎人手一纸"。加上这一年徐訏的作品名列畅销书榜首,故而1943年被称为"徐訏年"。小说中的"我",是生活在上海孤岛的一位哲学研究者,在上流交际圈里结识了白苹、梅瀛子、海伦三位各具风采的女性:白苹是姿态高雅又豪爽沉着的舞女,具有一种银色的凄清韵味,好像"海底的星光";梅瀛子是中美混血的国际交际花,机敏干练,具有一种红色的热情和令人"不敢逼视的特殊魅力";海伦是天真单纯的少女,酷爱音乐,像洁白的水莲,又像柔和的灯光。"我"与几位女性产生了复杂的感情纠葛,复杂的人物关系和激烈的内心冲突使小说悬念迭起。而小说的后半部,忽又别开洞天,原来白苹和梅瀛子分别是中国和美国方面的秘密情报人员,她们几经误会猜疑,弄清了彼此身份,遂化干戈为玉帛,联手与日本间谍斗智斗勇,获取了宝贵的军事机密,白苹还为此献出了生命。"我"和海伦也加入抗日的情报队伍中,在梅瀛子为白苹复仇后,"我"毅然奔向大后方,去从事民族解放战争的神圣工作。这部小说在艺术方面颇有特色,将爱情与间谍战糅合在一起,设置了一连串的误解、猜疑、悬念,使读者跟随着"我"如坠云里雾里,到最后才揭开谜团,真相大白。对人物潜意识的挖掘非常深刻,擅长于对梦境的书写。主人公"我"的种种感觉印象,无不涂有浓郁的悲痛感伤色彩;还有"我"的种种反省、忏悔、苦闷、矛盾心理的郁结搅动,无不是根源于民族的屈辱和忧患。

无名氏(1917—2002),原籍江苏扬州,出生于南京,原名卜宝南,后改名卜乃夫。他当过《扫荡报》《中央日报》的记者,西安《华北新闻》主笔。1943年,他出版

《北极风情画》,引起轰动,后又创作《塔里的女人》,再获好评。

《北极风情画》写"我"在华山落雁峰疗养,听一个怪客在酒后讲述了一段凄惨哀艳的痛史。原来怪客本是一位韩国军官,10年前是抗日名将马占山的上校参谋,在西伯利亚的托木斯克,意外结识了奥蕾利亚。两人产生了热烈的爱情,但上校突然接到命令要随部队回国。在离别前4天时间中,他们疯狂而又凄绝地享受和发泄着生命。上校在回国途中获悉奥蕾利亚殉情自杀,她留下遗书,要求上校在他们相识的第10年除夕,爬上一座高山,在午夜同一时候,站在峰顶向极北方瞭望,唱那首韩国的"离别曲"。"我"在华山松林中所听到的如受伤野兽一般悲鸣地歌唱,正是这位韩国义士10年后对这位俄罗斯姑娘的一个有情有义的回报。离奇的情节、真挚的爱情,对于流亡于战火中的读者,具有强大的吸引力。

稍后,无名氏推出了号称"续北极风情画"的《塔里的女人》。这部小说又是写"我"在华山排遣郁闷和孤独,发现一个道士器宇不凡。相熟后,这个觉空道士交给了"我"一包记述他身世的手稿。觉空原名罗圣提,16年前在出席一场晚会时,他的一曲精彩的小提琴演奏征服了年轻美丽的女主持人黎薇。两人相爱了,但罗圣提已有妻室,他不忍心抛弃家乡的妻子,又不忍心让黎薇为自己牺牲,把一个留洋博士方某介绍给黎薇。黎薇在伤心绝望中答应与方某结婚,然而方某是个粗俗跋扈之人,他抛弃了黎薇。10年后,罗圣提几经周折,在遥远的西康一个山乡小学找到了黎薇,而此时的黎薇已经容貌苍老,言行迟滞,几近精神分裂,不认得罗圣提了。罗圣提从此过起简陋的生活,变卖了一切,来到华山,准备把他残余的生命交给大自然。"我"也在月夜神秘的提琴声中得到启示:"女人永远在塔里,这塔或许由别人造成,或许由她自己造成,或许由人所不知道的力量造成!"小说伤感而传奇的恋情,一如《北极风情画》,足以让人浮想联翩,发出同情的叹息。

"无名书稿"前三卷:《野兽·野兽·野兽》《海艳》《金色的蛇夜》,其共同之处是在写浪漫爱情故事时对生命进行哲理的思考,在异域情调的传奇书写中凸显时代氛围。

《野兽·野兽·野兽》的主人公印蒂为了探索人生,参加了革命斗争,在经历了革命的失败后,产生了强烈的幻灭感,他参加革命并不是为了社会解放,而是为了"探索生命、找寻生命",渗透了主体个人主义和对生命强力的渴望之情。《海艳》写印蒂退出革命后对爱情的追求,他与白衣少女瞿萦相遇,一见钟情,苦苦追求,但目标实现后反而失望最终出逃。《金色的蛇夜》将道德败坏和人性歧异写得入木三分,印蒂的追求不但没有成功,反而堕入了欲望的洞穴:走私、吸毒,最终走向了自我毁灭。这三部小说以20世纪20年代到20世纪40年代社会事件为背景,通过主人公经历的革命、爱情、欲望、信仰等,表现了寻找"生命的周全"的复杂性和矛盾性。小说打破了传统小说的情节和时空观,依靠人物的情感经历和生命律动来发展故事,以立体化的印象编织起细致的声色氛围和时空网络,将生命提炼成诗,又将"诗与哲学"融合成故事,给人一种新颖独到、兴致盎然的感觉。不过,无名氏的小说也存在语言过分铺张的缺点。他的"无名书"后三卷《死的岩层》《开花在星云之外》《创世纪大菩提》延续了前三卷的风格,不过直到他晚年才出版。

第五节　张恨水的通俗小说

以重庆为中心的大后方,通俗小说也取得了长足的发展。通俗小说兴起于晚清,虽在五四文学革命中受到新文学阵营的批判,但它凭借其娱乐性和消遣性,在市民中始终拥有大量的读者。比如,向恺然是20世纪20年代武侠小说的代表人物,笔名平江不肖生,其《江湖奇侠传》在《红杂志》上连载,后被上海明星电影公司根据其中的第65—86回改编拍摄成武侠神怪片《火烧红莲寺》共18集,引起轰动。武侠小说家还珠楼主(李寿民)所创作的《蜀山剑侠传》,影响也经久不息。程小青写《霍桑探案》,霍桑一度在读者中成了中国的"第一侦探"。在雅俗文学的长期竞争中,新文学与通俗文学事实上进行着互动。到了抗战时期,这一点变得更为明显。"文协"曾号召通俗文学的创作,还创办了一批通俗文学报刊,成立了一些通俗文艺社团。这些措施推动了通俗小说的发展,产生了一些如沙汀等人合著的《华北的烽火》、高沐鸿的《遗毒记》、欧阳山的《战果》等作品。而通俗文学作家也从新文学作家中接受了一些思想和艺术技巧,提高了作品的思想艺术品位。这过程中,张恨水是一个突出的代表。

张恨水（1895—1967），原名张心远，安徽潜山人。他是一生写了百余部小说，总计3000余万字。1924年，他开始在《世界晚报·夜光》副刊上连载章回小说《春明外史》，一举成名。1927年，他发表了另一部更重要的作品《金粉世家》，从宦门公子金燕西与平民女子冷清秋定情、结婚到反目出走，在"金"和"粉"的奢华背后，北洋军阀的钩心斗角、杀机四伏的尔虞我诈、封建大家的妻妾倾轧、温情脉脉的亲情微笑、放荡腐朽的没落生活，一切都在崩析与重建的边缘摇摆。小说意在借"六朝金粉"的典故，演绎封建大家庭的兴衰史。真正把张恨水声望推到最高峰的是将言情、谴责及武侠成分集于一体的长篇小说《啼笑因缘》。这部小说叙述了一个以平民少爷樊家树为中心的多角恋爱的故事。樊家树抛却封建门第观念，对摩登女郎何丽娜若即若离，却热恋天桥唱大鼓书的少女沈凤喜。但专横好色的军阀刘德柱倚仗权势霸占了沈凤喜，造成了樊、沈的爱情悲剧。曾受过樊家树帮助的义士关寿峰和侠女关秀姑巧设"山寺除奸"，铲除了恶贯满盈的刘德柱。最后，樊家树与何丽娜重修旧好，是一个圆满的结局。小说中有现代都市生活与传统道德心理的冲突主题，在社会言情之外，又渗入了"武侠"的因素，扩充了传统章回小说的容量。

抗战之前，通俗文学因其程式性特征无法体现作家的个体创造性，荷载着过多传统伦理观念和迷信思想，与时代精神格格不入，曾一度遭到精英作家的批评。抗战期间，张恨水对通俗小说进行了相当深入的理论思考。通过下乡调查，他发现"乡下文艺和都市文艺，已脱节在50年以上。都市文人越前进，把这些人越摔在后面"。因此他反对脱离大众的象牙塔里的"高调"，希望自己的作品"有可以赶场的一日"。可以说，张恨水力图在新派小说和旧章回小说之间，走出一条改良的新路。张恨水抗战以后的中长篇小说共有20多部，按题材可以分为三类。第一类是《巷战之夜》《大江东去》《虎贲万岁》等抗战小说，第二类是《八十一梦》《魍魉世界》《五子登科》等讽刺小说，第三类是《水浒新传》《秦淮世家》《丹凤街》等历史与言情小说。相比之下，讽刺小说的成就较大。他将"侠义"精神提升到时代高度，自觉将民族忧患意识和时代氛围融入通俗小说，得到了新文学界的高度肯定。

《八十一梦》借鉴了《西游记》《镜花缘》《儒林外史》及晚清谴责小说的笔法，

写了14个梦。张恨水使用了中国文人"寓言十九,托之于梦"的老套,既是梦,就不嫌荒唐,将神仙鬼物一齐写在书里。这些表面看起来不相关联的场景和人物,通过"我"串联起来,组成了一幅大后方官绅奢靡腐朽的群丑图。作者笔触从北京到南京,从汉口到重庆,从国内到国外,从朝廷到市井,从政界到商场,纵横几万里,宇宙之大,笔笔入画。梦境涵盖了从民国到清朝,从五四到唐宋,从当朝政要、市井草民到王侯将相和历史故人,上下几千年,历历在目。如《在钟馗帐下》,写空谈误国,官僚阶层腐败堕落;《退回去了廿年》中人浮于事,任人唯亲;《狗头国一瞥》中私相授受,崇洋媚外;《星期日》中无所事事,精神空虚;《生财有道》中囤积居奇,发国难财……林林总总,五花八门,各种社会丑态云集在一个画面上,整个社会的风貌表现得淋漓尽致。

《魍魉世界》原名《牛马走》,描写了两类牛马:一类是奉公守法,甘赴国难的牛马;一类是被金钱驱使,寡廉鲜耻的牛马。区老先生一生读书,也教育四个子女认真读书,用学得的知识谋生。然而,重庆物价飞涨,物资奇缺,民不聊生,靠工资生活实难度日。于是,区老先生的三儿子弃文开车跑运输,发了大财;二儿子弃医经商做买卖,生活小康;长子仍然是机关公务员,穷困潦倒。其周围的朋友、同事、邻居、亲戚,无不投机钻营,唯利是图,为挣钱发财苦度时光而日夜奔忙。故事到最后,区老爷子不禁长叹道:"人这样的来,人又那样的去,这就是重庆一群牛马,白玷辱了这抗战司令台畔一片江山。"

抗战胜利后,张恨水离开重庆,回到北平,《五子登科》就写于1947年的北平,揭露的是抗战胜利后,国民党政府的"接收专员"趁机敲诈勒索,大发横财,到处侵吞"金子、女子、房子、车子、条子",变"接收"为"劫收"的丑恶内幕。

张恨水的通俗小说大多采用章回体,照顾到了一般中国读者的欣赏习惯,但在内容上剔除了世俗的黄色、黑幕、怪诞之类的东西,着力于故事性的营造,在语言上却通俗浅显、自然流畅。对此,茅盾评价说:"在近三十年来,运用'章回体'而能善为扬弃,使'章回体'延续了新生命的,应当首推张恨水先生。"

第六章　沦陷区文学

抗战时期,沦陷区、大后方和根据地鼎足而立。沦陷区文学,包括抗战期间日本占领区的中国文学,主要是指1931年"九一八"事变后的东北沦陷区文学,1937年"七七"事变后以北京、天津为中心的华北沦陷区文学,1937年"八一三"事变后以上海、南京为中心的华东沦陷区文学。

第一节　沦陷区文学概观

沦陷区文学与大后方文学、根据地文学同处一个时代,有时代共同性,但由于当局政治、地域文化等因素的影响,也存在明显的差异性。在沦陷区文学中,张爱玲、钱钟书的文学成就最为突出,师陀等人也不容小觑。

从"九一八"事变到抗日战争胜利,中国东北、华北、华中、华东、华南地区相继沦陷,囊括了当时的文化中心哈尔滨、长春、北京、天津、上海、南京、武汉等,地域广阔,人口众多。这些地区沦陷时出版的文学作品集有600余种,文学刊物150多种,有影响的作家百余人,报纸副刊、文学社团此起彼伏,文学思潮纷繁复杂。但沦陷区文学的生存处境是较为艰难的,日伪当局往往动用政权机器,从外部强化对文艺的统治,禁绝一切激发民族意识的文学作品。一方面大肆"焚书坑儒",仅东北一个地区,1931—1936年间就查禁了800余万册书刊;另一方面又极力强迫和诱使作家为"建设大东亚新秩序"而写作,力图将文学捆绑于日伪"圣战"的兵车上。不过,在沦陷区文学中,纯粹的汉奸文学不多,即使有,艺术水准也不高,影响不大。直接表现阶级斗争、民族意识的高亢激昂的文学也难见,若要表现阶级意识、民族意识也只有以曲笔出之。战乱频仍、民族危亡带来的人生感伤和世事沧桑弥漫于沦陷区文学中,使之具有一种难言的悲凉之感,这尤其表现于张爱玲、钱钟书、师陀等作家的作品中。

从整体上看,沦陷区文学还延续着五四新文学的主流传统,例如东北沦陷区和华北沦陷区都有过"乡土文学"的提倡和论争。上官筝曾说:"'乡土文学'是克服今日文坛堕落倾向的唯一武器……'乡土文学'是引导文学活动走入'现实主义'范畴的向导。'乡土文学'的从业,要求作者正视现实,把握现实,并且是一个现实的战斗者"。他倡导乡土文学描写真实、暴露真实,无疑是对五四新文学传统的坚持,是呼唤民族意识的一种潜隐表露。沦陷区文学中出现了一批揭示沦陷区人民真实的生存困境、不屈不挠的民族生存意志而又富有乡土气息的现实主义作品,如梁山丁的长篇小说《绿色的谷》、王秋萤的长篇小说《河流的底层》、疑迟的短篇小说《雪岭之祭》、袁犀的小说集《森林的寂寞》、关永吉的短篇小说集《风网船》等。还有师陀的《果园城记》《无望村的馆主》等乡土小说也是五四乡土文学的发展。此外,钱钟书的《围城》、师陀的《结婚》等讽刺小说也继承了五四新文学的批判锋芒,不过不再是激烈的国民性和阶级性批判,而是更为婉曲的人性批判、风俗批判。

沦陷区文学还出现了一种注重日常生活的、肯定人生的凡俗性的倾向。这自然与政治高压有关,有作家曾说:"我们愿意在政治和风月之外,谈一点适合于永久人性的东西,谈一点有益于日常生活中的东西。"这种取向与20世纪30年代主动远离政治的、新月派、京派、论语派等作家的选择颇为相似。作家重新关注被遗忘、忽略的"身边"的东西,发现正是个人琐细的日常生活构成了最基本、最稳定、也更持久永恒的生存基础。这种选择对于女作家而言具有更为重大的意义。苏青曾说:"我对于一个女作家写的什么男女平等呀,一齐上疆场呀,就没有好感,要是她们肯老实谈谈月经期内行军的苦处,听来倒是入情入理的。"张爱玲也说:"我发现弄文学的人向来是注重人生飞扬的一面,而忽视人生安稳的一面。"其实,无论是男女平等、齐上疆场,还是人生飞扬的一面,更多的是主流意识形态的时代主调。这种主调凸显出每一个时代的表层共性,往往会遮掩个体生命深层的差异性和多样性,也会掩盖日常凡俗生活的原始面貌,因此张爱玲、苏青等作家细致地描摹日常凡俗生活,对于中国现代文学发展中的过度政治化倾向而言具有补偏救弊之功。

沦陷区文学还有一个鲜明特点,就是通俗文学兴盛。在政治高压下,作家生存处境艰难,往往要靠稿费维持生活,因而要投合市民的口味和兴趣;而世事离乱时期,小市民更需要文学对人生的抚摸和安慰,通俗文学便应运而生。此外,为维护不正义的政权,日伪当局也希望平民大众能够沉湎于通俗文学的迷醉中,遗忘现实的反抗;而上海、北平等地的商业文化流行也促进了沦陷区通俗文学的繁荣。宫白羽、还珠楼主、郑证因、王度庐等的武侠小说,程小青、孙了红等的侦探小说,秦瘦鸥、包天笑、刘云若、潘予且等的社会言情小说,耿小的、徐卓呆等的滑稽小说,都极为畅销,深受广大百姓欢迎。张爱玲、徐訏、无名氏等的小说也能够做到雅俗共赏,在雅与俗之间自由穿行。上海孤岛时期和沦陷后的商业化、职业化的演剧活动也非常吸引大众,市民化特色鲜明。

以哈尔滨、长春、沈阳为中心的东北沦陷区文学,以北京为中心的华北沦陷区文学和以上海为中心的华东沦陷区文学成就最高,影响最大。每个沦陷区的文学发展都大致经历了沉寂调整期、复苏建设期、中兴期、衰落期等阶段,虽然各沦陷区具有相对一致的特点,但由于文化渊源、地理环境等因素不一样,各沦陷区的文学也各具特色。

东北沦陷后,日伪统治者文网森严,力图割断东北与关内新文学的联系,大肆向东北输入日本报刊和文学书籍,试图进行文化同化。沦陷初期,年轻作家纷纷结成社团,试图共同寻找出路,其中"夜哨"作家群就颇有成就。该作家群是以金剑啸、罗烽、萧军、萧红等为核心,以《大同报·夜哨》《国际协报·文艺周刊》等为主要阵地的一个作家群,其他成员还有梁山丁、白朗、姜椿芳等,他们的小说具有鲜明的现实主义特色,多揭露东北沦陷区人民生活的艰难与悲惨。到了沦陷中后期,影响比较大的有文选文丛派和艺文志派。文选文丛派成立于1939年12月,主要成员有王秋萤、袁犀、梁山丁、吴瑛、梅娘等人,以《大同报·文艺专页》和大型文学刊物《文选》等为阵地,倡导描写真实、暴露真实的乡土文学,从不同视角描绘了民族灾难中劳苦人民被奴役被践踏的悲凉人生。艺文志派的主要成员有古丁、爵青、小松、疑迟等人,以《明明》(创刊于1937年3月,日本人创办)和《艺文志》(1939年创刊)为阵地,他们审慎地避免触犯政治当局,强调艺术探索,许多作品现实性不足,风格晦涩。东北地域辽阔,森林苍莽,汉族移民和少数民族杂居,民风民俗强悍豪爽,受其影响,东北沦陷区文学明显更为开阔雄健、坚韧粗犷,以粗线条见长,富有原始气息。

梁山丁(1914—1997),原名梁梦庚,辽宁开原人。作品有短篇小说集《山风》(1940)、《乡愁》(1942),长篇小说《绿色的谷》(1943)等。他的乡土小说充满着乡村儿女的愁惨血泪,散发着浓烈的乡土动荡的气息,笔调阴郁。最有成就的是《绿色的谷》,作者力图用史诗般的笔触深厚地描绘出东北农民命运的历史轨迹,情节纷繁而笔调清莹明净:旧家族的败落、佃农的苦难和动荡时世中各类型人物的人生选择,给人以关外大地独特的旷野气息,以及人生追求的曲折离奇的悲凉感。

"七七"事变后,在华北沦陷区,初期文坛一片寂寞,直至1938年11月第一个文艺刊物《朔风》月刊出现,散文随笔率先兴盛。随后辅仁大学、燕京大学、北京大学等高校学生相继创办文学刊物,推动了校园文学的发展。到了1939年秋《中国文艺》月刊、《艺术与生活》半月刊、《国民杂志》等刊物陆续创刊,华北沦陷区文坛才开始热闹起来。

在小说方面,比较重要的有袁犀、梅娘。此外,张秀亚反映基督教"忏悔和皈依"主题的两部中篇小说《皈依》(1939)和《幸福的泉源》(1941),文笔柔和轻灵,格局和谐圆润,堪称富有意境的诗体小说;毕基初的短篇小说集《盔甲山》(1941)被称为"现代梁山泊故事",可称为山林小说,风格雄健强悍;关永吉的乡土小说,如短篇《风网船》等善于发掘农民身上原始强悍的生命力。在诗歌方面,校园诗人吴兴华在诗歌形式、特意融会中国古典诗歌和西方诗歌等方面做了卓有成效的探索,他的"古题新咏"的叙事诗如《柳毅和洞庭龙女》等,能够从超越历史时空的中国古典题材中寻觅、提炼出人类共性的生命体验,富有现代哲理意味。在散文方面,周作人的《秉烛谈》《药堂语录》等小品文思路开阔敏捷、艺术圆熟。相对而言,以北京为中心的华北沦陷区传统文化积淀深厚,古城风物安闲丰腴,无论是小说和散文都充满着冲淡雅闲之气,描绘细腻,刻画入微。因此,像周作人那样的论古道今,谈天说地,讲究品茶饮酒的人生情趣的"小摆设"散文,与"北平文化"的士大夫趣味相吻合,在华北沦陷区最为流行。

袁犀(1920—1979),笔名李克异,辽宁沈阳人。在东北沦陷区时,他就有小说集《泥沼》(1941)等,到北平后,又有小说集《森林的寂寞》(1944)、长篇小说《贝壳》(1943)等。他的短篇小说《邻三人》和《一只眼齐宗和他的朋友》等描写了底层人民挚情的人际关系,笔触细腻委婉。长篇小说《贝壳》主要申诉在恋爱自由浪潮涌动下,青年女性受浅薄险诈的男子玩弄遗弃后的心灵痛苦,写出了青年知识男女思想的混乱和迷惑、善变和矛盾。小说风格含蓄深沉,技法纯熟。

梅娘(1920—2013),原名孙嘉瑞,祖籍山东招远,出生于海参崴,1942年移居北平,著有《鱼》《蟹》《蚌》等中短篇小说,主要关注宦商封建大家庭中女性的悲剧性命运。《鱼》写青年女子芬寄读女子中学,过着尼姑似的枯寂生活,毕业后就遭到家人的软禁;她爱上了一个男人,却是一个暴虐的有妇之夫;后来又爱上另一个有妻室的男人,却是个懦夫。对于芬而言,无处不在的是网,作为鱼只有放手一搏。《蚌》的主人公白梅丽出身显宦之家,跟同事热恋,竟然遭到家庭包办婚姻、小报舆论大泼脏水、无聊同事挑拨离间等种种压力,结果精神濒于疯狂。《蟹》中大家出生的孙玲终于离家出走。梅娘的爱情婚姻小说多塑造具有反叛意识的现代女性形象,严厉批判男权社会,抒情气息浓郁,文笔隽丽婉约。

上海在彻底沦陷之前,有一段"孤岛"时期,是指1937年11月到1941年12月,当时日本帝国主义考虑到国际形势,尚未占领上海英法租界。一部分作家留在租界内,团结了大批爱国文化人士,坚持抗日文艺运动,创造了成绩不俗的"孤岛"文学。其中最活跃的是戏剧运动。阿英、于伶、李健吾等人继续坚持戏剧创作,尤其是阿英的南明史剧《碧血花》《海国英雄——郑成功》《杨娥传》以及太平天国史剧《洪宣娇》,于伶的《大明英烈传》《夜上海》《花溅泪》等戏剧,或以史为鉴,或揭露现实,极大地鼓舞了民众抗日爱国的斗争意志。其次,在"孤岛"文学中,继承鲁迅杂文传统的杂文创作也风行。影响最大的是巴人主编的杂文刊物《鲁迅风》和《文汇报》的副刊《世纪风》,还出版了饶有影响的杂文集,如唐弢的《劳薪集》《识小录》和《短长书》,巴人的《窄木集》,周木斋的《消长集》,柯灵的《市楼独唱》,阿英的《月剑腥集》,孔另境的《秋窗集》和《横眉集》等。在报告文学方面,"孤岛"时期最突出的成就和贡献,是1939年梅益主编的《上海一日》,内容相当丰富,采用向全社会组稿的方式反映了上海各方面社会生活。此外,"孤岛"文学的另一个突出成就是出版方面，第一套《鲁迅全集》就于1938年在"孤岛"印行出版，这无疑是中国现代文学史上意义非常重大的事件。"孤岛"文学是抗战文学不可分割的一部分。

以上海为中心的华东沦陷区是沦陷区文学中成就最高的，这自然与上海会聚的作家多、文化底蕴深厚、文化市场繁荣有关。当时上海影响比较大的文学刊物主要有，进步作家汇集的《万象》(1941年7月创刊)、通俗文学刊物《紫罗兰》(1943年4月创刊)、延续20世纪30年代《宇宙风》风格的散文刊物《古今》(1942年3月创刊)和兼收并蓄的《杂志》(1938年5月创刊)等，这些刊物推动了上海沦陷区文学的发展。在小说方面，师陀的乡土小说，张爱玲、苏青的都市婚恋小说，钱钟书的讽刺小说等色彩纷呈，艺术成就较大。在戏剧方面，演剧的商业化、职业化浪潮汹涌，姚克的改编剧《清宫秘史》(1948)，师陀根据安德列耶夫的《吃耳光的人》改编的话剧《大马戏团》(1948)，费穆根据沈复的同名作品改编的《浮生六记》(1943)，李健吾的改编剧《金小玉》(1944)，柯灵、师陀根据高尔基的戏剧《底层》改编的话剧《夜店》(1945)等演出后都产生了轰动性的影响。在戏剧创作方面，杨绛的喜剧也值得一提。

师陀(1910—1988)，原名王长简，河南杞县人，1946年前的笔名是芦焚。师陀于20世纪30年代登上文坛，以"乡下人"自居，创作立场和风格介于京派和左翼文学之间，多叙写中原农村的溃败和沦落，把辛辣地讽刺和悲哀地抒情融为一体，主要有小说集《谷》《里门拾记》《落日光》《野鸟集》。1936年，师陀到了上海，此后长期居住在上海，是"孤岛"时期和沦陷区中较有成就的作家之一，主要代表作有短篇小说集《果园城记》(1946)和中篇小说《无望村的馆主》(1941)，进一步书写着乡土中国的败落，感喟于人世的沧海桑田，情感浓郁，文字精练。此外，还有创作于沦陷时期但问世于抗战胜利后的两部长篇小说《结婚》(1947)和《马兰》(1948)，都颇有特色。

《无望村的馆主》描写了封建地主大家庭的败落。宝善堂的第一代开创者靠勤俭吝啬发家，第二代靠暴力和诉讼维持声誉，到了第三代陈世德，仅用了三四年时间他就把所有祖产挥霍一空，沦为乞丐，把吴王村变成了无望村。小说开篇就展示了风雪茫茫、旅人迷路忽入荒村野店的神奇场景，随后缓缓展开宝善堂陈家的兴衰变迁,传奇色彩浓郁,在嘲讽封建地主家庭的腐朽沦落命运的同时,也夹杂着由衷的同情和哀婉。

《果园城记》是中国现代文学中极为出色的短篇小说集。在《果园城记·序》中,师陀曾说:"这小书的主人公是一个我想象中的小城……我有意把这小城写成中国一切小城的代表,它在我心目中有生命、有性格、有思想、有见解、有情感、有寿命,像一个活的人。"在作者笔下,果园城是一个宁静恬适、封闭自足、寂寞孤独的具有中世纪风格的小城,但毕竟已经受到时代大潮的冲击,沦落便不可避免。在《城主》中,曾经显赫一时的魁爷受到大革命的冲击后,终于卖掉骡马、遣散仆人,闭门谢客、深居简出,直至被人慢慢遗忘。在《刘爷列传》中,地主儿子刘卓然八年内就把父母遗留下来的三百亩地和两处住宅挥霍殆尽,做了乞食的叫花子。不但权势和金钱的拥有者沦落了,就连赓续文化传统的民间艺人也沦落了,如《说书人》中曾经给民众带来幻想和安慰的说书人也悄悄死去了。剩下的是《葛天民》中靠《笑林广记》打发时日、空虚无聊的葛天民,是《桃红》中只能无望地绣着嫁衣的寂寞孤独的老姑娘。年轻一代要寻觅出路时,厄运又往往无处不在,《颜料盒》中的活泼乐观的师范毕业生油三妹吞颜料自杀,《傲骨》中的反叛者只能终日牢骚满腹,《期待》中的参加革命的徐立刚被屠杀了,留给老迈父母的只有无尽伤痛。面对果园城的沦落和无望,师陀沉痛而哀伤;而面对人世的沧桑,师陀更是感慨万千。在《狩猎》中,孟安卿12年后再次回到果园城,却发现自己已经彻底从此消失,错过的已经不可再见。更为动情的是《一吻》,当大刘姐为17岁时的一吻再次回到果园城时,物非人亦非,当初强吻她的小伙子已经成为中年汉子,被生活折磨得没有任何同情心,她自己也不是当初的大刘姐,而是发胖、富有的中年太太了。那一吻也许仅是回忆中的刹那闪光,既让人充分感到人世的荒凉,也让人感到人生的些许甘甜。《果园城记》共收录18篇短篇小说,以马叔敖为叙述者,每篇着重塑造一个小城人物,各篇之间也互有呼应,把优美的自然景物描写和委婉散淡的人物塑造融为一体,满蓄缱绻深情,如一阙阙荡气回肠的乡土谣曲。

如果说在《无望村的馆主》《果园城记》等小说中,师陀的笔墨饱含同情,那么当他涉笔都市时,辛辣的讽刺便是主调,《结婚》就是写都市吃人的讽刺长篇。主人公胡去恶出生于破落的官僚家庭,大学毕业后到上海当中学历史教员,生活穷苦。抗战爆发,他想乘战乱赚钱,结婚后能过上中产阶级生活。但他受尽了富家子弟田国宝、田国秀和浪荡公子钱亨的引诱和欺骗,结果钱没有赚到,反而债务缠身,最后因谋杀钱亨被巡捕击毙。

师陀以讽刺笔触揭开了抗战时期沦陷区上海那些没有理想、没有信念的青年人的堕落生活,他们只想着发财,在十里洋场醉生梦死,对民族和国家的命运不闻不问,结果被污浊的生活泥塘吞噬。该小说上卷由胡去恶写给女友林佩芳的6封信组成,下卷改用第三人称叙述,多视角地展示了上海洋场的丑态百出的众生相。长篇《马兰》受梅里美的《卡门》和莱蒙托夫的《当代英雄》的影响,着力塑造了马兰这个具有顽强生命力、性情泼辣的女性形象,故事富有传奇色彩。像《结婚》一样,《马兰》也采用了多视角的叙述方式,开篇小引是叙述者口吻,而正文主要是男主人公李伯唐的叙述,中间夹杂着女主人公马兰的"杂记",把"先前你放弃的,你将永远得不到"的悲剧写得跌宕多姿。

苏青(1914—1982),原名冯和议,早年发表文学作品时署名冯和仪,浙江宁波人。曾就读于南京国立中央大学外文系,中途辍学结婚,后随丈夫定居上海,结婚十载,夫妻反目,终致离异。为生计考虑,苏青投身文学,上海沦陷时期出版有自传体长篇小说《结婚十年》(1943)和散文集《浣锦集》(1944)等,大受欢迎,与张爱玲同为上海滩最著名的女作家。1947年,又出版《续结婚十年》。此外还有长篇小说《歧途佳人》短篇小说《胸前的秘密》等。张爱玲曾说:"近代的最喜欢苏青……踏实地把握住生活情趣的,苏青是第一个。她的特点是'伟大的单纯'。经过她那俊洁的表现方法,最普通的话成为最动人的,因为人类的共同性,她比谁都懂得。"的确,苏青和张爱玲一样,在上海沦陷区的政治高压下,不谈反帝抗战、救国救民之类的政治话题,也少有超越性的精神关怀,一心关注日常凡俗生活,以饮食男女的生活情趣建构起质朴的文学世界。

在《结婚十年》中,女主人公苏怀青出身小康之家,无奈父亲早亡,大学未毕业就辍学嫁给同乡的大学生徐崇贤。就在结婚次日,她便看出了丈夫的不忠,加上婚后头胎养的是女儿,无形中就遭到婆家的轻视。当少奶奶的生活极为无聊寂寞,苏怀青便去当小学教员,但很快也因人言可畏不得不放弃。后随丈夫来到上海,闲暇时给刊物投稿,夫妻关系却日渐恶化,尤其当丈夫失业后还与朋友之妻私通,不管不顾自己家庭的支出,最终导致夫妻离婚。

《续结婚十年》中,离婚后的苏怀青先是寄人篱下,想自谋职业独立生活,但在当时的条件下,女人到社会中工作何其艰难,她在朋友帮助下尝试几个工作都不成功,后幸得伪政权的权势人物金总理资助她10万元钱,才得以独立生活,办杂志和潜心从事创作。成名后,苏怀青结交了各色人物,但心中的孤独总是挥之不去,与几个男人交往都不得善终。上海光复后,她还被视为"附逆分子"受到调查,前夫另结新欢,把子女统统交由她抚养,囊空如洗的她毅然决心培养好下一代。《结婚十年》和《续结婚十年》较为忠实地记录了一个受过现代教育的中国女性如何从懵懂少女经过婚姻、家庭、爱情、生育、职业等的磨难慢慢成为心胸开阔、富有爱心、毅力坚韧而又平凡质朴的女人的过程。苏青的小说近于实录,绝不卖弄,想象性的虚华不复存在,有一种扑面而来的凡俗生活气息;加上她的文字不事雕琢,直言相向,毫无忌讳,叙述不讲技巧,纯任生活自然流泻,因此她的小说具有难能可贵的朴素之美。

与小说一样,苏青的散文也爽直坦白,妩媚可爱,浑朴天真。《搬家》《烫发》《拣奶妈》《吃与睡》等散文关注日常凡俗生活的琐事,富有生活情趣。《谈女人》《论女子交友》《论夫妻吵架》《论离婚》《论红颜薄命》等散文谈的是现代男女关系、女性心理等,笔墨散淡,见识不凡,颇有林语堂小品风味。《小脚金字塔》《女生宿舍》《豆酥糖》《外婆的旱烟管》等回忆录散文把中学大学生活、故乡亲人的音容笑貌揩于笔端,细细叙来,别有一番意趣。《道德论》《牺牲论》等论说文富有理趣。《道德论》的副标题为"俗人哲学之一",写出了苏青从人生常识角度对社会上种种虚伪糊涂的道德教条和道德心理的质疑,颇有安徒生童话《皇帝的新装》中小孩子般的率真和自然。《牺牲论》则融合韩非子式的世故和鲁迅式的深刻,对社会上流行的赞美牺牲的心理分析得极为透彻,以俗人的常识嘲讽了高人的愚昧和迂腐,呼喊人们不要赞美牺牲,而该赞美避免牺牲,真正体现了对生命的尊重。

杨绛(1911—2016),原名杨季康,江苏无锡人。在上海沦陷区,杨绛曾创作了两部风俗喜剧《称心如意》(1942)和《弄真成假》(1944),公演后颇获知识分子和市民观众的欢迎。四幕喜剧《称心如意》写青年女学生李君玉父母双亡后到上海投靠亲戚的喜剧性经历。大舅妈不放心当银行经理的丈夫起用妖冶的女秘书,想让李君玉去代替,但又认为她不斯文且没有教养,害怕对女儿影响不好,便借故让她到二舅家去住。曾当过外交官的二舅让李君玉业余当打字员,二舅妈则让她帮忙带孩子,但又担心大儿子被她迷住,嫌她家世不好,便把她推到四舅家。四舅因厌烦妻子要收养孩子,让李君玉写封假情书假装有外遇,与妻子闹得不可开交后,李君玉又被踢到舅公家。舅公徐朗斋孤身一人,脾气古怪,但与李君玉相处融洽,这让觊觎财产的舅妈们大为光火,于是有意驱逐李君玉,但弄巧成拙,反而促成了她的好事。五幕喜剧《弄真成假》写上海里弄的破落户子弟周大璋留学回来一事无成,想着做有钱人家的女婿,结果放弃了真的富家女,找了个同样也想找富家子弟为夫的机关办事员张燕华,双方都"弄真成假"。杨绛的两部喜剧都以上海都市资产阶级的绅士家庭为背景,着重讽刺其钩心斗角、庸俗虚伪、功利至上的市侩作风。杨绛善于从中国人家庭的饮食起居、人情往来、私人纠纷等日常生活中把握具有文化意味的喜剧性细节,对笔底下的喜剧性人物既能够揭露其虚伪狡猾的面纱,又抱有一种同情的理解,带有女性作家特有的温婉。她还善于启用丰富、灵活、富有表情的民间语言,平易而机警,清浅而富有韵味。到20世纪80年代,杨绛重拾文笔,创作了反映知识分子思想改造题材的长篇小说《洗澡》,以及随笔集《干校六记》《将饮茶》,文字简约含蓄,语言温婉,回忆历史,抒发情感,颇有可观。

先是栖身上海"孤岛"、沦陷区,后又到国统区,出入于雅俗之间的,还有两位小说家徐訏和无名氏,他们的小说被称为新浪漫派小说。徐訏在《宇宙风》连载中篇小说《鬼恋》,神奇怪异的格调,辅之以凄美绝伦的爱情悲剧,大受读者欢迎。此后,他相继发表《阿拉伯海的女神》《荒谬的英法海峡》《吉布赛的诱惑》等小说。1943年,他开始在重庆《扫荡报》上连载长篇小说《风萧萧》,更是引起轰动。徐訏善于编织奇幻怪诞的故事,但又渗透着极强的哲理意蕴,不懈地追求理想化的人性,而且善于化用各种现代小说技巧。无名氏在1943年刊行了两部中篇小说《北极风情画》和《塔里的女人》,以新奇艳丽的书名、清丽脱俗的爱情故事、跌宕多姿的人生悲欢和迷乱苍茫的哲理思索,风靡文坛。他善于把生命哲思纳入神秘的色彩缤纷的浪漫主义艺术形式中,和徐訏一样把浪漫主义情感自由原则转化为讲述奇情、奇恋、奇遇,借助奇异的幻想达成精神的自由。

第二节 钱钟书与《围城》

钱钟书是典型的学院派学者,给人的印象是博学多闻,文学创作只是利用学术研究的余裕偶一为之,作品也不多,一部长篇小说《围城》曾长期默默无闻,直到夏志清的《中国现代小说史》对它做了很高的评价:"中国近代文学中最有趣和最用心经营的小说,可能亦是最伟大的一部。"作为讽刺文学,它令人想起像《儒林外史》那一类的著名中国古典小说。但是它比它们优胜,因为它有统一的结构和更丰富的喜剧性。人们才渐渐认识其价值,等《围城》于20世纪90年代改编为电视剧,钱钟书顿时成了家喻户晓的著名作家。

钱钟书(1910—1998),江苏无锡人,字默存,号槐聚。1933年毕业于清华大学外文系,1937年英国牛津大学毕业获得副博士学位,回国后历任西南联大外文系教授、蓝田国立师范学院外文系主任、国立中央图书馆外文部总编纂等职。1949年后,历任清华大学外语系教授、中国社科院文学研究所研究员等职。

主要文学作品有短篇小说集《人·兽·鬼》,散文集《写在人生边上》,长篇小说《围城》和旧体诗集《槐聚诗存》等。此外,他的学术成果斐然,《谈艺录》《管锥编》等名动士林,声誉远播的小说集《人·兽·鬼》共有四个短篇。《上帝的梦》和《灵感》构想奇特,上天入地,殊多戏谑之笔。在《上帝的梦》中,无所不能的上帝因为无聊虚荣,创造了男人和女人,赞美自己,慰解寂寞,结果他们互相爱慕,把上帝弃于一边,惹恼了上帝,引来报复,终至殒命。最终,上帝醒来,发现是南柯一梦,长长地打起厌倦的呵欠。该小说中的"上帝"与其说是上帝,不如说是唯我独尊的现代人,他的滑稽剧反映了钱钟书对自诩为无所不能的、整日强调进化发展的现代文明的讽刺与批判。在《灵感》中,著作等身、声名卓著的作家因为没有得到诺贝尔文学奖,气得一命呜呼,落入地狱,遭到他自己笔下的人物索命,因为这些人物都没有被作家赋予生命;最终地狱司长公正地判决作家到一位等待"灵感"的青年人试图"用语录体小品文的句法、新诗的韵节和格式、写出分五幕十景"的综合体小说中去做个主人翁。谁知作家投胎时,等待"灵感"的青年写不出作品,人急生智,试图与房东女儿私通寻找灵感,结果作家瞅准机会,不去做小说主人翁,跳进房东女儿的耳朵投胎做人去了。从表面上看,该小说嘲讽了中国现代文坛上那些概念化、缺乏生命力的泛滥成灾的文学作品和不负责任的作家,但更深层的意蕴与《上帝的梦》是一致的,那就是人的创造物和创造者之间的异化导致了非常严重的结局,只不过钱钟书以一种幽默、戏谑、漫画般的笔墨出之,令人忍俊不禁,往往又无暇细思。

《猫》和《纪念》两篇是爱情婚姻生活题材的小说,更为平实,更具现实意义。《猫》的主人公爱默在北平的知识分子社交圈中大受欢迎,爱慕虚荣,习惯操纵丈夫和朋友,结果在得知丈夫李建侯竟然背叛自己后,几乎沦入精神幻灭之境。《纪念》的主人公曼倩表面上坚强明丽,实质上在婚姻生活中有着难以忍受的空虚无聊,与天健的一次结实平凡的偷情仿佛给暗淡无光的生活带来一缕色彩。这两篇小说充分反映了钱钟书对中国现代知识分子阶层的狂妄而又空虚的存在状态的嘲讽,显示了钱钟书对爱情婚姻生活中的两性心理卓异不凡的洞察力。短篇小说集《人·兽·鬼》已经充分显示了钱钟书的文学兴趣和特长,那就是对中国现代知识分子阶层的嘲讽,对爱情婚姻中两性心理的细致描摹,辛辣幽默的讽刺艺术才能和令人惊异的广博学识。但这些兴趣和特长在短篇小说尚无法挥洒自如,一旦创作长篇小说,钱钟书的文笔才会令人目眩,因此便有了《围城》。

《围城》动笔于1944年上海沦陷区,1946年完成并连载于《文艺复兴》杂志,1947年出版单行本。在该书初版序中,钱钟书写道:"在这本书里,我想写现代中国某一部分社会、某一类人物。写这类人,我没忘记他们是人类,只是人类,具有无毛两足动物的基本根性。角色当然是虚构的,但是有考据癖的人也当然不肯错过索隐的机会、放弃附会的权利的。这本书整整写了两年。两年里忧世伤生,屡想中止。由于杨绛女士不断的督促,替我挡了许多事,省出时间来,得以锱铢积累地写完。"钱钟书的自叙显示出《围城》对现代中国社会和知识分子阶层的嘲讽的辛辣意味。《围城》以留学归国的方鸿渐为中心人物,描写抗战爆发前后一部分知识分子的空虚无聊、四处奔突、没有出路的"围城"人生,并以之为基点辐射到社会各方面。方鸿渐性格和顺,人生感悟力不俗,能够看透人生但无力自拔,语言机敏但内心懦弱。大学求学时,方鸿渐的学业毫不突出,到欧洲留学又全无心得,被逼无奈之下买了假文凭糊弄父老乡亲。在个人情感上,他先在邮轮上被鲍小姐引诱,后被矫情造作的苏文纨勒索爱情,与妩媚端正的唐晓芙阴差阳错地擦肩而过,最终落入深藏心机的孙柔嘉手中。事业上,他先忍辱负重地在点金银行周经理手下当差,后来被赵辛楣推荐到三闾大学去当副教授。然而好景不长,返回上海后又很快失业。方鸿渐的人生,是不断进入又不断失败的人生。关于这种人生,小说中有一段暗示:

> 慎明道:"关于 Bertie 结婚离婚的事,我也和他谈过。他引一句英国古话,说结婚仿佛金漆的鸟笼,笼子外面的鸟想住进去,笼内的鸟想飞出来;所以结而离,离而结,没有了局。"
>
> 苏小姐道:"法国也有这么一句话。不过,不说是鸟笼,说是被围困的城堡,城外的人想冲进去,城里的人想逃出来。"

方鸿渐后来在赴三闾大学途中也曾对赵辛楣说:对人生万事都有"围城"之感。非常有意味的是,杨绛给电视剧《围城》的题词也是:"围在城中的人想逃出来,城外的人想冲进去。对婚姻也罢,职业也罢,人生的愿望大都如此。"冲进围城与逃出围城无非意味着人无法创造性地生活于此时此地,总是被欲望和幻想驱使着,一旦达到某个目的,该目的就化为虚无,而未达到乃至早已放弃的目的就变得非常具有吸引力。方鸿渐的这种围城人生无疑是缺乏自主意识的人生,是没有创造性的人生,是空虚的人生,也是具有普遍性的人生。像赵辛楣、苏文纨、孙柔嘉、李梅亭、汪处厚、韩学愈、高松年等人,都是围城人生的表演者。

《围城》也意味着人与人之间的隔绝和孤独。以方鸿渐的情感生活为例,如果说他对鲍小姐尚存一点爱与美的渴望,那么鲍小姐对他则是随随便便的欲的吸引;他对苏文纨漠然无所感,苏文纨则试图让他和赵辛楣争风吃醋以满足自己的虚荣心;他与孙柔嘉之间就更是难以忍受的隔膜,误解和纷争几乎触处皆是,而且无法化解。此外,方鸿渐和父母家人之间、与朋友同事之间也是无处不在的隔膜。在三闾大学,方鸿渐曾认识到:"天生人是教他们孤独的,一个个该各归各,老死不相往来。身体里容不下的东西,或消化,或排泄,是个人的事;为什么心里容不下的情感,要找同伴来分摊?聚在一起,动不动自己冒犯人,或者人开罪自己,好像一只只刺猬,只好保持着彼此间的距离,要亲密团结,不是你刺痛我的肉,就是我擦破你的皮。"

"刺猬"之喻在《围城》中具有非常典型的象征意义,不但是方鸿渐身陷"刺猬"的困境,像赵辛楣、苏文纨、孙柔嘉等人也无不如此。难怪有研究者说:"《围城》是一部探寻人的孤立和彼此无法沟通的小说。"这就使得《围城》具有特殊的现代意义。

《围城》对人的形而上的生存困境的发掘使它获得了超越时空的艺术魅力,也使它的幽默讽刺不会失于油滑,对人的嘲讽不会丧失人道的底子。当读者与作者一道兴味盎然地打量那些"无毛两足动物",欣赏着他们的滑稽和丑陋,或忍俊不禁,或捧腹大笑时,读者也会想到自己岂不也是同样的"无毛两足动物",岂不是也常常像方鸿渐一样陷入"没有梦,没有感觉,人生最原始的睡"中,一种悲悯情怀便会油然而生。

当然,《围城》更为人乐道的还不是它的超越性,而是它的现实性。首先是对抗战时期国内知识分子阶层的讽刺。如果说《儒林外史》是科举制度下的文人图谱,《围城》就是洋文凭和旧学问杂然相混时期新儒林的众生相。李梅亭的贪财和虚伪、高松年的不学无术、韩学愈的谎言、顾尔谦的谄媚、陆子潇的庸俗、方鸿渐的孱弱等,不一而足,这些所谓的知识分子全无对国对民的承担热情,没有道义,空虚无聊,投机实利,拉帮结派,完全丧失了知识分子的本有意义,把三闾大学变成了又一个混沌官场。

其次是对中西文化冲突下怪诞的社会现实的展示。方鸿渐、赵辛楣、苏文纨、孙柔嘉等人说传统也不是传统,说现代也不是现代,往往是什么对自己有利就采取什么样的处事原则,从而形成了可怕的实利主义人生观。就连迂腐疏阔的方遯翁在现代社会中也只能维持口头上的文雅,而在心理和行为中往往是实利与卑琐并存。这种情形放大到"围城"社会中也是如此,赵辛楣批评三闾大学的导师制时就说"想中国真厉害,天下无敌手,外国东西来一件,毁一件。"中西文化的错位和冲突就使得现实社会价值混乱,人们心无信念,行无定操,肤浅不堪,于是笑话百出。

钱钟书不但对人生大道颇有了悟,对中西文化大潮了然于胸,而且对人情世态和人物隐秘心理能够洞幽烛微,因此《围城》中塑造的人物栩栩如生,谈天说地,举重若轻。那种旁逸斜出的叙述风格,活泼俏皮、机智有趣的讽刺语言,尤其是富有理趣的连珠妙喻,都使得该小说焕发出独特的艺术光彩。说到《围城》的妙喻,兹举一例。方鸿渐在英国、法国、德国游学4年,一无所获,钱快花完时要回家,父亲方老先生和丈人周经理都问他是否获得博士学位,小说写道:"方鸿渐受到两面夹击,才知道留学文凭的重要。这一张文凭,仿佛有亚当、夏娃下身那片树叶的功用,可以遮羞包丑;小小一方纸能把一个人的空疏、寡陋、愚笨都掩盖起来。自己没有文凭,好像精神上赤条条的,没有包裹。"

把留学文凭和亚当、夏娃遮羞的无花果树叶相比,令人捧腹,对那些不求真才实学但求文凭的留学生的讽刺极为犀利。钱钟书的讽刺艺术能够融历史、道德、风俗、人情、人性的批判于一炉,发人之所未见,为中国现代文学提供了新经验。

第三节 张爱玲与《金锁记》

在沦陷区文学中,张爱玲成为中国现代文坛的一个传奇,颇有横空出世、奇峰耸峙的意味。柯灵在《遥寄张爱玲》中曾说:"中国新文学运动从来就和政治浪潮配合在一起,因果难分。五四时代的文学革命——反帝反封建;三十年代的革命文学——阶级斗争;抗战时期——同仇敌忾,抗日救亡,理所当然是主流。除此之外,就都看作是离谱,旁门左道,既为正统所不容,也引不起读者的注意……我扳着指头算来算去,偌大的文坛,哪个阶段都安放不下一个张爱玲;上海沦陷,才给了她机会。"张爱玲主动疏离政治,用中国传统小说尤其是《红楼梦》式的笔致,结合弗洛伊德式的心理分析,细心描摹着上海和香港洋场社会里市民阶层男女的日常生活影像，展示出乱世人生的大恐慌和大寂寞，从而为中国现代文学构造出奇异的现代性景观。

张爱玲（1920—1995），出生于上海一个没落的封建大家庭中，祖父是李鸿章的女婿，父亲是个旧派纨绔子弟，母亲却崇尚西洋文明，是新派人物。1939年，张爱玲考上英国伦教大学，因第二次世界大战爆发，改入香港大学。1942年，香港被日本人攻陷，张爱玲返回上海。1943年，张爱玲的处女作《沉香屑·第一炉香》经周瘦鹃之手在《紫罗兰》创刊号上发表，此后一发不可收拾，《茉莉香片》《心经》《倾城之恋》《金锁记》《封锁》以及一些散文随笔，相继发表于上海《杂志》《万象》《天地》诸刊。1944年，小说集《传奇》和散文集《流言》相继出版，成为上海文化界最畅销的书，一时洛阳纸贵，张爱玲一举成为沦陷区最走红的作家。抗战胜利后，张爱玲迅速降温，创作也陡然减少，几至辍笔，只偶尔从事电影编剧。1951年，张爱玲发表了长篇小说《十八春》（后又被改名为《半生缘》《惘然记》）。

1955年后，张爱玲定居美国，转而从事文学翻译和学术研究，出版有学术著作《红楼梦魇》和译著《海上花列传》（汉译英）。20世纪60年代，张爱玲的作品再次在港台乃至海外华人中引起巨大反响。到了20世纪90年代，大陆读者也开始热衷于张爱玲的作品。

张爱玲从小生活于没落的封建大家庭中，既深深濡染了中国传统文化的声光影色，又受五四新文化的影响充分认识到中国传统文化的腐朽及其不可避免的沦落命运。更兼她切身经历了第二次世界大战的恐怖，现代文明允诺的美好前景也不攻自破，因此她对世界对人生是比较悲观的。她曾说："呵，出名要趁早呀！来得太晚的话，快乐也不那么痛快……个人即使等得及，时代是仓促的，已经在破坏中，还有更大的破坏要来。有一天我们的文明，不论是升华还是浮华，都要成为过去。如果我最常用的字是'荒凉'，那是因为思想背景里有这惘惘的威胁。"张爱玲所说的"苍凉""荒凉"，是崇高伟大的价值体系坍塌之后人面对现实世界的虚无感。但非常奇特的是，当那些宏大价值坍塌之后，张爱玲并没有陷于绝望，而是以女性的敏感细腻和对生活的热爱发现了日常凡俗生活的真实面目。张爱玲曾说："我发现弄文学的人向来是注重人生飞扬的一面，而忽视人生安稳的一面。其实，后者正是前者的底子。又如,他们多是注重人生的斗争,而忽略和谐的一面。其实,人是为了要求和谐的一面才斗争的。强调人生飞扬的一面多少有点超人的气质。超人是生在一个时代里的。而人生安稳的一面则有着永恒的意味,虽然这种安稳常是不完全的,而且每隔多少时候就要破坏一次,但仍然是永恒的。它存在于一切时代。它是人的神性,也可以说是妇人性。"这是张爱玲非常独特的文学立场。张爱玲所说的人生安稳一面就是日常凡俗生活中的饮食男女,是平凡市民的生老病死,是他们的情欲、虚荣、嫉妒、疯狂,当然她并没有沉溺于此。一方面张爱玲能够充分呈现日常凡俗生活的亲切和合理;另一方面她又能够跳出日常凡俗生活,以一种陌生眼光来打量,看出它的荒诞和苍凉,这使得张爱玲小说内在地具有一种非同凡响的艺术张力。

《倾城之恋》是典型的张爱玲风格的小说。女主人公白流苏与丈夫离婚后回到家中,无奈家中兄弟妯娌均非善类,兄弟狂嫖滥赌,把她的钱差不多花尽了,还想让她在前夫死后回婆家去守寡,母亲也向着兄弟,不堪依靠。青春尚在的白流苏不得不靠自己去再找个能够托付终身的丈夫。而富有的华侨子弟范柳原恰好倾心于白流苏身上的东方情调,认为她才是真正难得的中国女人。于是两人在香港、上海的洋场社会中真真假假、虚虚实实地彼此试探,互相调情,既怕付出又渴望付出,最终因为香港沦陷,残酷的战争让他们看清了人性的真实,回到平凡人生中,做成一对平凡的夫妻。小说结尾处,张爱玲写道:

> 香港的陷落成全了她。但是在这不可理喻的世界里,谁知道什么是因,什么是果?谁知道呢,也许就因为要成全她,一个大都市倾覆了。成千上万的人死去,成千上万的人痛苦着,跟着是惊天动地的大改革……流苏并不觉得她在历史上的地位有什么微妙之点。她只是笑吟吟地站起身来,将蚊烟香盘踢到桌子底下去。
>
> 传奇里的倾国倾城的人大抵如此。
>
> 到处都是传奇,可不见得有这么圆满的收场。

国破民亡是大灾难,但对于白流苏和范柳原而言,婚姻倒因之而成,反为幸事。

这充分体现了张爱玲对世界的独特看法,个人命运与集体命运并不同步,日常凡俗生活摆脱了宏大理念的笼罩,风姿卓然地呈现出来。张爱玲对此既带着爱意,又怀有嘲讽,爱意更多出于天性,而嘲讽更多出于理念。

与《倾城之恋》的哀艳、轻巧相比,张爱玲的中篇小说《金锁记》更为犀利、深刻,对变态人性的深度剖析也令人惊异。夏志清曾说:"据我看来,这是中国自古以来最伟大的中篇小说。这篇小说的叙事方法和文章风格很明显的受了中国旧小说的影响。但是中国旧小说可能任意道来,随随便便,不够谨严。《金锁记》的道德意义和心理描写,却极尽深刻之能事。"《金锁记》是否就是中国自古以来最伟大的中篇小说,也许难有定论,但《金锁记》的确非常出色,令人耳目一新。主人公曹七巧本是麻油店主的小家碧玉,被嫁给了瘫痪在床的簪缨望族姜家二少爷,没有得到满足的情欲和封建大家庭无处不在的心理倾轧使她的性格发生畸变,变得狠毒、刻薄。好不容易熬到丈夫和婆婆死去后,曹七巧终于能够自己掌握巨额财富,但黄金并没有给她带来幸福,反而变成了使她进一步异化的枷锁。她为了牢牢地护住这副枷锁,扼杀了小叔子姜季泽表白的爱慕之意,折磨死了儿子长白的两个媳妇,赶走了女儿长安的未婚夫,最终绝望地、没有安慰地死去:

> 曹七巧似睡非睡地横在烟铺上。三十年来她戴着黄金的枷。她用那沉重的枷角劈杀了几个人,没死的也送了半条命。她知道她儿子女儿恨毒了她,她婆家的人恨她,她娘家的人恨她。她摸索着腕上的翠玉镯子,徐徐将那镯子顺着骨瘦如柴的手臂往上推,一直推到腋下。她自己也不能相信她年轻的时候有过滚圆的胳膊。

被黄金枷锁扼杀的生命终于有了点觉悟,意识到黄金之枷只会带来仇恨,只会导致生命彼此的隔离,只会扼杀生机勃勃的生命。这种结局凄厉得令人难以面对。曹七巧无疑也是受害者,她被封建家庭制度、被人性的虚荣和愚蠢牺牲了。更为可怕的是,像曹七巧这样的受害者,不能反思自己的命运,承担起苦难,阻断苦难,展示爱心,而是顺从了邪恶势力,变成更为恐怖的迫害者,繁殖出更为猖狂的邪恶。

除了对曹七巧变态情欲的精细刻画之外,小说《金锁记》颇受称道的还有其叙述技巧、细节描写以及意象运用等。小说开篇写姜家避兵到上海,由几个下等丫鬟夜里闲话交代出曹七巧的来历,随后叙述曹七巧和妯娌们一大早给婆婆请安,以及白天接待哥嫂,仅一天活动就把曹七巧的辛酸和刻薄都刻画了出来。再下面,小说便跳跃到十年后,过渡的叙述技巧堪称经典:

> 风从窗子里进来,对面挂着的回文雕漆长镜被吹得摇摇晃晃,磕托磕托敲着墙,七巧双手按住了镜子。镜子里反映着的翠竹帘子和一副金绿山水屏条依旧在风中来回荡漾,望久了,便有一种晕船的感觉。再定睛看时,翠竹帘子已经褪了色,金绿山水换了一张她丈夫的遗像,镜子里的人也老了十年。

曹七巧按住镜子,意味着她希望牢牢抓住生命,无奈树欲静而风不止,终究无法抵挡岁月的流逝,遂因生命单调、生活虚度而起仓皇、焦虑、厌倦之感,幸好丈夫及时死去,遂有下文争遗产的闹剧。此过渡段采用电影蒙太奇的剪接手法,把上下文衔接得天衣无缝而又韵味无穷。至于细节描写,如曹七巧分家后第一次接待姜季泽聆听他爱的倾诉时的表现,还有在童世舫眼中曹七巧一级一级走进没有光的所在的场面;意象的运用如开篇的月亮意象、玻璃匣子里蝴蝶的标本意象等,都非常具有艺术光彩。张爱玲小说受中国传统小说尤其是《红楼梦》,以及鸳鸯蝴蝶派通俗小说影响较深,强调故事性,她的大部分小说都有比较完整、曲折、别致的情节,富有趣味性,除了上面讲到的《倾城之恋》《金锁记》,还有《沉香屑·第一炉香》《多少恨》《十八春》等,都非常典型。当然,张爱玲超越于鸳鸯蝴蝶派通俗小说之处,在于她的较为深广的文化视野和对人性的深入剖析。张爱玲常常能够从琐碎的日常凡俗事物中升华出普遍性乃至人类性的哲理内涵,从而使其小说获得超越性的艺术魅力。这往往得力于她对象征艺术的运用,例如《倾城之恋》中香港浅水湾那堵灰砖砌成的墙,《金锁记》中的黄金枷锁等。此外,张爱玲的小说受西方现代小说影响也很深,尤其是弗洛伊德的心理分析理论,使她极善于心理描写,在对变态心理的精细描摹中把握住了现代人的特点,富有现代性,例如《心经》中的恋父情结、《金锁记》中的变态情欲、《封锁》中的意识流等。张爱玲小说还像《红楼梦》等中国古典小说一样非常善于描写服饰和环境，显示出非常丰厚的文化意蕴，更兼语言雅致华丽，意象丰富（如"月亮"意象），色彩鲜明，构图灵动，叙述老练，她的小说便具有难得传统典雅之美。从整体上看，张爱玲的小说熔雅俗于一炉，汇传统现代于一堂，能够在五四启蒙文学和左翼文学之外，开辟出另一种文学天地，对此后的台港文学和20世纪90年代后的大陆文学都具有非常深远的影响，例如白先勇、贾平凹、王安忆、叶兆言等作家都深受启发。2009年，张爱玲自传性质的长篇小说遗作《小团圆》在大陆出版，再次引起大众的兴趣。

张爱玲的散文多收入散文集《流言》中，这些散文大多没有精心营构，如行云流水，自由散漫，却又风姿淡荡。《必也正名乎》《烬余录》《私语》《〈传奇〉再版序》《自己的文章》等散文对于了解张爱玲生平和创作立场颇有启发。而《更衣记》《论写作》《中国人的宗教》《谈跳舞》《谈音乐》《谈画》《谈看书》等散文显示了张爱玲较为广博的学识，富有理趣。例如《更衣记》写清朝以来服装样式的更迭，对各色服装的轻描淡写中，娓娓道出服装样式和社会心理、审美风尚、政治气候之间的关系，既轻灵又有学识。民国初期，有一时期似乎各方面都有浮面的清明气象："时装上也显出空前的天真，轻快，愉悦。'喇叭管袖子'飘飘欲仙，露出一大截玉腕。短袄腰部极为紧小。上层阶级的女人出门系裙，在家里只穿一条齐膝的短裤，丝袜也只到膝为止，裤与袜的交界处偶然也大胆地暴露了膝盖，存心不良的女人往往从袄底垂下挑拨性的长而宽的淡色丝质裤带，带端飘着排穗。"

张爱玲的观察颇为别致。此外，《公寓生活记趣》《道路以目》《中国的日夜》等散文充分反映了张爱玲对都市生活的热爱，能够从中发现难得的诗意。《公寓生活记趣》写都市公寓生活的点点滴滴，例如门前积水、市声、电车回家、小贩、开电梯的人、佣人、公寓住户等，看似凡俗琐碎，但经过张爱玲的妙笔点染，都显示出了难得的趣味，并使得凡俗生活变得丰满充实起来：

> 我喜欢听市声。比我较有诗意的人在枕上听松涛，听海啸，我是非得听电车声才睡得着觉的。在香港山上，只有冬季里，北风彻夜吹着常青树，还有一点电车的韵味。长年住在闹市里的人大约非得出了城之后才知道他离不了一些什么。城里人的思想，背景是条纹布的幔子，淡淡的白

条子便是行驰着的电车——平行的,匀净的,声响的河流,汩汩地流入下意识里去。

这种回归凡俗的散文情趣,尤其是对向来不受作家关照的都市凡俗生活的描摹具有一定的文学史意义。

第七章　解放区文学

延安文艺座谈会后,解放区小说创作进入了现代文学史上一个相当活跃繁荣的新阶段。解放区的短篇小说大多以解放了的农村中的新生活为题材,以新一代觉醒的农民为主要人物,出现了一批格调高昂、清新朴素的优秀作品,赵树理和孙犁在短篇小说创作上取得了突出的成就,而以丁玲、周立波为代表的解放区的中长篇小说创作也体现了全新的时代风貌。与短篇小说一样,中长篇小说也以工农兵和工农兵的生产生活为主要歌颂对象,昭示着新一代群众的迅速成长。

第一节　赵树理、孙犁的短篇小说

一、《小二黑结婚》及赵树理小说的风格特色

1943年9月由华北新华书店出版的短篇小说《小二黑结婚》,是赵树理的成名之作。同年10月《李有才板话》创作完成,这部中篇小说被誉为"解放区文艺代表之作"。1944年至1949年间他陆续发表了中短篇小说《孟祥英翻身》《地板》《庞如林》《福贵》《小经理》《邪不压正》《传家宝》和《田寡妇看瓜》等一系列真实反映农村历史变革的作品。作为最能够体现毛泽东《讲话》所提出的"文艺大众化"创作路线的典范,赵树理成为解放区最有影响的小说家之一。

《小二黑结婚》是《讲话》发表之后最早出现的一部现实主义力作,小说通过描写根据地一对青年男女小二黑和小芹为了争取婚姻自由,与以金旺兄弟为代表的封建恶霸势力、以小二黑的父亲"二诸葛"和小芹的母亲"三仙姑"为代表的封建迷信婚姻观念进行不屈不挠的斗争,终于在民主政权主持下取得了胜利的故事,生动地表现了解放区新一代农民在同愚昧落后的封建传统进行坚决斗争的过程中日益

成长起来。

《小二黑结婚》所蕴含的丰富深刻的思想内容超出了对自由爱情本身的歌颂，而是同农村改革实际紧密结合，具有较多的政治文化色彩，实践着赵树理贴近生活本真面目的艺术理想。通过揭露农村中恶霸势力的猖獗和封建传统观念的顽固，表明了反封建思想斗争的长期性和阶级斗争的艰巨性，也说明了在中国农村积极开展民主改革、移风易俗的重要意义，热情颂扬了根据地党领导下的民主政权。小二黑与小芹的爱情命运在中国现代文学史上具有深远的意义，从鲁迅的《伤逝》中子君、涓生这对城市知识青年为自由恋爱而与命运抗争的失败，到赵树理的《小二黑结婚》中农村男女青年争取个性解放最终获得胜利，从一个侧面显示了中国反封建革命在20多年间所迈出的巨大步伐。以《小二黑结婚》为标志，赵树理在人物塑造、艺术结构和文学语言等方面，创造了真正符合广大人民群众审美趣味的艺术形式。

《李有才板话》是赵树理继《小二黑结婚》之后创作的最早反映解放区农民翻身斗争的中篇小说。小说围绕解放区农村——阎家山改选村政权和减租减息运动，正面展示了农民与地主之间曲折复杂的阶级斗争和农村社会变革的历史画面。小说描写了进步农民李有才和富有反抗精神的"小字辈"青年农民同以恶霸地主阎恒元为代表的长期统治阎家山的封建宗法势力进行的勇敢斗争，热情表现了以李有才为代表的觉醒了的农村新一代人物的成长、成熟并讴歌了他们乐观勇敢的战斗精神，揭露了恶霸地主阶级阴狠狡诈的反动本质。小说真实地反映了解放区农村民主革命发展过程中鲜明的阶级矛盾和复杂的阶级斗争，正面揭示了农村工作中可能存在的种种问题。小说充分体现了赵树理尊重农民的审美习惯、积极吸纳传统民间文艺表现手法的创作个性，快板这种民间艺术形式的大量穿插既是作为情节结构的有机组成部分，又是使李有才这个豪爽坚强、幽默乐观的人物形象保持鲜活生动的重要艺术元素。

《李家庄的变迁》是赵树理创作的第一部长篇小说，作品把夺取人民政权的斗争放置到更广阔的历史时空背景上，描写了太行山区一个封建守旧势力相当强大的小村庄从大革命失败到抗战胜利近20年间所发生的曲折跌宕的历史变迁。八路军领导下的广大农民群众为寻求翻身解放,与狡诈残忍的地主军阀展开长期而艰苦的斗争。在寻求自由和解放的抗争中,李家庄的新一代农民逐步觉醒、成熟起来,亲手打破了家乡的落后闭塞,迸发出强大的革命力量和斗争激情。李家庄的变迁,正是中国现代广大农村不可避免也必然发生的巨大变迁的一个缩影。

从主题和题材上看,赵树理小说总是选取某些现实生活中迫切需要解决而又未能在工作中及时引起注意的社会意义深刻的创作主题,他将这些社会问题通过文学形式艺术地再现,创作了所谓"问题小说"的独特小说品种,而这类小说的共同特质就是都带有鲜明的时代性和现实意义。虽然从农村日常生产生活的平凡现象入手,但作家善于以小见大地反射出时代背景,预见到小问题潜在的大隐患,在轻松幽默的论述中逐渐将问题引向严肃和深入。赵树理的作品并不以雄伟的气势取胜,而是寓韵味于平淡幽默之中,掩卷之后发人深省,显示了一种见微知著的风格特色。

从人物形象塑造来看,赵树理笔下的人物形象往往在语言行动中丰满起来,作为一个现实主义作家,作为一个在农村成长起来的人民艺术家,赵树理对农民的认识是真实而全面的,他一方面揭露了农民身上的某些需要改造的落后素质,另一方面挖掘其内在固有的美好品德,往往寓批评于诙谐幽默之中,将善意的讽刺与热情的讴歌结合在一起。对"二诸葛"、"三仙姑"这类农村落后人物形象的塑造,充分体现了这种特色。"二诸葛",他在封建迷信道德观念的毒害下形成了愚昧保守的思想,顽固维护封建包办婚姻制度与家长的权威,但这些并未掩盖其作为劳动人民所具有的善良、淳朴的一面,这两方面的结合共同形成了其个性特征。"三仙姑"则是一个好逸恶劳、装神弄鬼而举止轻浮的落后农村妇女,她反对小芹和小二黑的自由婚姻。作者通过这两个人物,表明了几千年的封建传统礼教给予农民的深刻影响和毒害与小生产者自身保守落后、迷信愚昧的严重精神病态。与"二诸葛"这类守旧的农民形象相对照的是另一类新型农村小字辈的形象,其代表是小二黑和小芹,他们有明确的人生理想和追求,在斗争中又表现了高度的自觉性和对胜利坚定的信念,但他们的性格和思想深度不及老一辈农民表现得精彩。介于这两类形象之间的是赵树理笔下最突出的农民代表李有才,他既克服了老农民愚昧保守的通病，又比青年农民思想深刻，他在实际斗争中磨炼并显示出卓越的聪慧才智、乐观情绪和敏锐洞察力，体现了先进农民的思想品格，预示了时代发展的必然趋势。赵树理对农民形象的塑造从外在形象到内在情感都表现出地地道道的农民气质，为中国文学的人物画廊贡献了一批鲜活生动、亲切质朴的农民人物形象，充分显示了作家细腻的观察和真切的体认，表现了乡土文学的艺术本色。

在具体的艺术表现手法和技巧上，赵树理的小说也显示了异常鲜明独特的民族风格和乡土气息：

第一，在小说艺术结构上，赵树理本着文学为工农兵服务的艺术原则，认真考察群众普遍的欣赏习惯和阅读期待，在作品的可读性方面下了很大功夫。小说借鉴了传统评书、章回体小说的结构特点，吸纳了其注重故事的完整性，讲究情节连贯、首尾呼应等艺术精华，克服了旧章回小说刻板僵硬的缺点，创造出一种评书体小说形式，极大地推进了"五四"开启的白话小说的民族化进程。

第二，在小说语言方面，作为一个深得农民喜爱的乡村语言大师，赵树理小说语言具有亲切质朴、明快风趣的特色。他借鉴古典小说、民间文学或者戏曲语言中为广大群众喜闻乐见的表达技巧，将经过提纯加工的生动活泼的民间土语方言引入文学语言的领域，从小说人物语言到作家叙述语言都普遍加以口语化，真正体现了大众化和艺术化的融合。

第三，赵树理小说中流溢着浓郁的晋东南乡土民俗色彩。作家用熟识的笔法描绘了农家百艺、风俗物态，蕴含着丰富的中国农民的情感、信仰、智慧等民间文化内涵。继之而起的"山药蛋"派作家群，也正是以其浓墨重彩的民俗描写、显著的地域文化特色而在中国当代文学中独树一帜。

总之，赵树理的作品在艺术形象、文体话语、风貌描绘等方面熔艺术性和大众性于一炉，创造出独具一格的民族新形式，创造出老百姓喜闻乐见的、具有中国气派的民族小说，并对后来的小说产生了深远的影响。1947年7月，晋冀鲁豫边区文联号召文艺创作向赵树理方向迈进，同年8月，边区政府把唯一的文教作品特等奖授予了赵树理。

二、《荷花淀》及孙犁小说的风格特色

1945年5月发表于《解放日报》副刊的《荷花淀》是孙犁的小说代表作，它标志着作家短篇小说创作的全面成熟。

孙犁的作品大致可以分为两类：一类是集中描写冀中白洋淀一带水乡农民的斗争生活，另一类是描写以冀中阜平为中心的山地儿女的斗争生活。作品总体风格清新恬淡，散发着冀中平原、白洋淀水乡和太行山区特有的泥土芳香和勃勃生机。作品的笔调清新明快，充满抒情诗意，在表现艰苦斗争的同时，洋溢着革命的乐观主义。《荷花淀》是这种风格的杰出代表。

《荷花淀》以浓郁的地方色彩语言勾画了白洋淀独具特色的水乡风貌和冀中人民积极开展抗战斗争、保卫家园的感人场景。小说描写了一次伏击战前后发生的感人故事，表现了抗日民主根据地的青年农民积极投入抗日斗争，热情赞扬了他们勤劳、勇敢、沉着、机智的革命英雄主义、乐观主义情怀。作品着力刻画了以水生嫂为代表的几个光彩照人的农村妇女形象，赞美了她们"识大体、乐观主义以及献身精神"，这些形象的成功塑造也确立了孙犁在女性形象刻画上独到的视角和卓越的成就。小说既真切地写出了水生和水生嫂这一对普普通通的农村夫妻在同甘共苦的生活中培养起来的淳朴、真挚的感情，分别的场面描写传达出他们内心蕴藏的难舍难分、温情脉脉的深厚而质朴的爱，又表现出水生嫂通情达理、深明大义的美好心灵和刚强性格。此外，作品还精心安排水生嫂等女人与日本侵略者在荷花淀展开的一场真正的战斗，女人们沉着谨慎、机智勇敢地同敌人周旋，以事实证明经受战争的锤炼和考验而日益成熟起来的中国人民必将最终赢得战争的胜利。作品回避了惊心动魄、火药味十足的战斗场面，从另一个角度反映抗日战争时期的时代岁月和斗争生活，展现了敌后根据地人民的美好品质。

1946年发表的《嘱咐》可以看作《荷花淀》的姐妹篇，也是一篇具有强烈的艺术魅力和深刻的思想内容的短篇小说，讲述了经过14年抗战的夫妻重逢的感人故事。作者用平淡质朴但极为深沉含蓄的手法，细腻描摹了主人公水生趁战斗间隙回家探亲的复杂心态。场面描写真切感人，水生终于见到了自己的女人，热情地叫

了一声:"你!"没有过多华美的言语,质朴无华中流露出深厚的思念。

孙犁写出了自己个性鲜明的艺术风格。在主题和题材的选择上,孙犁的小说不重于摹写具体的社会问题,不过多揭露日常生活中复杂的阶级矛盾,而是通过日常生活画面展示时代现实风貌,着力表现战争年代人民朴素简单的美好心灵和刚强果敢的高尚情操。孙犁的小说、散文作品贯彻着一个鲜明的总主题,这就是在伟大的民族解放战争中,农民大众在党的领导下日益觉醒和成熟,在单纯明净的格调中挖掘农民内在心灵的"真善美的极致",并高度颂扬新中国、新时代、新社会、新农村的新气象。

孙犁独创了自己的美学人物体系。用灵巧的笔触凸显人物满怀的对于生活的喜悦和希冀,和在阶级斗争和民族斗争中锤炼出来的坚毅、英勇的品格。而其中最鲜活灵动的就是在残酷的战争中识大体、顾大局、勇挑生活重担、具有乐观主义和献身精神的农村青年妇女形象系列。孙犁以抒情的笔调渲染气氛,把自己的一腔深情不着痕迹地倾注到人物形象塑造中,着重表现了在她们温柔娴静的外貌下面所蕴含的坚韧顽强的优秀品格。孙犁对劳动人民身上蕴藏的人情美和人性美的揭示,主要是通过对农村妇女形象的塑造和刻画来完成的。除了上面提到的《荷花淀》《嘱咐》里的水生嫂外,《光荣》里的秀梅、《麦收》里的二梅、《碑》里的小菊、《钟》里的慧秀、《浇园》里的香菊、《吴召儿》里的吴召儿、《蒿儿梁》里的刘兰等都是具有美好的心灵、奋发向上的品德和对未来充满信心的新一代年轻人。孙犁选择了他最熟悉的生活、最了解的人物,并赋予全部感情,细致捕捉日常生活的典型细节。纤丽而简单的言语、深沉而真诚的情感充实了孙犁与众不同的艺术风格,实践了他的审美追求。

孙犁小说的结构既严谨缜密,又轻巧灵活,他不注重故事的完整和情节的曲折离奇,常常出现的由一连串的生活画面连缀而成的一幅幅美好画面是孙犁小说的重要组成部分,以散文的抒情笔法来结构小说,善于选择与人物性格相关的生活片段,灵活自如地加以穿插,使人物的性格命运、生活片段和作者的理解、议论融为一体,随着人物情感的流动,结构上表现出活泼生动的特点。

孙犁小说在描画对象和语言格调上都刻意追求一种清新明丽的散文诗般的意

境,于平淡之中见深远,于简朴之中含隽永,于轻柔之中透刚强,通达晓畅之中显朴素浓重。小说以平静的开头把读者引入心灵震颤的深处,而在结尾处又以淡泊淳美的意境令人遐想无限。绚丽多彩的乡情风景描写,更增添了孙犁小说的这种诗意美,不同于赵树理笔下承载着农民的厚道、黄土地的粗犷等的厚重尘封。打破问题小说沉重的历史考察,孙犁笔下的风土人情更多洋溢着白洋淀的轻灵澄澈,对自然景色的描绘多于对社会环境的营造,在孙犁笔下,一景一物都灵活跳跃起来,万物都充满了人的灵性和情感。孙犁小说的语言蕴含着浓厚的感情,那柔情似水的语言使作品充满了一种水波荡漾的抒情气氛。

总之,孙犁的小说以其独有的人物美、人情美、人性美和新颖灵巧的结构、简洁而富有风情的语言、含蓄而极富分寸感的抒情意味,显示了别具一格的民族风格特色。与赵树理质朴淳厚的风格相比,孙犁更多地体现出一种淡远明丽、清新舒展的审美格调,他的这一风格吸引了一批作家效仿和学习,并围绕其形成了"荷花淀"派。

第二节 丁玲、周立波的长篇小说

一、《太阳照在桑干河上》及丁玲小说的风格特色

在新文学阵营中,丁玲是一位创作历史较长并且紧跟时代潮流的重要作家。

丁玲早期作品在艺术上很有特色,善于从人物内心世界中寻找隐蔽的悲剧冲突,进而挖掘其社会历史根源,大篇幅奔涌的内心独白,穿透力极强的性格描绘,都体现着现代阶段普遍追求的生命意味。无产阶级革命文学的倡导与最初实践,影响着丁玲的文学观。1929年和1930年创作的长篇《韦护》和短篇《一九三零年春上海》,表现了作者在黑暗中寻找"新人"的努力。丁玲的创作在1931年发生了较大的转变。这一年创作的《水》《田家冲》等优秀作品,标志着作者从个人自传式的写法转向对社会现实的直接描绘。1936年底到了延安以后,丁玲开始了她创作生涯中一个全新的时期。她创作了一批印象记、通讯、速写和报告文学,后来结集为

《陕北风光》出版,短篇小说则收进了《我在霞村的时候》一书,作为胡风主编的"七月文丛"之一种于1944年3月出版。

作为一位坚持审视生活的独立立场的作家,解放区新的环境、新的人物令丁玲欢欣鼓舞,但现实中的许多问题也使她焦灼沉思。短篇《夜》便是一篇"沉思"之作。小说忧虑地看到了边区的农民虽然在政治上翻了身,但他们刚刚从黑暗社会中走过来,必然面临着包括社会、个人的诸多现实问题亟待解决。主人公何华明的形象说明:离开了经济上和文化上的翻身,农民单纯政治上的翻身是不彻底的,这是《夜》的中心题旨。这种深刻的思考,在20世纪40年代的解放区小说以至整个文学创作中可以说是罕见的,它的出现是现实主义创作方法的又一次胜利。

《在医院中》和《我在霞村的时候》这两个短篇也是现实主义的佳作。《在医院中》通过从上海来到边区医院当产科医生的知识分子陆萍的眼睛,揭示了医院中实际存在的种种问题。《我在霞村的时候》则以一支蘸满同情的笔,热情赞扬了一个苦难而又坚强的女性。这是一篇优秀的小说,它并不是按传统的以同情的态度来刻画人物,进而向日本侵略者提出血泪的控诉。而是以一种全新的伦理态度审视人生,体现灾难境遇对人的求生欲望和自尊心理的激发,以及由此产生的新的人生姿态和生活态度,表现了一个惨遭摧残的女性坚强不屈、追求光明的坚忍毅力。小说的主题已经超出了对个别生活内容的客观描画或是民族仇恨下的战争控诉,而是超越时空的对人类真、善、美的普遍呼唤。当一部小说所体现的女性独立意识先于当时当地的社会意识时,它的不被普遍理解、认同是可以想象得到的。

出版于1948年9月的《太阳照在桑干河上》是中国现代文学史上最早出现的反映土地改革运动的长篇小说,也是丁玲小说创作道路上的一个新的里程碑。研究界普遍认为这部小说是反映时代风云、把握重大题材的优秀作品。

首先,作者出色地掌握了新的历史时代的本质内涵,深刻地反映了土地改革时期农村阶级关系和矛盾的复杂性。规模宏大、人物众多,各种性质的矛盾冲突、丰富多样的斗争形势交织在一起,各阶级、阶层之间的关系错综复杂,这些都是小说创作的难点。但丁玲将富有诗意的笔触深入到农村社会的各个方面和细小角落,独具匠心地安排典型环境和典型情节(以农民与地主的斗争为主线,以挖出并斗倒钱文贵这一典型事件为主要情节),线索明晰、有条不紊地展现了处于伟大历史变革中的宏大广阔的农村社会生活画面。

其次,全书共58节,近40个人物,宏大的生活画面下亦不乏细腻的人物刻画,塑造了一系列真实生动、血肉丰满的艺术形象是这部作品的一大成就。丁玲从陕北时期就努力探索表现新人物内心生活的方法,在《太阳照在桑干河上》中遵循现实主义的艺术原则,从实际生活出发,把人物放在一定的历史条件下和斗争环境中加以分析,既努力发掘农民要求翻身、敢于革命的本质,又注意到千百年来封建生产关系在他们身上产生的影响。在歌颂斗争的同时也不掩饰他们的弱点。用人物分析的方法来刻画出人物形象的完整性和深刻性,通过把环境介绍和人物描写、故事叙述和心理分析结合起来,细致地剖析人物复杂的心理活动过程,深入内心世界使形象丰满立体,描写农民逐渐走向觉醒的过程,表现新时代新农村的本质内涵。也严谨地实践着丁玲要在文学作品中反映"农村的变化,农民的变化"的创作意图,在相当程度上摆脱了一度盛行的理想化色彩,体现了作者对"当时当事"的清醒认识和严肃的批判意识。作品中的农民形象主要人物张裕民、程仁、侯忠全等都写得眉目清晰、丰满亲切;对知识分子出身的文采脱离实际的教条主义、主观主义作风和自以为是、装腔作势的态度描绘得淋漓尽致;对于作家倾注较多情感色彩的黑妮这个人物,研究界始终争论较多,作家对这个人物的态度很大程度上反映了丁玲对现实生活的体验和对土地改革中阶级关系复杂性的理解。

黑妮虽然是钱文贵的侄女,但她的地位只是一个地主家的丫鬟,她拥有自己独立的精神世界,小说中流露出作者对人的个体生存超阶级的关注,以及作家自身对社会问题的独立思考。在叙述语言上,作者积极响应《讲话》中确立的"文学为工农兵服务"的创作宗旨,努力提炼人民群众富有生命力的新鲜活泼的民间口语,融合以文雅凝练的书面语,在增强艺术感染力的同时显示了作家非凡的理性精神。

本分厚道的老汉顾涌用亲家胡泰的胶皮大车拉着大女儿和外孙回到暖水屯。他的二女儿嫁给本村地主钱文贵的小儿子钱义。钱文贵善于见风使舵,让钱义参加八路军,为了寻求政治保护还将女儿嫁给治安员张正典,为了探知胡泰家发生了什么事情,让侄女黑妮陪着二儿媳一道回娘家。

善良漂亮的黑妮虽是钱文贵抚养长大的孤儿,但丝毫没受其习气污染,她和憨厚朴实的程仁相爱。

程仁与张裕民一样从小受地主的剥削,对地主阶级充满了仇恨,但当选了农会主任之后因与黑妮的爱情关系一度背上了沉重的思想负担,总感到"有个东西拉着他下垂",使他行动"不坚决,不积极"。他怕影响不好而疏远黑妮,这使黑妮有些忧郁。等黑妮走后,顾涌的大姑娘告诉妹妹,是公公怕家里的两辆车都被分走,所以让父亲赶一辆回来避风头。

妇女主任董桂花为买地而背上粮食债。她无法体会妇女识字与改善生活有什么关系。

张裕民是暖水屯的第一个共产党员,他带领干部准备发动土改运动。同时区上派来区工会主任老董和文采、杨亮、胡立功三人组成的工作组,他们召集村干部宣传土改政策并组织贫农开会,组长文采长达6小时的发言脱离农民实际,会后村民对土改充满了犹疑和担心。在果树园里,张裕民告诉杨亮村干部不愿说出斗争对象的顾虑。为拉拢程仁,钱文贵一家劝黑妮主动去找程仁。胆小怕事的地主李子俊从任国忠教员口中得知土改大清算的消息,吓得坐立不安甚至逃跑。程仁让李子俊的佃户到他家要红契,但农民们都怕如今出头将来遭地主报复。张裕民得知后,找村副赵得禄商量,他们觉得为了防止地主卖光果实应该把果园看管起来。在是否斗争钱文贵、李子俊和顾涌的问题上,文采、老董与杨亮、胡立功发生了分歧,但都主张用小胜利来鼓舞村民的土改热情。

村里11户地主的果园被看管了,但没有钱文贵的。刘满对此非常愤怒,与张正典发生了口角。村民更赞同刘满,对干部们的做法感到不满。在土改初期,村民普遍存在害怕变天的心理,还有一部分群众头脑中留有宿命论、自私保守等落后思想观念,村干部们本身也思想觉悟不高、自觉意识不强,支部书记张裕民面对微妙复杂的斗争形势一时犹豫不决、举棋不定,农会主任程仁因私心杂念而显出犹豫观望的消极态度。其他村干部也都存在私利的考虑而不能积极开展斗争。暖水屯存在的种种问题,使本应重点打击的地主恶霸钱文贵反而逍遥法外,甚至还成了"抗属"而受到优待。斗争因此一度陷入僵局。此时县里派年轻有为的县宣传部部长章品来解决暖水屯的土改问题。为了统一干部思想,章品决定召开党员大会,会上张裕民带头反省自己在工作上的失误,使党员们消除了顾虑,决定将钱文贵看押起来。程仁回家以后,钱文贵的老婆企图拿红契和嫁黑妮收买他,结果被赶了出去。

钱文贵被抓的消息传开后,整个暖水屯的人们都拍手称快。胡泰和顾涌的问题也得到了正确的解决,胡泰取回了自己的胶皮大车,顾涌找农会主动献地,他们被划分为富农。地主侯殿魁主动找佃户侯忠全,求他收下红契。工作组和村干部们忙着分发土改成果,农民们正兴奋地领取。在人群中程仁刚巧遇到黑妮,她还是那么快乐。此时老董从区上带来消息,前线急需人力去怀来一带加修工事。张裕民召集村干部为此事和秋收工作做人力安排和准备,第二天正好是中秋,刘满带着一队年轻小伙奔赴怀来。老董和工作组离开暖水屯,前往新的工作阵地,沿途所见村庄都呈现出一派翻身解放的崭新景象。

二、《暴风骤雨》及周立波小说的风格特色

土地改革,作为解放区农村的一场伟大变革,成了当时一些中、长篇小说共同的题材。这类作品中,除丁玲的《太阳照在桑干河上》之外,要以周立波的《暴风骤雨》的艺术成就最为突出。

周立波(1908—1979),原名周绍仪,湖南益阳人。1941年开始创作短篇小说,先后发表了反映陕北农村生活的《牛》和以身陷牢狱的生活为素材的《麻雀》《第一夜》等5篇小说。1948年4月、1949年5月,他陆续发表了根据自己参加东北土改运动的亲身体验写成的长篇小说《暴风骤雨》的第一部和第二部,引起了巨大的社会反响。

周立波的长篇小说《暴风骤雨》通过详尽描写松花江畔的小山村元茂屯土改斗争的全过程,反映了中国农村前所未有的巨大变革。小说共分两部,第一部写的是1946年中央"五四指示"下达后到1947年《中国土地法大纲》颁布前,元茂屯在工作队的领导下开展土地运动,通过发动群众,唤醒贫苦农民的阶级觉悟和斗争勇气,斗垮恶霸地主韩老六,打退土匪进攻,取得了斗争的初步胜利;第二部写的是1947年10月《中国土地法大纲》颁布后,工作队再入元茂深入调研,最终取得土改

斗争的全面胜利。小说从工作队进村发动群众斗争恶霸地主开始，写到分土地、挖浮财、起枪支、打土匪，直到农民为了保卫胜利果实踊跃支前参军为止，完整地描绘了东北地区土地革命的全过程，热情地讴歌了在中国共产党的领导下，几千年受着封建主义残酷压迫的农民终于团结起来，同地主阶级进行坚决而顽强的斗争，最终消灭了封建土地所有制，使生产关系发生了根本性的变化，广大农村呈现出了前所未有的新面貌。

这部小说的人物和故事情节比较单纯，紧密围绕元茂屯土改斗争进程的主线展开情节，结构单纯严谨、线索清晰明朗，着重描写两个阶级之间根本立场的对立，而自觉地忽略各个阶级内部复杂矛盾的描写。小说最突出的地方是作者着力刻画了一系列性格鲜亮的农村新人的形象典型，赋予他们较多的理想主义的色彩，宣扬大公无私的高贵品质和无限忠于人民革命事业的传统美德，这种人物形象的塑造比较典型地代表了一种塑造完美英雄的审美理论。第一部的中心人物是赵玉林。第二部的主人公是郭全海，作者通过分马、参军等几个典型事例烘托出他精明能干、机灵正派、大公无私的高贵品质和无限忠于人民革命事业的传统美德。整个小说情节连贯，基本按照土改斗争发展进程的时间顺序来结构作品，表现土改斗争的历史面貌，洋溢着饱满的革命激情。作家广泛地吸取了当地农民的方言口语，使作品透着浓郁的时代色彩和东北农村的地方特色。

第三节 《白毛女》《王贵与李香香》等戏剧和诗歌

一、《白毛女》现代民族歌剧的新尝试

《白毛女》是中国新歌剧的代表之作。1945年为了向即将召开的中国共产党"七大"献礼，延安鲁迅艺术文学院根据流传在晋察冀边区的"白毛仙姑"的民间故事原型而集体创作编演《白毛女》，由贺敬之、丁毅执笔，是我国第一部成熟的新歌剧。它以善良的农家少女喜儿的命运沉浮为主线铺开情节，通过她被逼卖身、父亲惨死、在黄家备受折磨、遁入深山、最终复仇等命运遭遇，自然体现出"旧社会把人

逼成鬼，新社会把鬼变成人"的时代主题。

《白毛女》通过对喜儿、杨白劳等被压迫阶级形象的塑造，对照性地表现出劳动人民要想摆脱悲惨的生活境遇，唯一的出路就是奋起抗争。

《白毛女》的诞生不是偶然的。20世纪40年代的延安，人民群众向着解放的目标迅猛进军，群情激昂，艺术和群众之间产生了特殊的结合方式。现实的斗争和群众欣赏水平、审美情趣的需要，在很大程度上影响着艺术的选择。在中国现代戏剧史上，这是一次具有自己鲜明特点的新的戏剧运动。《白毛女》的人物和环境都很典型。喜儿在歌剧中是作为一个遭受巨大的苦难和不幸却不向命运低头，决心报仇反抗的性格坚强的女性形象出现的。她坚强刚毅的内在气质体现了中国劳动妇女的美德，她复仇求生的意志蕴含着对未来美好生活的向往与渴望，并且与维护人的尊严和价值、争取人神圣的生存权利的斗争完全融合在一起了。在中国现代人物形象画廊中，喜儿是体现劳动人民美学理想的最为动人的女性艺术形象之一，而喜儿的父亲杨白劳则是旧中国老一辈受地主阶级剥削的典型农民形象。

《白毛女》的成熟不仅体现在主题思想和人物形象的典型化塑造方面，更表现为其在民族化、大众化的艺术基点上创造的较为完美的具有中国作风和中国气派的新的歌剧样式。在继承民间歌舞剧的同时，它也借鉴了中国古典戏曲和西洋歌剧的某些表现手段，在秧歌剧的基础上创造了新的富有民族形式特点的歌剧。全剧情节跌宕起伏，人物个性鲜明，冲突尖锐激烈，结构线索单纯，故事性极强，符合中国观众的传统审美习惯。在音乐上，《白毛女》适当运用民歌、小调和地方戏曲的曲调来表现剧中人物的感情，借鉴西洋歌剧利用音乐变调变化表现人物性格发展的艺术处理方法，利用富有民族味的音乐曲调来表现剧中人的性格特征。在艺术表现上，《白毛女》也借鉴了中国戏曲歌唱、吟诵、道白三者结合的传统手法，突破西洋歌剧只唱不说的约束，或用歌唱介绍戏剧发生的特定情景，揭示人物的内心活动，或用吟诵、道白来回忆历史，叙述事件的发展过程。唱词的设置高度诗化，洗练而富于感情，具有强烈的艺术感染力。在歌剧形式上的独创性造成了《白毛女》一方面涂着浓厚的浪漫主义色彩，另一方面贴近生活，真实感人，为新歌剧的创作开辟出一条富有生命力的道路。

无论从思想内容、人物塑造,还是从艺术含量上看,《白毛女》都可以说是中国新歌剧发展历程中的一座里程碑。

二、《王贵与李香香》——现代叙事长诗的新探索

解放区的新诗创作随着民族战争、解放战争的深入而广泛展开。面对新的现实、新的希望,诗人们自觉转变主体创作观念,力图通过反映工农兵火热的斗争现实折射出时代精神和人民大众的心声,从抒发自我的情怀转向"抒人民之情""叙大众之事"。标志着解放区诗歌创作最突出成就的是建立在民间歌谣基础上的、生活气息浓厚的民歌体叙事长诗,而其中影响和成就最大的是李季的《王贵与李香香》和阮章竞的《漳河水》。

《王贵与李香香》是解放区在延安文艺整风后出现的最有代表性的长篇叙事诗。李季(1922—1980),河南省唐河县人。《讲话》发表以后,李季自觉地实践毛泽东文艺路线,在开创新诗创作民族化、大众化道路上卓有贡献。

1946年9月,他在延安《解放日报》上发表了叙事长诗《王贵与李香香》,被当时评论界赞誉为"用丰富的民间词汇"来作诗,内容形式都是好的。《王贵与李香香》主要叙述了陕北"三边"地区的一对农村青年男女悲欢离合的革命爱情故事,描写了20世纪30年代前后陕北农民在中国共产党的领导下积极开展土地革命运动并最终取得斗争的胜利,热烈赞扬了劳动人民英勇不屈的反抗精神和忠于爱情的高贵品质。诗共3部13章,在结构上类似于小说的"三部曲";第一部,描写尚处于恶霸地主黑暗统治下的死羊湾尖锐的阶级对抗,王贵与地主崔二爷的血海深仇以及王贵与李香香生死与共、患难不离的真挚爱情;第二部是全诗的中心,正面展开矛盾冲突,贫苦农民在党的领导下团结抗争,土地改革的烈火在"三边"地区熊熊燃烧,王贵与李香香对革命胜利、爱情圆满充满了希望;第三部,崔二爷的地主返乡团企图反攻倒算,在革命队伍的打击下彻底熄灭,革命获得了最终的胜利,爱情取得了圆满的结局。

在艺术上,《王贵与李香香》表现出陕北高原独具的清新高朗、质朴热烈的风格。首先,创造性地运用了陕北民歌"信天游"的形式,发挥其舒展自由、韵脚灵活

等特点,坚持了民歌固有的音乐美和节奏美,并且大胆地开风气之先,以数节、数十节表现一个完整的情节,数百节连缀成一个复杂多变的长篇故事。其次,传统比兴手法的娴熟运用,既使长诗在明快的节奏和畅达的语言里显示出含蓄生动、富于变换的韵味,又增强了诗歌语言的音乐美和形象性,在叙事中抒情,在抒情中叙事,构成诗情画意的艺术世界。长诗还广泛吸取方言土语,进一步显示出民歌特有的淳朴凝练、清新优美的艺术格调。诗人大胆地将现实主义写法与民歌形式相融合,运用自然朴实的白描手法塑造了王贵与李香香这两个富有时代气息、血肉丰满、光彩照人的农村青年形象,从他们身上体现出在严酷的革命斗争考验下成长起来的革命新人的精神面貌。

三、《漳河水》——新民歌特色的长篇叙事诗

《漳河水》是继《王贵与李香香》之后又一篇优秀的长篇叙事诗,体现出建立在民间歌谣基础上的新民歌的主要特色。作者阮章竞,1914年生于广东香山县(现广东省中山市),1938年到太行山区,开始从事文学创作。

《漳河水》是以描写解放区妇女争取自身解放为题材的长诗,反映了太行山区妇女在封建传统习俗的野蛮压迫下遭受的苦难,热情地歌颂了她们在共产党领导下获得解放和新生。作品取材别致、构思新颖,没有把主人公形象放在激烈的革命战争中来直接塑造,而是通过婚姻、家庭以及生产劳动等日常生活的描写来表现她们对自身命运的自主选择和对人生价值的不懈追求。全诗分三部:第一部"往日",写荷荷、苓苓和紫金英三个农村妇女在封建婚姻制度压迫下不幸的遭遇;第二部"解放",写她们在人民民主政权的帮助下追求男女平等、婚姻自主的不懈努力;第三部"常青树",着重刻画她们坚决地冲破封建婚姻的牢笼,重新获得了自由的心境,热情赞美了光明幸福的新生活。

在艺术表现手法上,《漳河水》运用民歌民谣的形式,诗人把流传在漳河两岸的许多民间小曲如《开花》《漳河小曲》《牧羊小曲》等加工改造,在和谐统一中显得活泼而富有变化,除了大量吸收民间口语元素、保持生活的原汁原味外,也注意吸收古典诗词艺术的长处,在匀称整齐中见出作者的艺术功力。该作品叙事抒情流

畅生动,格调朴实而明丽、清新而刚健,音乐节奏感强,在新民歌体方面做了进一步探索并取得新的突破。

1949年7月,第一次中华全国文学艺术工作者代表大会(简称文代会)在北平召开。会议总结了"五四"以来新文艺发展的历史经验和成绩,成立了中华全国文学艺术界联合会,简称中国文联,从而真正实现了国统区和解放区两大文艺队伍的会师。这次会议的胜利召开,标志着中国现代文学阶段的终结,新文艺在经历了新民主主义革命阶段后,将要迈入中国当代文学的历史新时期。

第八章　转折时期的文学

第一节　转折时期的小说

一、茹志鹃和她的《百合花》

(一)基本知识

茹志鹃(1925—1998),浙江杭州人。1943年参加新四军。创作过歌词《跑得凶就打得好》,话剧《不拿枪的战士》。

1955年转业到上海,任《文艺月报》编辑。1958年创作《百合花》一举成名,形成"清新俊逸"的风格。此后,接连发表《如愿》《春暖时节》《静静的产院》《高高的白杨树》《三走严庄》等小说,成为当代最负盛名的女小说家。1960年从事专业文学创作,曾任《上海文学》编委,为中国作协会员,中国作协上海分会理事。1978年后,又创作了《剪辑错了的故事》《草原上的小路》等,风格悠远深沉。主要作品有小说集《百合花》《高高的白杨树》等。

1980年11月,茹志鹃在《青春》上发表了《我写〈百合花〉的经过》一文,详细地说明了创作《百合花》的缘起。她说:"我写《百合花》的时候,正是反右派斗争处于紧锣密鼓之际,社会上如此,我家庭也如此。啸平处于岌岌可危之时,我无法救他,只有每天晚上,待孩子睡后,不无悲凉地思念起战时的生活,和那时的同志关系。脑子里像放电影一样,出现了战争时接触到的种种人。战争使人不能有长谈的机会,但是战争却能使人深交。有时仅几十分钟,几分钟,甚至只来得及瞥一眼,便一闪而过,然而人与人之间,就在这个一刹那里,便能够肝胆相照,生死与共。"

《百合花》便是这样,在匝匝忧虑之中,缅怀追念时得来的产物。这一创作心理的披露,特别是结尾"它实实在在是一篇没有爱情的爱情牧歌"的补充,成为了人们理解《百合花》本意的一把钥匙:以战争时期人性的美好反衬斗争时期人性的丑恶,或者写一篇没有爱情的爱情牧歌等,是茹志鹃创作《百合花》的真正意图。

不过,在当时的语境下,《百合花》被视为"一曲军民鱼水情的颂歌"。茅盾在《谈最近的短篇小说》一文中认为,小说以1946年中秋一场苏中战役为背景,以小通信员向新媳妇借被子一事为中心情节,通过对人物心灵历程的细腻描写,以及通信员为救民工而捐出生命,新媳妇为小通信员而捐出唯一的枣红色底洒满百合花的新被子这一典型情节的刻画,从一个特定的角度对军民关系展开了纯洁而富有诗意的描写。由于他详细地分析了《百合花》的艺术魅力,还认为"这是我最近读过的几十个短篇中间最使我满意,也最使我感动的一篇。",使得同期转载在《人民文学》1958年6期上的《百合花》跃入评论界的视野,也使这一诗意的主题成为当时最合理也最能为时代所接受的普遍结论,影响深远。

(二) 延伸思考

茹志鹃因《百合花》而形成自己独特的创作风格,"百合花风格"。主要表现在:在选材立意上,不正面描写生活的巨流大波,而从中采撷一片微澜,一朵浪花,加以精细挖掘和描绘,以反映时代风貌;塑造平凡的人,从人物性格的某一点深入下去展开细腻的心理刻画,展示人物的精神世界;艺术构思时,往往根据自己对生活的独特感受,提炼出一两件具有象征意义的事物作媒介,展开对人物心灵历程的描写,充满诗情和哲理;情节单纯明快,细节丰富多彩,色彩柔和而不浓烈,调子优美而不高亢。

关于"百合花风格"的讨论。20世纪50年代末与20世纪60年代初曾引发关于茹志鹃"百合花风格"的讨论,代表性文章有:欧阳文彬《试论茹志鹃的艺术风格》(《上海文学》1959年10月号);侯金镜《创作个性与艺术特色》(《文艺报》1961年3期);细言《有关茹志鹃作品的几个问题》(《文艺报》1961年7期);魏金枝《也来谈谈茹志鹃的小说》(《文艺报》1961年12期);洁泯《有没有区别》(《文艺报》1961年12期)。这是一次难能的正常的文学批评,其中侯金镜的观点影响深远,对茹志鹃的创作产生了重要作用。

二、柳青和他的《创业史》

(一)基本知识

中华人民共和国成立后,以史诗般的规模彰显共和国的来路与去路成为时代的选择。展示中国农村的今天与未来自然成为这一时代的重要主题之一。虽然赵树理的《三里湾》率先以长篇小说的形式书写了中国农村走合作化道路的时代必然,但最具影响力并足以代表一个时代文学范式的长篇小说依然是柳青的《创业史》,它所描绘的中国农村的生活画卷,曾被视为中国农村走向未来的理想图景,他所创造的书写范式曾被视为一个时代的范本,影响久远。了解陕西当代作家需先了解柳青。不过,进入20世纪80年代后,"柳青现象"成为人们重新思索柳青及其《创业史》的触发词。

柳青(1916—1978),原名刘蕴华,陕西吴堡人。1935年参加"一二·九运动"。他曾主编学联刊物《中学生文艺季刊》并在秋季号上发表散文《待车》。1938年来到延安,先后在陕甘宁边区文协及中华全国文艺界抗敌协会延安分会工作。作品有短篇小说集《地雷》长篇小说《种谷记》《铜墙铁壁》等。1952年5月,他从北京举家迁回陕西省长安县(现陕西省西安市长安区)皇甫村安家落户,亲历农村合作化运动,与农民朝夕相处,同甘共苦。1959年,《创业史》(第一部)开始在《延河》连载,1960年6月由中国青年出版社出版。原作计划写四部,由于历史与现实的原因未完成。《创业史》是柳青的代表作,也为柳青赢得了很高的声誉。

1. 历史背景

疾风暴雨的土地革命已经过去,地主阶级已经消灭,富农被孤立,农民得到了土地。但是,由于历史的原因,不同的阶级由于所处的地位不同及长期的传统思想的影响,在新的历史条件下,必然会产生不同的思想和行为,是团结起来走集体化道路还是重新回到老路上去,是按照党领导合作化的方针——自愿互利,重点试办,典型示范的原则使农民体会到互助合作的优越性,还是采取斗争的方式迫使农民加入合作化的道路上来,是当时亟待解决的现实问题。

2. 主题

柳青在《提出几个问题来讨论》中说:"《创业史》这部小说要向读者回答的是:中国农村为什么会发生社会主义革命和这次革命是怎样进行的。回答要通过一个村庄的各个阶级人物在合作化运动中的行动、思想和心理的变化过程表现出来。这个主题思想和这个题材范围的统一,构成了这部小说的具体内容。"

3. 人物设置与结构

小说以阶级属性为基点,以其对合作社的态度为质点,以梁生宝为中心,以富裕中农郭世富、贫农梁三老汉、王二直杠、富农姚士杰等为人物配置构成扇形结构。

(二) 延伸思考

《创业史》的史诗规模在题材的处理上,小说把历史的广度和深度有机地结合起来,作品描写的重心放在农业合作化运动这个题材本身的历史深刻性的挖掘上。《创业史》描写农业合作化运动中两条道路的斗争及各种思想的斗争,艺术的触角触及了农村中那些有影响的人物,也伸进了蛤蟆滩草棚院里那些不为人们所注意的角落。小说既展现了时代滚滚向前的主流,也揭示了它的支流、暗流和逆流;既写了人们的政治立场,又写到了人们的思想动向和心理状态,这无疑是对生活有深度的反映。同时作家又以历史家的眼光开拓了题材的广度,一方面通过"题叙"以及人物生活史的介绍,把蛤蟆滩的现在和过去联系起来,另一方面又通过郭世富黄堡卖粮、改霞进工厂等情节,把蛤蟆滩的斗争跟当时全国社会主义革命与建设联系起来。这样,蛤蟆滩的斗争也就有了一个十分广阔的背景,读者能从全局的联系中看到它的意义,历史的深度和广度达到了有机的统一。

在人物描写上,小说表现了宽阔的艺术视野,笔下的人物几乎包括了各阶层各阶级的代表,并构成了生活面,同时作家又特别注意揭示各种人物的独特性格、独特命运形成的深远的历史根源,使每个人物都有一部生活史。通过对人物的这种有深度的描写,读者就能理解他们在现实生活中如何表现,并且提出具有普遍意义的社会问题,人物的个人命运和社会的历史进程就联系起来了,增加了作品的内涵和厚度。

在结构安排上,按照史诗规模的要求,《创业史》采取了多卷式的布局,第一部在结构上最大的特点是"题叙"与"结局","题叙"为行将开始的故事提供了背景,"结局"在第一部和第二部之间起了承前启后的作用。前者溯其源,后者显去向,既是一个独立的艺术整体,又是历史长河中一个还要发展的生活阶段,历史的广度与深度在结构的安排上得到了落实。

第二节 转折时期的诗歌

一、郭小川与贺敬之的政治抒情诗

(一)基本知识

1949年之后的现代汉语诗歌,在政治的干预和规范之下,承接的是延安时期的新方式和新传统。在政治与诗歌的关系上,沿袭的是战时机制,那就是政治进入诗歌以获取简洁、明快、有力的宣传效果,而诗歌绝对地服务和服从政治,以强烈的政治性与昂扬的情绪性实现新时代的合法表达。这就是所谓的政治抒情诗。

新中国的政治抒情诗从一开始就禀有历史乐观主义的基因,新政权赋予诗人们以闪亮的希望和高涨的激情,诗人们又把这样的希望和激情以政治抒情诗的方式传播四方:

> 人民中国,屹立亚东。
> 光芒万道,辐射寰空。
> 艰难缔造庆成功,五星红旗遍地红。
> 生者众,物产丰。工农长作主人翁。
>
> ——郭沫若《新华颂》

政治抒情诗的主体就是颂歌,歌颂共产党及其领袖,歌颂新的生活,甚至党的决议。

所谓的政治抒情诗就是这样的性质、品格和声音:诗即宣传,诗即教育,诗即政论,诗即歌颂,语词豪迈,情感激动,意象闪光,风格明朗。在中国当代,最引人注目的政治抒情诗人,无疑是郭小川(1919—1976)与贺敬之(1924—)。

郭小川是一个从抗日战争走过来的久经考验的革命者,这是他的首要身份,他的这个身份决定了他的政治忠诚和他的诗歌性质。在新中国的任何社会变革中,他的诗都有反映,他的诗追随这些变革,歌颂这些变革,并且随着这些变革的远去而远去。郭小川的阶梯式抒情,与马雅可夫斯基的抒情其实有本质区别,他的抒情不具有颠覆性,他的抒情为主流的政治服务,所以准确的说法大约是主流政治的抒情诗,简称主旋律。这首《在社会主义高潮中》,是那个时代政治抒情诗的标本,强调的是政治正确而非经验的真切,展现的是风格的明朗以及词语的高潮。"中国人前所未有的/黄金的日子/真是来到了",这是一种激荡人心的时代情绪,也是高高飘扬的美好希望,诗歌也以宏大的意向而飘在空中,不需要落实为刻骨的经验或者内心的颤抖,这是以政治性的灿烂书写代替经验表达和诗艺琢磨的写作,这是不自由的,却又极度自由。然而,郭小川除了是一个革命者之外,他本身也是一个敏感的知识分子,他的情感和思想经常会溢出政治身份和政治忠诚之外,他不但会因天安门上的红旗而激动,而且也会因头顶深邃永恒的星空而沉思,他那知识分子的个人视角与革命战士的集体主义视角,两种身份很难完全协调,两种视角无法真正统一,从而造成其诗歌的内在断裂。关于这一点,可以参阅他的《望星空》。

贺敬之的诗歌有卓越的语言感觉,譬如《桂林山水歌》《西去列车的窗口》,他也能够把自我彻底化入大我之中,在政治抒情之际实现忘我,于是贺敬之成为比郭小川更为合格的政治抒情诗人。诗人选择"西去列车的窗口"为入诗的途径,无疑是巧妙的,通过这个窗口不但可以从内向外看到广阔的大地和满天的朝霞从而激扬起万丈豪情,也可以从外向内看到奔赴前方参加建设的老战士和新战友,看到忠诚和壮志,看到"是的,我们——能够"。"看那是谁?猛然翻身把日记本打开,在暗中,大字默写:开始了——战斗!"以及"那又是谁呵?刚一入梦就连声高呼:我来了!我来了——决不退后……",这样的书写由于语境的变换在今天已经显得有些落寞,但这就是时代及诗人贺敬之留给中国当代诗歌历史的真实。政治抒情诗,不是一般意义上的抒情诗,它的情绪性质,不可以常理度之。

(二) 延伸思考

纵观从 20 世纪 50 年代到 20 世纪 70 年代的政治抒情诗,可以发现:尽管 1949 年中华人民共和国已经成立,但是此前的战争文化模式依然延续下来,即便是建设事业,也用的革命思维。在诗歌领域,战争年代的工具性和革命性依然构成书写的内在性质,研讨这个时期的政治抒情诗,我们不妨上溯到 20 世纪二三十年代,从而打通 1949 年的政治梗阻而实现贯通的理解。

抒情是内在的,需要个体经验,政治是外在的,需要超越个体经验,在政治正确与个体经验之间,是否一定会存在构造,如果一定会存在,诗人是忠实于自我的经验还是忠诚于阶级的政治,这无疑是理解政治抒情诗一切问题的一种人思之途。不论是显得矛盾的郭小川,还是显得不那么矛盾的贺敬之,都可以从这个角度考察。

政治抒情诗对政治要求和个体经验的处理方式,是否为此后新诗人的崛起、新诗潮的出现积累了能量,奠定了基础?

二、李瑛和闻捷的生活抒情诗

(一) 基本知识

政治抒情诗的铿锵语词背后是锐利的工具性目光,这种目光放大了诗歌,也圈养了诗歌,在诗歌跟随政治进入庙堂分享想象中的政治光荣之际,诗歌并未因本身而光荣,诗歌的起点及其归宿能够离开诗的独立和自觉但却离不开政治的思虑,诗歌和诗人必须无条件地接受政治的评判和奖惩。然而,任何一个时代都不是政治一维的独角戏,在宏大的政治幕布之下,生活的细节在持续流动,从而生活的诗意在顽强探头,在政治抒情诗震天动地的间隙,舒缓的生活抒情诗悠扬地飘出,那是来自诗人个体敏感内心的旋律,依然离不开政治的关切,却更从容、缓慢、纤微,带着民间的朴素感情和活泼话语,如真实的绿色使粗粝的沙漠稍有生趣,如真实的清风在安静的角落慰藉了无数的敏感心灵,或者慰藉了革命的人们内心深处永远无法革除的敏感和温柔的部分。这些从生活细节,从自然、劳动和爱情,从人的交流和呼应里产生的诗歌,就是1949年之后含蓄而隐约地点染着人性的生活抒情诗。当年最引人注目的生活抒情诗人有闻捷(1923—1971)和李瑛(1926—2019)等人。

在中国当代诗人中,李瑛的诗歌创作跨度及其成就都不可小视。这是一个在民国时候成长起来的北大中文系学生,也是一个带笔从戎的理想主义战士,他的内心充满激情而又敏感细腻,他的目光所及都是生活的细节和质地,他的生活抒情诗鲜亮、细密、精致。《戈壁日出》是李瑛文学生涯的代表作之一,写抒情主人公在前往拜访勘测队员的途中所见证的一次戈壁滩上的日出,叙述行程与描述日出同时展开。李瑛显然是一台可以移动的精密记录仪,精确记录了日出前后戈壁滩上的风物、色彩、温度、湿度、光影,并且记录得极有张力,甚至局部还有戏剧性的处理,这似乎表明诗人所接受的并非延安的诗歌抒情传统和抒情方式,或者不仅仅是那样的传统和方式,而有20世纪三四十年代的现代主义诗歌的感受和书写的遗风。但是,新的时代需要的不只是一场别有意味的戈壁日出而已,也不只是抒情主人公面对戈壁日出的细腻感受而已,于是到了诗的最后一节,新时代的审美倾向("歌声雄浑")、新时代的精神提示("人民意志的美丽")都像戈壁远方的太阳一般突然跳出,于是统合了生活抒写的细致话语与革命时代的宏大话语,诗歌也就万事大吉了,吉,就是合法性。

在20世纪50年代,闻捷是以诗集《天山牧歌》风靡一时的。闻捷的文风是意味深长的,这表明在政治的壮丽风景之外,生活本身的纤小细节如同地下水一般一直在流动,在滋润,不可或缺,那些情歌,那些边地风光、风俗和风格,构成了闻捷诗歌的内容、质地和力量结构。闻捷的《苹果树下》《夜莺飞去了》等都是当年的名诗,而此间所选的《金色的麦田》同样展示了闻捷的抒写特征,并且一并展现了生活的情趣和时代的氛围。在金色麦田的广阔空间里,巴拉汗和热依木在谈恋爱,但是,他们的谈法不是"空谈"而已,而是有行动的,这个行动,就是劳动——正如《苹果树下》一样,劳动构成恋爱合法性的基础,劳动也使充满情趣的恋爱抒写有了遮风避雨的泥土墙壁和茅草屋顶,不至于被批评。闻捷的笔触是细微而深入的,他在巴拉汗的歌声和脚步中,在热依木起伏的胸脯和含蓄的话语中,展开了甜美而激动的相对于内地而言颇有边地色彩和异域风情的爱情,"不知怎么又走错了路"的

"又",不但简约却又丰富,而且风趣,而"斑鸠叫得多么响亮,它是不是也想尝一尝"的写法,同样是风趣的,却又令人想起汉人的"关关雎鸠,在河之洲"的兴中之比。在闻捷写作新疆的生活抒情诗、写作吐鲁番情歌的那个时代,生活、爱情其实是不可能离开政治而独立、而唯美的,于是诗歌从唯美的抒写最后走向了政治进步,并且,将政治进步作为开花的爱情实现结果的前提条件:"等我成了青年团员,等你成了生产队长。"大约一个时代有一个时代的文学吧,同时,一个时代也有一个时代的爱情,准确地说,一个时代有一个时代的爱情歌咏、生活抒情。

(二)延伸思考

与政治抒情诗并存的生活抒情诗,相似于在灼人阳光之外的清凉月华,似可解暑消渴、沁人心脾,似可在政治抒情诗的阶级性表述、宏大的意识形态放歌之外,做出深入而幽微的人性吟咏,但实际的情形是,那个时代合法而公开发表的几乎所有生活抒情诗,并不是人性表达的典范,它们细节的细腻和有趣符合读者的人性化的阅读期待,但是它们即便是低声的轻唱,也像经过了一道政治的过滤器,那些在诗尾突然闪现的思想升华,那些在诗中强行揳入的政治正确,也就在根本上让人联想到政治抒情诗的歌颂职责和教育功能。那么,生活抒情诗与政治抒情诗又有什么根本之别呢?在一首诗中,在生活抒情诗中,人性的流露、表述和意识形态的约束、灌输是否能够实现平衡?它的平衡结构是诗人伸手到诗里去捏合的呢还是诗情流动自然形成的生态平衡?诗人的真诚和诗的真诚将如何判定?

第三节 转折时期的散文

一、杨朔的散文

(一)基本知识

杨朔在中国现当代文坛上被誉为诗人型的散文家。

杨朔(1913—1968),原名杨毓瑨,字莹叔,山东蓬莱人。中国现当代著名作家、散文家。杨朔幼承家教,其父是清末秀才,又曾受业于李仲都门下,研习古典诗文,自幼便显露出文学才能,性情清高,常与三两好友纵情于"心中文"与"杯中物"之间。"九一八"事变后,开始选译美国作家赛珍珠描写中国的小说《大地》,并将之刊登于《大同日报》副刊。1937年初,被迫离开哈尔滨赴上海太古洋行工作,集资筹办"北雁书店"。1937年"七七"事变后,投身抗战,与友人在武汉合资筹办文艺刊物《自由中国》和《光明周刊·战时号外》以唤醒民众。1938年辗转广州,写下处女作中篇小说《帕米尔高原的流脉》,1942年回延安参加文艺座谈会,先后发表《月黑夜》《大旗》《霜天》《麦子黄时》等短篇小说。1945年加入中国共产党,之后创作了反映矿工斗争和生活的中篇小说《红石山》和反映华北解放战争的中篇小说《北线》。

1949年杨朔担任中华全国铁路总工会文艺部部长,创作了反映铁道兵战斗生活的中篇小说《锦绣山河》,1950年赴抗美援朝战场,写出大量战地报道并创作了反映抗美援朝生活的长篇小说《三千里江山》。这部小说被誉为建国初期小说创作文坛上的"重要收获"。1954年调任中国作协,先后担任外国文学委员会副主任、主任,到大西北及东南沿海等地采访,在此期间发表《西北旅途散记》《石油城》等散文通讯。1956年后从事人民外交工作,担任亚非作家常设局联络委员等职。工作之余钟情于散文创作,作品结集为《亚洲日出》《东风第一枝》《生命泉》等。1959年抽暇回家乡访问,应邀在蓬莱阁上做报告,此后写下了以家乡景胜为内容的《蓬莱仙境》《海市》等著名散文。于1968年8月3日吞服安眠药自杀,终年56岁。

杨朔一生中著述甚丰,其中尤以散文最为突出。他先后发表了200多篇散文,除以上提及的外,结集出版的还有《潼关之夜》《美军是披着人皮的畜生》《万古青春》《铁骑兵》《鸭绿江南北》等。其散文结构严谨,布局精巧,语言精练、含蓄,富有诗意,其中尤以《荔枝蜜》《雪浪花》流传最广,备受人民喜爱。

例如《雪浪花》,作者本着一种"当诗一样写"的信念借鉴了诗歌的艺术特性和表现手法,为我们塑造了一个人老心红、为民服务的普通大众形象。区区2000多字的文章使老泰山这一形象深入人心,作品在蔚蓝的大海、洁白的浪花、火红的晚霞的背景上,勾画出老泰山不遗余力地为社会主义建设添砖加瓦的美好形象,从中寄托着作者对如老泰山一样的普通大众的缕缕情思和深情礼赞。浪漫化的叙事是其特色之一;另外在逻辑安排上,作者的目的是写老泰山,但开篇却写浪花然后引出老泰山,由老泰山的言写到行,再写到他的过去,为我们刻画了一个令人印象深刻的老泰山形象。老泰山形象不俗,"就像秋天的高空一样";老泰山语言不俗,当姑娘们在议论礁石是怎么来的时,他说"是叫浪花咬的";老泰山人格境界不俗,当"我"询问他的姓名时,他竟不肯告诉我,说"山野之人,值不得留名字"。当然,作品带有20世纪60年代散文的特征,对人物的刻画略显理想化。

(二)延伸思考

归纳起来,杨朔散文的文学史价值至少包含了这样三方面的内容:

(1)独特的诗化语言,高远的艺术境界。杨朔散文在语言上的诗化特点一直以来都得到文坛的认可,他的散文具有诗的构思、诗的境界及诗的语言,他本人也被认为是"诗体散文"的代表人物。他的散文语言凝练,极富诗意。他曾说:"我素来喜欢读散文。常觉得,好的散文就是一首诗。还记得我是孩子的时候,有一个深秋的夜晚,天上有月亮,隔着窗户听人用高朗的音调读着《秋声赋》,仿佛自己也走进诗的境界。"

(2)杨朔散文往往构思单纯,集中通过一个人物、一个片段、一种景色、一种动物等描写一个时代的侧面,反映时代的风貌。《雪浪花》《泰山极顶》《荔枝蜜》《茶花赋》等都显示了这种构思。

(3)杨朔散文非常注重练字,凝练的语言加精巧的构思使散文意境更加深沉含蓄。《雪浪花》中:"叫浪花咬的",一个"咬"字用得非常传神。洗练、清新、别致的语言,隽永的诗意成为杨朔散文的另一个特点。在20世纪60年代散文诗化运动中,杨朔散文引领了当时的潮流,影响力极广;在强调个性表达和个人想象的20世纪80年代,杨朔散文的模式化倾向却成为人们诟病的原因所在。有人就指出,托物言志是杨朔散文的惯用手法,"诸如:用雪浪花寓'老泰山',用香山红叶寓'老向导',用采花的蜜蜂寓劳动人民,用童子面茶花寓祖国少年,凡此种种,就成了套子,就成了模式。套子和模式是窒息艺术的工具。"除此之外,杨朔一直以来在散文中所追求的意境也受到了激烈的批评,如"杨朔的所谓'意'基本上是一套既定而僵化的'十七年理念'或当时的路线、方针、政策,所谓的'境'则是作者于浮光掠影的走马观花中撷取的所谓新人新事、新变化、新面貌,其所谓意境则是上述两者的生硬拼接,既未能展示出作者主体的精神发展与真实的主体自我,所选择的客观物象也与主体自我的生命旅程或生命律动全无内在的呼应,因此仅仅是一种特殊时代被扭曲了的灵魂所炮制出来的畸形产物。"如今,在看到杨朔散文的历史局限性的同时,亦应看到其散文的价值,不应全面抹杀。

二、秦牧的散文

(一)基本知识

秦牧在中国现当代文坛上被誉为学者型的散文家。

秦牧(1919—1992),原名林觉夫,名派光、顽石别,因小时喜好读书而得小名阿书。中国现当代著名文学家、散文家。出生于香港,童年侨居新加坡。1932年回国,1938年在广州参加抗日救亡宣传活动。1939年在韶关任《中山日报》副刊编辑时开始使用"秦牧"作笔名。中华人民共和国成立后,一直在广州工作,曾任广东省文联副主席、《羊城晚报》副总编辑等。

秦牧一生创作了大量作品,短篇小说集《珍茜姑娘》,中短篇小说集《盛宴前的疯子演说》,中篇小说《贱货》《黄金海岸》,长篇小说《愤怒的海》,儿童文学集《在化装晚会上》《巨手》等,独幕话剧集《北京的祝福》,文论集《艺海拾贝》。鉴于其在诸多领域的创作成就,他被誉为文学界的"一棵繁花树"。秦牧以散文创作见长,先后结集出版的有《贝壳集》《星下集》《花城》《潮汐和船》《长河浪花集》《长街灯语》《晴窗晨笔》《北京漫笔》《秋林红果》等。他的散文创作与中国社会发展相结合,作品充满时代精神,主张"在广泛学习的基础上,进行独特的创造",因而其散文往往融知识性、趣味性与艺术性于一炉。《社稷坛抒情》就囊括了史学、哲学、文学乃至自然科学方面的诸多知识,人们读到这样的作品犹如徜徉在知识的海洋里,顿觉海阔天空。

《社稷坛抒情》是一篇抒情散文。秦牧徘徊于社稷坛上,思接千载,视通万里,充分展开想象将自己的爱国激情融合于思古幽情之中,抒发了自己对于泥土及生活其上的劳动者的深厚情感。作者以社稷坛为基点,展开遐想,放得开去,收得回来,充分地抒发了自己的爱国情感。作者浮想联翩,想起了古代的祭天祭地,想起了屈原,想起了土地的来历,想起了各个时代的农民,想起了五行的观念,想起了古代的诗人、思想家与志士,最后回到现实,发出了做今天的中华儿女是多么值得快慰的一件事的感叹。

(二)延伸思考

归纳起来,秦牧散文的文学史价值至少包含了三方面的内容:

1. 知识性与趣味性兼容是秦牧散文的第一个特点

秦牧的散文知识性很强,这与他本人的学识渊博与知识储备关系密切,他是一个博闻强识的人,"举凡天文、地理、人情、世态、山川、名物、文学、艺术,他都广为涉猎;历史、传说、典故、见闻、奇谈、趣事、异域异论,他都锐意搜求。"他将社会百科看似很随意地融入散文之中,使人于不知不觉中获取了知识,同时又得到了审美快感。

2. 丰富的联想与有效的控制是秦牧散文的第二个特点

秦牧的散文想象力非常丰富,但是这种联想总是紧密地围绕着一个中心,真正地达到了形散神不散的境界。如《土地》《花城》《社稷坛抒情》《红旗初卷英雄城》等都紧密围绕一个中心,即土地、花市、社稷坛、广州烈士陵园等具体展开想象,生发联想,情感洋洋洒洒又始终不离中心。

3. 林中散步与灯下谈心式的语言风格是秦牧散文的第三个特点

秦牧的散文多以口语为基础,同时又充分利用谚语、成语、比喻、格言及对偶句、排比句等,语言清新、活泼,不落俗套。秦牧采用一种平等的姿态与读者对话,他在《〈花城〉后记》里说:"每个人把事物和道理告诉旁人的时候,可以采取各种各样的方式。这里采取的是像和老朋友们在林中散步,或者灯下谈心那样的方式。我在这些文章中从来不回避流露自己的个性,总是酣畅淋漓地保持自己在生活中形成的语言习惯。我认为这样可以谈得亲切些。"

三、刘白羽的散文

(一) 基本知识

刘白羽在中国现当代文坛上被誉为战士型的散文家。

刘白羽(1916—2005),出生于北京通州。1934年考入北平民国大学中文系。1936年3月在《文学》上发表第一篇小说《冰天》,走上文学道路。参加了抗日战争、解放战争和抗美援朝,在战火中写下了优秀的文学篇章,通讯、报告文学和小说是其主要形式。1955年后,主要从事文化部门领导工作。刘白羽是现代文学杰出的代表人物,著名的散文家、报告文学家及小说家,主要作品有:中、短篇小说《无敌三勇士》《早晨六点钟》《政治委员》《火光在前》以及长篇小说《偷拳》《第二个太阳》《风风雨雨太平洋》等,其中长篇小说《第二个太阳》获第三届茅盾文学奖。他的散文影响力更大,1938—1958年主要是《八路军七将领》《游击中间》《延安生活》《光明照耀着沈阳》等通讯和特写;后期主要以散文为主,有《莫斯科访问记》《万炮震金门》《早晨的太阳》《红玛瑙集》等,著名散文《日出》《长江三日》《灯火》《红玛瑙》《秋窗偶记》《樱花漫记》就收在《红玛瑙集》中。刘白羽对家乡有着深厚的情感,他将自己的全部手稿、成书、奖状、奖品、存书、照片、录音录像及字画都捐赠给了家乡北京通县(今通州区)。

写日出,是以迂回的方式描写日落,指出日落虽然也颇为壮观但难免有萧瑟之感,自己心中向往的仍然是显示生机的日出,由于一直以来无缘观看,自然地引出了海涅、屠格涅夫有关日出的描写;接着描写自己一次在印度一次在黄山与日出的失之交臂;最后才突出了自己在飞机上欣赏到的壮丽日出。刘白羽文笔气势宏伟,语言华美明丽,善于运用铺陈、排比、比喻等手法营造磅礴的气势,他的散文名篇就给人以壮美之感。这些获益于他贴切、生动的语言,如在描写日出后的宇宙时,用了一个恰当而绝妙的比喻,"整个宇宙就像刚诞生过婴儿的母亲一样温柔、安静,充满清新、幸福之感。"

(二) 延伸思考

归纳起来,刘白羽散文的文学史价值至少包含了这样两方面的内容:

1. 在直接的革命斗争与战争中,积累直接经验及个体体验,将革命激情熔铸到散文创作之中

刘白羽认为:"散文是心灵的歌,如果作者不把血、感情流注到文章里,文章又怎能有燃烧的热情、有光彩呢?"正如有评论指出:"他的散文不同于杨朔的'以诗为文',也不同秦牧的'知识''趣味',他注重的是感情与体验的直接倾吐。"的确,刘白羽的散文一般都是从亲身经历出发,抒写自己的真情实感,往往又将这种个人化的情感加以升华,使之达到一定的境界。

2. 在散文创作中吹响时代精神的号角,以一种豪迈、雄健的文笔来抒写时代精神

虽然在20世纪80年代刘白羽散文中的政治抒情倾向受到深刻的批判,但是,应该看到这种倾向是散文发展的必然,也是文学进行创新的必由之径。刘白羽的散文属于那个特定的时代,对此后人不应苛求。对于他散文中的政治话语因子,我们应该一分为二地看,这既是他个人身份的一种无言表白,又是革命时代里革命精神烙下的时代印迹。作为战士型作家,刘白羽不可能不问现实,也不可能不受到现实的影响,而一味地在文字中展现脱离于现实的高高在上的文学。也许正是他作品的政治抒情倾向,使其作品在广大读者那里得到了共鸣。在一个无论是精神还是物质都极其贫乏的时代,他的作品仍然是人们的最好选择。

第九章　新启蒙时代的文学

有蒙昧,故有启蒙。启过蒙而又未完成,或者复堕蒙昧,故有新启蒙。所谓启蒙,就是告诉人们所不知和未知的事物,或者说,让人从无知中走向有知。

第一节　新启蒙时代的小说

一、王蒙的小说创作

(一)基本知识

作为新启蒙时代的重要作家,王蒙与张贤亮的小说无疑具有积极的先锋意义。王蒙(1934—),生于北京,祖籍河北沧州,当代著名作家、学者,曾任《人民文学》主编,中国作协副主席、党组副书记、文化部部长、党组书记等职。著有长篇小说《青春万岁》《活动变人形》等近百部小说,其作品反映了当代中国近半个世纪在前进道路上的坎坷历程。他也是当代文坛上创作最为丰硕、始终保持创作活力的作家之一。有《王蒙文存》23卷问世。

例如《春之声》,小说通过主人公岳之峰在闷罐子车里由见闻引起的丰富联想,让人们聆听到一个新的时代正大步迈来的铿锵脚步声。从困难中见出希望,冷峻中透出暖色,使人对未来充满信心和希望。在艺术表现上,《春之声》是20世纪80年代率先运用"意识流"手法写成的小说,它将反映现实生活的焦点集聚在人物心理内向的直接袒露上,以有限的篇幅充分展示主人公在特定的环境中涌现出的复杂、丰富的内心活动,意识的自然流动,通过对人物内心图景的细致描绘,勾勒出主人公的生活经历、命运遭际和思想性格,同时也表示出社会生活丰富而又纷杂的面影。小说采用"放射性结构",即以人物的心灵为端点,依照联想的程序,做多线条的辐射,笔之所致,今昔中外、乡风城貌,了无拘牵,以极精练的笔墨表现出十分丰富的思想内涵。

(二)延伸思考

意识流小说的特点与王蒙的意识流小说:意识流小说与传统小说不同,它打破传统小说基本上按故事情节发生的先后次序或是按情节之间的逻辑联系而形成单一的、直线发展的结构,故事的叙述不是按时间顺序直线前进,而是随着人的意识活动,通过自由联系来组织故事。故事的安排和情节的衔接,一般不受时间、空间或逻辑、因果关系的制约,往往表现为时间、空间的跳跃、多变,前后两个场景之间缺乏时间、地点方面紧密的逻辑联系。时间上常常是过去、现在、将来交叉或重叠。这种小说常常是以一件当时正在进行的事件为中心,通过触发物的引发,人的意识活动不断地向四面八方发射又收回,经过不断循环往复,形成一种枝蔓式的立体结构。王蒙1980年代的意识流小说的特点亦可作如是观。不过,王蒙的意识流小说还是"中国式的意识流小说",即其逻辑关系较为清楚,有机可寻,而不是天马行空,无拘无束。他的象征手法的运用,如以新的火车头与旧的车厢喻新旧之关系,也具有鲜明的时代特色。这对于久离世界文坛的中国文学界来说,都给人以新鲜感,不少人甚至惊呼:小说还可以这样写!

二、张贤亮的小说创作

(一)基本知识

张贤亮(1936—2014),江苏盱眙县人,1981年开始专业文学创作。曾任宁夏作协主席等职。其代表作有:短篇小说《邢老汉和狗的故事》《肖尔布拉克》《灵与肉》;中篇小说《绿化树》;长篇小说《男人的风格》《男人的一半是女人》等。1993年初,作为文化人"下海"的主要代表人物,创办华夏西部影视,其下属的镇北堡西部影城已成为宁夏重要的人文景观和旅游景点,被誉为"中国一绝"。

例如《邢老汉和狗的故事》,小说以错误路线所造成的农村凋敝为社会背景,通过描写邢老汉与他的黄狗的悲剧命运以及讨饭妇女的坎坷遭遇,真实而形象地展现了在错误路线的肆虐下,中国农民物质与精神的极度惨境。朴实、本分、善良、勤劳的农民邢老汉精神的痛苦与孤寂令人战栗。小说叙述平缓,议论简洁,笔墨沉郁、凝重,具有浓厚的悲剧色彩。

(二)延伸思考

不过,同样是反思历史的行程,张贤亮的小说《绿化树》与《男人的一半是女人》别具一格。这是作者"唯物主义启示录"的前两部,也是作者的代表作。作品从人性的角度,食、色、欲的层次,对流毒给知识分子的摧残予以了激愤的批判,生活在底层的劳动者寄予了热切的同情和真挚的情谊,对知识分子无论在何种境遇中都不断寻求精神的支点,超越的支点予以了积极的肯定与理性的张扬。主人公章永璘作为一个有思想的知识分子,在历史发生迷误的年代,沦落到为活着而活着的低生存需要阶段,麻木到感觉不出别人对他的蔑视的地步。为了求得生存,他将强壮与赢弱、木讷与精灵放在一个天平上。这是物质的极度匮乏而导致的人的精神的跌落。而一旦在物质条件能够达到精神世界不为物质的贫乏而扭曲心灵时,他脑海中那潜伏的超越自我,与人类的智慧联系起来的意识,便迅速膨胀起来。章永璘从"物质的人"回归到"精神的人"是自觉的,也是逐步完成的。从劳改队到农场成为自食其力的劳动者,是他回归的首要前提;荒原人民粗犷、宽厚的品质熏陶了他;《资本论》的精髓武装了他的思想;马缨花无私的爱冲激了他情感的河流。固然,章永璘的思想中有一种优越感,一种距离感,但不断地超越自我、重塑自我的主脉,还是明晰可辨的。作品以严谨的现实主义手法,深沉的理性主义基调,为哲理化的人生,谱写了一曲凝重而严峻的歌。

《男人的一半是女人》中,原本作为一个完整的人的章永璘一度丧失了人的本能,黄香久使他回归了人的本性,也使他复活了人的理性,并最终完成了人的创造性本质。他离开黄香久是人性的完整的复归,也是知识分子精神支点的准确把握,也可以说是历史的必然。小说写生理的扭曲与还原只是人性的一方面,写人的本质即创造性的还原与超越才是作品堪称马克思哲学"唯物论者的启示录"的灵魂所在。

第二节　新启蒙时代的诗歌

一、归来的歌：艾青和曾卓

(一) 基本知识

历史总有一些遗留问题，尤其是中国当代历史，在政治意识形态的整合过程中，许多诗人相继在不同的历史时期获得了同样的待遇：停止写诗。到了20世纪70年代末期，政治领域的变化又使他们重见天日，重新写诗——实际上是再次获得公开发表诗歌的权利。表面上看，是卷入胡风案中的"七月"派诗人，或者探索新诗现代化的"九叶"派诗人，他们回到了诗坛，开始唱起了"归来的歌"，其实，他们的许多诗歌产生于他们苦难的岁月，只是归来于诗歌刊物或者诗歌选本而已——在黑暗的时代，诗歌是另一个可以安顿诗人的世界。同时，这些归来的诗人也是"被归来"的，他们停止写诗与他们重新写诗是基于同样的外在力量。但是，这些归来的诗人，他们将1949年后的经历和思考凝结为诗，使之获得了不同寻常的形式感，以及不同寻常的力量，他们这一阶段的创作，普遍有对人性力量的歌颂，有反思，也有启蒙的主题和风度。归来的歌，不单是诗人的归来，也是诗歌的归来和人性的重临。

例如，艾青的《鱼化石》，延安时期，艾青曾在林伯渠那里看到一块鱼化石，六七条活泼游动的鱼凝结为化石，许多年以后，历尽劫波，艾青想起了那块鱼化石，他发现自己的生命与之相似，于是有了《鱼化石》。在生与死之间，在动与静之间，在生命的活泼跃动与命运的强大宰制之间，诗歌展开了广阔的时空，却不像济慈的《希腊古瓮颂》那样唯美的歌咏，鱼化为了石头，石头化为了抒情主人公生命遭遇的喻体，这个喻体不但具有辽远的历史感，也指向具体的中国当代史，指向众多中国人的当代命运。然而，这个叫作艾青的忧郁诗人毕竟也是一个革命者，他的诗里依然带着刚刚过去的那个时代的革命和斗争遗风，诗的最后一节其实是脱离了诗歌整体的不自然抒发，虽然试图表达抒情主人公主体意志的强大，但是，从诗歌的整体上看,鱼罹难的瞬间并没有想到"斗争"和把能量"发挥干净"等重大问题。

曾卓是胡风案中坚强不屈的受难者的代表,而《悬崖边的树》是曾卓人格的象征。诗歌是可以温暖人心的,尤其在暗无天日的孤独和煎熬之中,诗中的意象是人心的投射,"象"来自世界,而"意"来自内心,悬崖边的树这个"客观对应物"被诗人赋予意义,然后又回头慰藉了诗人,于是,悬崖边的树与绝境里的曾卓合而为一。在诗中,抒情主人公并没有出现,诗人只是在描写那棵悬崖边的树而已,但是我们读诗的时候,却不仅看到了诗人观照的那棵树,而且看到了观照那棵树的诗人,我们还可以看到更多的与诗人一样经历和处境的人,看到历史,看到人与树的同形和同构。人被某种"奇异"的历史进程抛入了某种无由选择的境地,正如树被一阵"奇异"的风吹到崖头。在这样的处境里,抒情主人公实际上已经出现了,因为树的人格化及其寂寞和倔强,正是抒情主人公的形象。这个形象复如那一棵树在绝地顽强生存,即便下临万劫不复的深渊,依然展示出震撼人心的奋飞雄姿,这是顽强的生存意志,更是高贵的人性风度,这是曾卓在绝地唱出的"天鹅之歌"——"据传说,天鹅是不唱歌的,只是在临死前才唱出一支歌"。

唐湜是所谓"九叶"诗派的代表诗人。在回归诗坛之后,他的诗坚持了诗本身的品格,也坚持了形式探索和自我更新。在这首《千树红雾》里,我们可以看到纯粹的诗美,而纯粹的诗美可以洗涤人心。在诗中,我们的思路追随着诗人的目光,而诗人的目光追随着诗人的想象,从梅花开到了桃花放,从桃花流水而随白鸟到汪洋,然后在汪洋上看红日和霞彩,看凝思的少年——那是昔日的少年,而今的老者。于是我们回头,发现这首诗是一次生命的回顾,也许是诗人,也许是那个抒情主人公在抒写自己一生的踪迹。这首诗在明快的语词滑移背后,潜藏着人生的况味,丰富且迷离,普遍却具体,朦胧而唯美。谈到自己写作《千树红雾》这个时期的诗歌追求,唐湜曾说,"年轻时,我从西方吸取过些浪漫蒂克的梦幻,一些朦胧的色彩,或一些古典的意象,一些现代的象征。这忽儿,我却要求自己返璞归真,归于最朴素的真实,最恬静的抒写。我要以坦率的散文笔致追求一种诗的纯度,展开一片诗的纯净美或纯诗的美,希望能从对生活的一点感受触发闪光的诗。","我企求能达到一种风格上的澄明,一种我难以企及的单纯的化境。"——其实唐湜大致达到了他所谓的"单纯的化境",而即便是到了"烈士暮年",唐湜依然在诗歌的探索上锐意精进,令人动容。

(二)延伸思考

归来的诗人群体本身是成分复杂的,他们的诗歌创作也体现出显著的差异。实际上,我们思考这样一些问题是很有价值的:他们中谁在痛苦过去之后倍感冤屈?他们中谁在痛定思痛之时彻底领悟?他们中谁超越了历史的曲折和自我的荣辱而走向了唯美的世界,企图建构透明而纯粹的人间秩序?诗人涌现于同一个诗潮,但诗人并不同一。

二、"朦胧诗":北岛和孤城

(一)基本知识

在20世纪七八十年代之交,"朦胧诗"是在被批评之中被命名的新生事物,它是相对于此前盛行的政治抒情诗之类简单、透明、政治正确而情绪激昂的写作而言的,它的"朦胧"是中国当代诗歌的一次崛起,"它意蕴甚深却不求显露,它适应当代人的复杂意识而摒弃单纯,它改变诗的单一层次的情感内涵而为立体的和多层的建构","模糊性使诗歌的错综复杂的内涵的展现成为可能","急速的节奏,断续的跳跃,以及贯通艺术诸门类手法的引用和融汇,如电影蒙太奇的剪接与叠加,雕塑的立体感,音乐的抽象,绘画的线条和色彩,这些'引进',都使新诗艺术有一个突进的扩展"。其实,"朦胧诗"的影响还不只是"朦胧"的形式探索,"朦胧诗"创作群体,譬如北岛、舒婷、顾城、芒克、杨炼、江河,等等,他们的诗歌写作里面有相对于此前的新的价值反思和新的人文启蒙,他们写出了新的转机,他们呼应了新的期待。

在新时代开启的时候,北岛是作为一个象征拔地而起的,他的诗歌是一个时代的声音,如果这个时代是一个新启蒙的时代,那么他的诗歌就是启蒙的声音。《回答》是新旧历史节点上的见证与反思,怀疑与承担,它描述了黑暗时代的黑暗真相,也抒写了新的时代新的一代的激情、理性和责任感。《回答》的底蕴是坚实的,因为这不是虚假空洞的政治意识形态表述,而是基于真切的经验;《回答》的声音是雄浑的,它不是一个人的小我经验,而是一代人的共同感受。对过去时代人性的描述,即所谓"卑鄙是卑鄙者的通行证,高尚是高尚者的墓志铭"自有其深刻之处,但是,"卑鄙是卑鄙者的墓志铭,高尚是高尚者的通行证"这样的人间秩序是很难实现的,这是一代人或者历代人为之奋斗的理想。生活的复杂性在于,很可能出现这样的一些情形,"卑鄙是高尚者的通行证,高尚是卑鄙者的墓志铭",或者"高尚是卑鄙者的通行证,卑鄙是高尚者的墓志铭",然而,时代的问题实际上未必仅仅是道德范围里的"卑鄙"与"高尚",甚至这未必是时代的核心问题。北岛一辈反思和启蒙的努力无疑是真诚而可敬的,但是,如果制度层面的进步悬而不决,则道德的呼唤必将空洞无力,我们的思考也许是苛求诗歌,然而,那个时代、那一代人的诗歌本身的确不只是文学。

《进程》是对一代人启蒙事业的诗体回顾,这首诗表明北岛虽然一直声称自己不过是一个诗人,但他一直就是一个启蒙者的形象,用诗歌点亮黑暗的国家,用诗歌风化石头的围栏,这是一代人和一个人自愿承担的使命。抒情主人公在想象中建造了自己的年代,并且解放了"孩子们"。在历史进程中,诗歌和诗人到底能否承担那么重大的责任,这是一个耐人寻味的问题。

《一代人》里有个"我",但是由于诗题的提示,从而这个"我"就并非小我,而是一代人这个大我。这一代人是被黑夜塑造的,但是却心向光明并且寻找光明。"黑色的眼睛"自然是隐喻,只是,由"黑色的眼睛"寻找光明,是否可能?寻找到的,到底是什么样的"光明"?一代人是早被塑造定型,正如顾城在《铁铃》中所言,"我们不去读世界,世界也在读我们/我们早被世界借走了,它不会放回原处",在被世界改变、定型之后,一代人却毅然试图摆脱自己被塑造的宿命,而采取主动的姿态寻找光明——不管是否能够找到,不管找到的到底是什么,这都显示出一种超越自身和历史的悲剧感,一种永远向善的崇高感。这是特定的一代人,但是,即便取消掉,这首诗对于人类而言,依然有深刻的意义,这首诗写的是一代人,放眼看去,也写了每一代人。

鸟儿在风中转向的飞行轨迹,少年俯身捡拾硬币的动作路径,葡萄藤的触丝,海浪的背脊,都是以弧线为形式。语词轻快滑行,或白描或比拟,读者所见即诗人所见。然而,我们不但见到了诗人所见,也看到了凝目于这些单纯形式的诗人,诗人的目光与世界相逢,不需要做貌似深刻的过度阐释。那是有意味的形式,那是唯美的纯诗。

(二)延伸思考

"朦胧诗"其实是不那么朦胧的,只是因为处于一个空洞、肤浅而指涉单一的颂歌时代后面,在习惯了颂歌时代的诗歌表达方式的人们看来,它的确朦胧得令人生气,让人初遇之时无法适应。但是,无法适应的还包括它对前一个时代许多价值观念的反思、怀疑和否定。于今观之,我们发现"朦胧诗"的主流还是有价值关切的,甚至是有政治关切的,许多诗人在诗里以自己所理解的理想的价值去批评过去时代及其价值,于是诗与前一个时代一样,表现了一定程度的工具性,潜藏着对抗的意味。这样的工具性与政治抒情诗的工具性有什么不同呢?这的确是一个问题。

三、"第三代":韩东、于坚和海子

(一)基本知识

在"朦胧诗"盛极一时的20世纪80年代初,有一股诗歌潜流已在酝酿,新的诗歌形式和新的诗人群体逐渐自觉,他们相对于郭小川、贺敬之这一代诚然是一次解构,他们相对于北岛这一代同样是解构。也许是为了自身的"崛起",也许是深信自己真理在握,他们坚决地反抗朦胧诗人们刚刚获得的话语"霸权",他们以个人写作为号召,他们试图摆脱政治的关切,摆脱文化的约束,摆脱历史的纠缠,宏大叙事消失了,个人化写作出现了,诗歌获得了形式和语言的自觉。这就是中国当代诗歌历史上的"第三代"又被称为"后朦胧诗""新生代""后新诗潮""后崛起",等等。从大历史的视野看去,"第三代"的确是以个人化写作为总体特征,但这些"个人"却是以社团或者诗群的集体形式,以大规模的运动方式出现在历史上的,譬如南京的"他们"文学社,上海的"海上"诗人群,四川的"非非主义""莽汉主义""整体主义""新传统主义"等等。此外,还有翟永明等女性诗人以根本不同于舒婷一代的思考、感受和表达崛起。从这一代诗人的知识背景考察,他们并没有后现代主义的哲学准备,但是,他们在对抗他们的前辈的时候,显然大体上是沿着后现代主义的思维路径在开辟现代汉语诗歌的新世界,直到今天。

例如,韩东的《有关大雁塔》。有关大雁塔,人们想说的东西大约是很多的,在杨炼的组诗《太阳每天都是新的》中,就有一首《大雁塔》,他说了很多,包括历史、民族、思想等"朦胧诗"一代关注的主题,但是到了韩东这里,大雁塔被还原成了一座砖混结构的建筑物,"我们爬上去,看看四周的风景,然后再下来",仅此而已,不知道,也不需要知道"什么"。写诗之时的韩东,作为大雁塔附近陕西财经学院的教师,经常登临,他对大雁塔显然知道些"什么",但他有意识地将他知道的"什么"排除于诗外,剩下的就是没有任何文化裹脚布缠绕的直接经验。这首诗是反抗"朦胧诗"的标志性作品,明明是知道些什么而显得像一无所知,这是在诗歌领域的革命姿态,也有革命的效果。实际上,韩东所强调的是个人化的写作,而非历史、文化、民族的宏大语词裹挟之下的大而化之的写作。

如果说《有关大雁塔》代表的是韩东等人的革命姿态的话,那么《你的手》便是他们所真正追求的表达,这是他们所认定的真正的诗歌。这首诗有着"第三代"显而易见的个人化色彩,不宏大,但真诚,纤微的感受,幽微的领会,直入人心。诗里有戏剧性。"诗到语言为止","也许还另有深意"。

《档案》是于坚最引人注目的长诗,纪实、日常、口语化,这几乎成为于坚的标签。但是,"第三代"是以个人化写作为基本特征的,而《档案》在一定意义上同样是"一代人"的记录;在个人经验中,最能打动人心的时刻乃在于人与世界单独面对之时的感觉和心绪,那是什么时候呢,那是"有一回我漫步林中"的时候。

海子是中国当代最重要的抒情诗人之一,他歌颂自然、劳动和收获,赞美麦地、村庄、月亮和太阳。但是他与1949年以降的"生活抒情诗"不同,他的个体经验和原型意味,远远深刻于李瑛和闻捷,这既是由于时代的差异,也是由于意识形态的翻覆,还由于诗人各有天赋。海子的《麦地》是对生命、对本原的抒情,在文字间有收获的欢欣(欢欣以至于幽默,"有的则迎风起舞,矢口否认"),但是在欢欣背后则始终流淌着一种苦难、悲悯的意绪,这正是海子诗歌的复杂之处。海子的诗歌,即使是体量上的"小诗",也是实质的"大诗",海子总是从个人经验沿着原型之路奔向根本,故能给人深沉的感受、感染和感动。至于海子诗语的自成系统、独具格式,那自然是天有所禀了。其实,把海子列入"第三代"是有些勉强的,正如我们很难把柏桦在"朦胧诗"的一代和"第三代"归类一样,也许他们都是这两代之间的过渡形态。当然,重要的不是归类,而是诗。

(二)延伸思考

"朦胧诗"的一代在对抗既往,不论是诗歌形式还是意识形态,都是如此。"第三代"也因对抗"朦胧诗"的一代而生,他们在诗歌形式上有的更为奇崛,有的更为日常,有的更为口语,而他们的共同之处则在于抛弃了意识形态关切。那么,在"第三代"之后,是否还有反抗这个所谓"第三代"的诗人和观念存在?"第三代"之后,是否真的再无代际划分的必要,是否以后的诗人都是个人化写作的"第三代"?

第三节　新启蒙时代的散文与报告文学

一、巴金的散文《怀恋萧珊》

(一)基本知识

巴金被鲁迅称为"一个有热情的有进步思想的作家,在屈指可数的好作家之列的作家",是"五四"以来最有影响的现代作家之一。1927年完成第一部中篇小说《灭亡》,1944年8月与萧珊在贵阳结婚,1966年9月被上海作协"造反派"抄家,萧珊也频遭批斗。1972年8月萧珊病故。1978年巴金在香港《大公报》上开始连载散文《随想录》,为中国散文留下宝贵的财富。

此外,著名的代表作有"激流三部曲"——《家》《春》《秋》,"爱情三部曲"——《雾》《雨》《电》及大量小说、散文、译著等。

(二)延伸思考

归纳起来,巴金散文的文学史价值至少包含了这样四方面的内容:

第一,以《随想录》为代表的巴金散文是中国当代散文的重要收获,这部散文集耗时7年之久,字数达40多万,是他文学道路的最后建树,在当代文坛产生了极大的影响。抒发真情实感是巴金散文的一个重要特征。他的散文多是由回忆性的文章组成,语言质朴、叙事平实,可谓天然去雕饰,清水出芙蓉。

第二,巴金的散文以情见长,以情取胜,从不刻意去找寻华章丽句,伟辞奇语,而是用平实、朴素、流畅的语言将自己的全部情感倾注到纸上,将自己的心窝子掏给读者,达到一种平中见奇、情透纸背的独特效果。读他的散文,你甚至不觉得是在阅读一代散文大家的作品,而是在和一位年长的睿智老人促膝长谈。

第三,巴金的散文有一种扑面的真实,崇尚一种卢梭式的自我忏悔与自我解剖的精神,他说他写作散文是在"挖别人的疮,也挖自己的疮""我写作,也就是在挖掘,挖掘自己的灵魂。必须挖得更深,才能理解得更多,看得更清楚。"

第四,巴金散文的另一特点是"无技巧"。在写作上他以白描为主,文字平淡自然,结构平实巧妙,追求一种明白、朴素的语言来表达自己的思想,他认为艺术的最高境界是真实,是自然,是"无技巧"。其实,这却是一种最高的技巧。《怀念萧珊》正如巴金自己所说:"我的写作的最高境界、我的理想绝不是完美的技巧,而是高尔基草原故事中的'勇士丹柯'——'他用手抓开自己的胸膛,拿出自己的心来,高高地举在头上'"。用朴素的文字写出普通人的情感,正是巴金散文的一大艺术特色,他用痛苦的文字书写一个泣血的灵魂,让灵魂接受精神上的拷问,表现了一种大气、勇气与正气,引起了一代人在精神上的共鸣。

二、杨绛与《干校六记》

(一) 基本知识

杨绛(1911—2016),本名杨季康,祖籍江苏无锡,生于北京。1935—1938年与钱钟书一起留学英法等国,回国后历任上海复旦女子文理学院外语系教授、清华大学西语系教授。1949年后,在中国社会科学院文学研究所、外国文学研究所从事翻译工作。

著作有长篇小说《洗澡》;短篇小说《璐璐,不用愁!》《小阳春》《大笑话》《玉人》《ROMANESQUE》《鬼》《事业》;散文《干校六记》《将饮茶》《杂忆与杂写》《钱钟书离开西南联大的实情》《我们仨》《记钱钟书与〈围城〉》等;译作有:《堂吉诃德》《吉尔·布拉斯》《小癞子》《斐多》《一九三九年以来英国散文作品》等;此外,还有剧本《弄真成假》《称心如意》《风絮》和论集《春泥集》《关于小说》等。

(二)延伸思考

归纳起来,杨绛散文的文学史价值至少包含了这样三方面的内容:

(1)冷眼观人生,以一种温和、节制、自我超脱的方式在非正常的历史语境下营造了一个"正常"的境界。

(2)杨绛散文对于苦难的所有表达都建立在个人的睿智含蓄与达观冲淡之上。这种高远的人生境界使她对于1966—1976年特殊历史时期那些事儿能用一种平和的口吻一一道来,无论是女婿的被迫自杀还是村民的偷粪偷菜皆不动声色,于宁静中透出心灵的隐痛。的确,真正的悲哀未必是用哭声来表达的,高明者往往以一种相反的方式来抒写人类的苦难,杨绛先生正是以一种喜剧的方式来营造悲剧的气氛,这样做,更让人感到那个时代的悖谬及人处于那种境遇中的无奈与无助。

(3)从总体上看,杨绛的散文创作心态平和,创作视角独特新颖,文字轻盈灵动,用语轻松诙谐,以睿哲的胸怀对历史的荒谬进行调侃,让人初读要笑,细读想哭。如她客观地叙述了她看守菜园和钱钟书看管工具兼取报送信的往事,夫妻不能团聚的人生苦难经她的笔也变得超脱、轻松起来,例如描写夫妻偶尔相见的情景:"这样,我们老夫妇就经常可在菜园相会,远胜于旧小说、戏剧里后花园私相约会的情人了。"文如其人,杨绛先生散文的淡泊、睿智与她高尚的情操与人格境界分不开,她自己非常欣赏英国诗人兰德的诗并在她的散文集中引用了它:"我和谁都不争,和谁争我都不屑,我爱大自然,其次就是艺术,我双手烤着,生命之火取暖,火萎了,我也准备走了。"

三、徐迟的报告文学《哥德巴赫猜想》

(一) 基本知识

徐迟(1914—1996),浙江湖州人。我国当代著名的诗人、作家和翻译家。1931年开始写诗,1934年开始发表作品,20世纪30年代有诗集《二十岁的人》《最强音》,散文集《美文集》以及小说集《狂欢之夜》,其诗作受现代派影响很大;同时,还翻译有《依利阿德选译》《巴黎的陷落》《明天》《帕尔玛宫闹秘史》《托尔斯泰传》等。徐迟是一位能够深入生活的作家,他先后两次到朝鲜战场,四次到鞍钢,六次到长江大桥工地,写下了特写集《我们这时代的人》,报告文学集《庆功宴》,论文集《诗与生活》等。1957年至1960年担任《诗刊》副主编,1960年定居武汉,以主要精力从事报告文学创作,写下了《火中的凤凰》《祁连山下》《牡丹》等。1966—1976年特殊历史时期后,徐迟迎来报告文学创作的第二春,创作了一批问津科技战线、描写自然科学家、反映自然科学领域的优秀报告文学,《地质之光》《生命之树常绿》《在湍流的旋涡中》《刑天舞干戚》《哥德巴赫猜想》就是这一时期的代表之作。其中《哥德巴赫猜想》与《地质之光》获全国优秀报告文学奖。1996年底,徐迟因患抑郁症在武汉一家医院跳楼自杀,消息传出,震惊全国。

徐迟以报告文学的形式,将一个执拗的、赢弱的、病痛的、缄默的,同时又是顽强的、勇敢的、沉着的数学家陈景润活灵活现地呈现在读者眼前。在一个知识分子饱受双重戕害的时代,写作陈景润无疑需要一定的勇气,徐迟以匹夫之勇不但写了而且写得如此深入人心。他通过描写陈景润的不幸童年将他内向性格的形成做了交代,接着写他对数学的兴趣、私下里的决心及之后将整个生命都交给了数学,交给了哥德巴赫猜想的生命历程。一个淡泊名利、一心为学、一心想为祖国四化建设做出贡献的科学家跃然纸上。其实,徐迟对陈景润的认同更是一种对自我的认同,一种对知识分子群体的整体认同。《哥德巴赫猜想》是文学与数学的一次亲密接触,同时也是人文社科与自然科学领域的一次越界联谊,徐迟的诗人气质与文学才华使数学这门高雅学科为世人所共识,使陈景润这一数学家的形象深入人心,在一代读者的内心激起了强烈的共鸣。徐迟的功劳在于,他将一个知识分子从那个知识分子群中带离了出来,让人们从这个缩影的身上看到理性的光芒,徐迟自己说他写陈景润就是写他"晨光熹微似的理性的美,智慧的美,闪耀着他那为理性献身的,内在的美。"

(二)延伸思考

归纳起来,徐迟报告文学的文学史价值至少包含了这样五个方面的内容:

一、徐迟在题材上开拓了一个新的领域,将报告文学与科技主题结合起来,使文学更纵深地向科技领域挺进。

他的《地质之光》《生命之树常绿》《在湍流的旋涡中》等都是以科技为题材而创作的优秀报告文学。他的《哥德巴赫猜想》是扛鼎之作,正如有学者指出:"《哥德巴赫猜想》的意义在于:它不仅是一个璀璨的文本,它不仅使得报告文学这一体裁迅速风靡,更重要的,是它经由自身,令人信服地证明了这一体裁的尊严。"

二、他的报告文学作品里用生动的比喻来营造一个崭新的意境。

如他在描写陈景润攀登科学高峰时就用了登山运动员的情景来比喻:"他跋涉在数学的崎岖山路。吃力地迈动步伐。在抽象思维的高原,他向陡峭的巉岩升登,降下又升登。""餐霜饮雪,走上去一步就是一步!他气喘不已;汗流如雨下。时常感到他支持不下去了。但他还是攀登。用四肢,用指爪。""他无法统计他失败了多少次。他毫不气馁。他总结失败的教训,把失败接起来,焊上去,作登山用的尼龙绳子和金属梯子。"

三、语言典雅凝重,具有昂扬之气,如在引用了一系列晦涩的数学公式后,立刻出现这样一段文字:"何等动人的一页又一页篇章!这些是人类思维的花朵。这些是空谷幽兰、高寒杜鹃、老林中的人参、冰山上的雪莲、绝顶上的灵芝、抽象思维的牡丹。"

四、善于通过细节描写和简洁典型的话语来刻画人物性格,如通过书记送苹果写陈景润性格的木讷,写他的拒绝,收下,再次追出,又送出,最后又默然收下,然后说出了三个头一次,"从来所领导没有把我当作病号对待,这是头一次;从来没有人带了东西来看望我的病,这是头一次。""这是水果,我吃到了水果,这是头一次。"

五、机智幽默的对话设计也是徐迟报告文学的艺术特点,如孩子们在运算过哥

德巴赫猜想后去向老师请教时的师生对话:

"你们算了!"老师笑着说,"算了! 算了!"

"我们算了,算了。我们算出来了!"

"你们算了! 好啦好啦,我是说,你们算了吧,白费这个力气做什么? 你们这些卷子我是看也不会看的,用不着看的。那么容易吗? 你们是想骑着自行车到月球上去。"

此外,《哥德巴赫猜想》还镶嵌了大量的数学符号、公式、演算过程等,使文章有一种诱人的逼真,同时又使用了生动的语言描写,如在形象地说明哥德巴赫猜想的内涵的时候,写道:"老师又说,自然科学的皇后是数学。数学的皇冠是数论。哥德巴赫猜想,则是皇冠上的明珠。"这样,就使得文学的形象与数学的抽象相互结合、相映生辉。

第十章　市场经济与新世纪的到来

20世纪90年代以来,中国社会进入一个新的历史时期,与之相对应,中国文学也进入一个新的历史时期。从20世纪80年代末到20世纪90年代初,世界局势发生了急剧的变动,东欧剧变、苏联解体,结束了战后东方、西方世界两大阵营长期对峙的冷战面,世界开始进入一个以和平、发展为主题的新时代。面对世界格局的风云变幻,中国共产党坚持走有中国特色的社会主义道路,不失时机地把建设社会主义市场经济的目标,提到了进一步深化和扩大改革开放的议事日程上来。"社会主义市场经济"使中国全面进入现代化的物质实践层面,一个世纪以来中国曲折的现代化进程,终于从呼唤思想解放、人的主体性等思想层面进入到政治、法律、科技等具体操作层面,中国文化、价值理念也随之进入到一个复杂的转型期。

第一节　市场化时代的中国文学

在市场化的时代,各种文体的文学既体现出整体的特征,又体现出不同的局部特色。

小说创作在市场化的时代出现了一个高峰期。表现之一便是大量优秀长篇小说的出现。与知识分子价值立场的分化相对应,长篇小说也以作家价值立场的不同而呈现不同的倾向,这一时期出现的追求精神理想创作倾向的作品有《心灵史》《家族》等;反思民族历史文化的作品有《白鹿原》《尘埃落定》和王蒙的"季节"系列长篇小说等;带有文化和家族寻根色彩的作品有《马桥词典》和《纪实和虚构》等;以传统的价值立场和文化心态应对现代文明的作品有《九月寓言》《废都》《白夜》《土门》《高老庄》等;涉及人的生存状态尤其是普通人的世俗生存状态,以及人性和人生哲理范畴问题的作品有《务虚笔记》《呼喊与细雨》《活着》《许三观卖血记》等;带有女性主义或女权主义色彩的作品有《一个人的战争》《私人生活》(为陈染的长篇小说)《大浴女》等;体现现实主义创作方法、密切关注当下社会和现实人生的作品,有《苍天在上》《抉择》《人间正道》《中国制造》等;历史题材的作品则有《曾国藩》《雍正皇帝》等。表现之二是小说艺术的多重探索。这一时期小说既延续了20世纪80年代出现的寻根小说、先锋小说、现实主义小说等艺术形式,又应时出现了新写实小说、个人写作、青春写作等新的小说样式和形式。

中国诗坛在市场化时期发生了很大变化。"第三代"诗潮在20世纪80年代末消歇以后,即与整个文学一样,诗人队伍分化,诗歌创作受挫。随之而来的是,20世纪90年代初推行社会主义市场经济体制,文学被卷入市场,商品化潮流泛滥,诗歌也深受影响。这期间有汪国真式的通俗诗歌出现,填补了诗歌创作的短暂"真空"。到20世纪90年代中期前后,诗坛才渐复常态,但已不复有"第三代"的派别杂陈、众声喧哗,而是逐渐形成了"知识分子写作"和"民间写作"双峰对峙的局面。西川、王家新等,被指认是"知识分子写作"的代表,这一派诗人与诗评家强调书面语之于诗歌写作的艺术合理性,强调技艺的重要性,追求诗歌内容的超越性和文化含量;于坚、韩东等,被指认为"民间写作"的代表,这一立场的诗人和诗评家则强调口语之于诗歌写作的艺术长处,强调诗歌的活力原则和原创性,注重题材、内容的日常性和当下性。前者显然与中国新诗向来的追求目标和艺术实践的历史有关,后者则更多地沿袭了20世纪80年代中期"第三代"诗人对诗歌的原创性和日常化的艺术追求。二者本是诗学理论和创作实践中一般原理与特殊追求的关系,并无绝对不可调和之处,但在知识分子立场整体分化的历史语境下,两者爆发了激烈的争论。

在市场化时代,散文创作出现了一个观念多元、手法多样、文体杂陈、风格迥异的繁盛局面。在繁盛中,这一时期的散文写作出现两个大方向:一方面,日常生活更从容不迫地走进散文大地。众多散文作者从自我出发,取日常生活、身边琐事,真切抒写普通人的生存景观、生活情趣,在凡人小事中寻求一份温馨与慰藉。20世纪90年代中期曾一度拥有相当市场的所谓"小女人散文""生活散文"就是明显的例证。另一方面,探究心灵、表现人文思想与人文理想的散文写作日趋活跃。它们或思辨,或感悟,或议论,多以渊博的知识、理性的批判精神为依托。对思想性的追求,使散文突破了借景抒情、托物言志等写作方式,在表现手法上更为自由,呈现出大气魄、大制作和大景观。市场化时代散文的重要收获是被人们习惯称作的"大散文""学者散文"或"文化散文"。

市场化时代大众文化的过度繁盛压抑了话剧的生存空间。在整体平庸的状况下,所幸因部分戏剧家思想的清醒和对艺术的执着,仍然创作了一批优秀的戏剧作品,使中国戏剧现代化的进程得以缓慢前行。其中影响较大的代表性话剧作品有姚远的《商鞅》,沈虹光的《同船过渡》和《临时病房》,杨利民的《地质师》,过士行的《闲人三部曲》(《鸟人》《鱼人》《棋人》)和《厕所》,田沁鑫的《生死场》,邵钧林的《虎踞钟山》,郑振环的《天边有一簇圣火》,黄纪苏的《切·格瓦拉》,姚宝瑄与卫中的《立秋》,李六乙的《非常麻将》等。受欧美后现代主义影响的先锋实验戏剧和随着市场经济的发展而兴起的商业戏剧是这一时期值得关注的重要戏剧现象。先锋戏剧以反叛传统、解构既有规则与价值观念为特点,其艺术实验有助于丰富戏剧的表现形式与手法,但重表演轻文本的反文学倾向影响了其戏剧精神内涵的深刻。其代表性作品有孟京辉等的《思凡》《恋爱的犀牛》,牟森等的《彼岸》《零档案》等,林兆华等的《哈姆雷特》《三姊妹·等待戈多》等,张广天的《左岸》《圆明园》等。商业戏剧则自20世纪90年代初萌芽,到21世纪有了较大的发展,主要作品有《离婚了,就别再来找我》《别为你的相貌发愁》《谁都不赖》《冰糖葫芦》等。

第二节 陈忠实与中国小说的繁复状况

一、基本知识

20世纪90年代是中国文学向市场化过渡与转型的年代。由于意识、形态的回调,知识分子的身份认同也分化为不同的路向,他们淡化了原有的一元化的政治社会理想,在渐至生成的多元文化格局中构建个人的文化立场与书写方式,虽然也有受政府宣传部门的倡导而创作的主旋律作品,但只在政府部门得以价值的确认,并非在特定的文学圈内以及研究机构中得以呼应。同样,消费型的通俗小说也多在市民阶层中得以扩展,网络小说则以其杂芜的形态顽强地生长,并竭力谋求文学的"合法化"这种多元的文化结构,使得90年代的小说创作呈现出多种走向与可能,也使得这一时期的小说创作从繁荣走向平实。其中,最具成就的是长篇小说,张承志的《心灵史》、余华的《许三观卖血记》、陈忠实的《白鹿原》、邓一光的《我是太阳》、项小米的《英雄无语》、张炜的《九月寓言》、阿来的《尘埃落定》、王安忆的《长恨歌》、史铁生的《务虚笔记》、韩少功的《马桥词典》等,都是这一时期可圈可点的优秀之作。其中,陈忠实的《白鹿原》是这一时代最重要的文学收获,很难想象,没有《白鹿原》,20世纪90年代的小说将会以怎样的轻飘回报历史。套用瞿秋白评价《子夜》的一句老话:在将来的文学史上,一定会记住1993年。这一年,《当代》杂志社和人民文学出版社分别刊载和出版了陈忠实的长篇小说《白鹿原》,使陈忠实这个名字和《白鹿原》一起走进中国文学史。

陈忠实(1942—2016),陕西西安人,1965年开始发表作品,1993年以长篇小说《白鹿原》一举成名。曾任中国作家协会副主席,陕西省作协主席。《白鹿原》获第四届"茅盾文学奖"。

从文化的角度,通过家族史的变迁,在历史的痼疾与现实的谬误中,反思百年历史,反思中华文化,思考民族命运,即再启蒙,是《白鹿原》立意之本;而写出一个民族文化环境中的人的生活,人的历史,写出了礼教吃人,政体腐败的悲剧境遇,再举反封建的大旗,进而透示出中华民族迈向现代化的征程漫漫,是《白鹿原》的核心思想,也是《白鹿原》撼人心魂之所在。

二、延伸思考

(一)《白鹿原》的创作动机

1985年秋,陈忠实创作了中篇小说《蓝袍先生》。按照常例,一部作品一旦完成,关于这部作品的创作情结也随之结束,但是,《蓝袍先生》完结后,作家的心绪却久久不能平静,一股按捺不住的关于我们这个民族命运的创作冲动涌上心来,它触发并点燃了作家某些从未触动过的生活库存,使作家进入一种极度亢奋的状态之中。为什么陈忠实竟有这样强烈的创作冲动呢？这要从作品的主人公许慎行说起。

"蓝袍先生"许慎行出身于"耕读世家"，为恪守爷爷许敬儒"读耕传家"的家训，遵从父亲"为人师表"的训导，他压抑天性，淡绝欲念，与丑妻相伴，从事神圣而庄重的私塾教育。中华人民共和国成立后，许慎行被送往速成师范学习。在新生活的洪流中，他的迂腐与畸形的行为模式受到了强有力的冲击，也脱下了象征着封建的蓝袍，穿上了象征新时代气息的列宁装，并与敢于反抗封建婚姻制度的田芳在学习与生活中，建立了爱情关系，精神为之大变。然而在他们抗婚的道路上，田芳不畏家庭的阻挠，彻底挣脱了封建婚姻的束缚，走上了自由道路，而许慎行却在父亲的威逼下，败下阵来。几十年后，丑妻死去，许慎行一度想再娶，最后却又自断残念。

许慎行是一个横跨两个时代的乡村先生。旧时代，他在封建牢笼中生存，新时代，他依然为封建观念所摧残。脱去他外在的"蓝袍"容易，脱去他内心的"蓝袍"难上加难。吃人的礼教将许慎行视为无意志的易扭曲的工具，一个可由他人随意主宰的对象，几十年的"革命"也并未"革"掉真正应该革掉的"命"，反而使他变得更加软弱无力，加之不良思潮又与封建思想相混杂，于是，一个被封建毒汁浸透而全然不察的麻木者，一个一生扮演着悲剧角色的封建礼教的牺牲品的形象，就活脱脱地呈现在人们面前。

令人悲哀的还有田芳的父亲。这位出身贫穷的农民，他没有受过什么教育，却死抱着封建的教义不放，将封建的杀人的精神屠刀牢牢地握在手中，执迷不悟地"捍卫"着封建奴隶的"尊严"。一幕多么令人可怕的悲剧！陈忠实在这个压抑的几乎令人窒息的悲剧故事中，入木三分地揭示了传统文化负面意识对人性的无情摧残，也使我们更清楚地看到人们挣脱封建思想的束缚获得人的解放还有漫长的道路。

实际上，陈忠实的思辨早在《尤代表轶事》中就有所表现。陈忠实的另一个中篇小说《梆子老太》，这是《尤代表轶事》的延伸与扩展。"梆子老太"是一个农村妇女，因脸像梆子而得名。由于家里没有男孩，她从小受到田间劳动的训练，与男人一样承担繁重的体力劳动,也因此反倒不会女工。这并无大碍,但成亲后不能生育的缺陷,令她在梆子井村抬不起头来。中华人民共和国成立后,她因出色的劳动能力被选为"劳动模范",还被乡长树为男女平等的先进典型,并号召人们向她学习,临行时又将照顾村里烈军属与孤寡老人的任务交给了她。谁知一群年轻姑娘媳妇不愿与她干,原因是人们担心那些姑娘和她在一起也会传染上不生育的病症。这一可怕的传言几乎摧垮了梆子老太的生活勇气。此后,她开始注意某家媳妇是否会针线,某家媳妇是否开怀,希望能找到一个与她一样的女人,以证明她并非孤立的存在。她因之与众人发生了误会,因之被人称为"盼人穷"。妇女不会生育,这在传统观念很重的中国农村是一个巨大的不幸,这使梆子老太产生了畸形的心理,问题还在于这种畸形的心理又正好与不正常的政治环境相遇,使其成为一种完全变态的心理顽症,进而以恶的方式影响社会与他人的生活。这就不独是个人的悲哀,也是时代的、社会的、历史的悲哀。

1990年,《灞桥区民间文学集成》编撰完毕,面对书稿,陈忠实想到了生活在这块特殊方位上的乡民们的文化心理。他说:"在缓慢的历史演进中,封建思想封建文化封建道德衍化成为乡约族规家法民俗,渗透到每一个乡村每一个村庄每一个家族,渗透进一代又一代平民的血液,形成这一方地域上的人的特有文化心理结构。"这些特有的文化心理结构使得"所有悲剧的发生都不是偶然的,都是这个民族从衰败走向复兴复壮过程中的必然。"这样,妇女、社会、时代、文化、心理、悲剧等因素被陈忠实痛切地扭结在一起,成为他在历史的痼疾与现实的谬误中,反思中华文化,解剖中国历史与社会及其民族命运的支撑点,而这又在《白鹿原》中得到了集中的体现。

(二)鹿三与田小娥形象的典型意义

封建礼教的牺牲品,如鲁迅笔下的祥林嫂、巴金笔下的觉新等,是文学史上屡见不鲜的人物。但那多是"欲做奴隶而不可得"者,鹿三则是"做稳了的奴隶"。鹿三是有尊严且自信的劳动者,也是凭自己的诚实和出类拔萃的农技赢得东家充分信赖的长工。他和东家不是主人和会说话的牲口、低三下四的关系,而是相互信任,充分理解,各尽职责的主仆关系。鹿三将主子白嘉轩视为"仁义之人",白嘉轩也将鹿三视为同宗兄弟,一个"非正式的,但却不可或缺的"成员,而不是奴仆或奴才。他很真诚地称他为三哥,让孩子称鹿三为三叔,鹿三对白嘉轩也不称主家也不称掌柜而是直呼其名,自然是官名白嘉轩。有事商议时,白嘉轩还将鹿三请到尊贵的座位上共商共讨。小说中白嘉轩被土匪打断的腰养好后,重新回到地里和鹿三一起耕地的情景,堪称描写主仆之间温情脉脉的绝妙之笔。

当鹿三再犁过一遭在地头回犁勤调犍牛的时候,白嘉轩扔了拐杖,一把抓住犁把儿一手夺过鞭子,说:"三哥,你抽袋烟去!"鹿三嘴里大声憨气地嘀嗒着:"天短求得转不了几个来回就黑咧!"最后还是无奈放下了鞭子和犁杖,很不情愿地蹲下来摸烟包。他瞧着白嘉轩犁尖插进垄沟的一声吆喝,连忙奔上前去抓住犁杖:"嘉轩,你不该犁地,你的腰!"白嘉轩拨开他的手,又一声吆喝:"得儿起!"犍牛拖着犁铧朝前走了。白嘉轩转过脸对鹿三大声说:"我想试一下!"鹿三手里攥着尚未装进烟末的烟袋跟着嘉轩并排儿走着,担心万一有个闪失。白嘉轩很不喜悦地说:"你跟在我旁边我不舒服。"这种如似亲人间的温情,这种如似田园诗般的主仆关系,确乎不同寻常。问题也恰恰就在这里。中国的阶级关系往往被温情脉脉的以血缘为纽带的宗法关系所掩盖,统治阶级的思想不仅侵蚀于每一个统治者,而且也侵蚀于每一个被统治者,特别是没有文化的小农生产者,他们的麻痹和沉湎更令人痛心疾首。普通的劳动者鹿三心安理得地接受封建文化的奴役,死心塌地地维护封建的教义,不惜杀死儿媳以正伦理,封建礼教吃人的面目何等隐蔽,何等狰狞!

田小娥是一个普通的女子,出身于读书人家,模样也姣好,命运不济令她嫁给一个70岁的郭举人做妾,过着非人的生活。她与黑娃自然萌生了爱情,尽管这种爱情源于性爱,却是对封建的"存天理,灭人欲"的义理最有力的反抗。她被逐出门外,与黑娃回到原上,远离众人,低微地过着虽贫贱却自由的生活。然而,就是这样一个摆脱被奴役被欺凌地位的基本的生活状况都被完全打碎。她先是不准入祠,后又意外地卷进了一场"风揽雪"的运动,失去了丈夫黑娃的保护,重新沦为孤立无援、生计无门的女子。鹿子霖乘人之危加重了她苦难的生活,白孝文情欲相悦将她跌入了封建宗法社会的深渊。她为众人所不齿,为众人所憎恶,为众人所不容。问题不在于她这个被侮辱与被损害者的妇女破灭了自身的理想,而在于制造这一悲剧的是她的亲人——她的公公鹿三。她临死前那声惊恐、悲凄、绝望的呼喊"阿……大呀……",不仅是田小娥个人凄婉的哀声,也是中国无数被礼教所吞噬的妇女的哀声。鹿三去杀田小娥并非受他人的指使,有学识又懂礼仪而且仪表堂堂的族长的继承者白孝文因田小娥而沦落到土壕里坐待野狗分尸,自己的儿子黑娃也因田小娥深陷其中不听劝谕而落草为匪,其中的痛苦令鹿三不堪回首,仇恨灭杀之心自然滋生。田小娥做梦也没有想到自己心爱的黑娃的父亲会举刀杀她,她临终前的绝叫令人战栗,也使鹿三脑海中泡深浸透的封建观念开始坍塌,并最终崩溃。同时田小娥借鹿三之口诉说的冤屈,同样是一部血泪的控诉书!

第三节 分歧与喧闹中的诗歌

一、基本知识

在诗歌领域,20 世纪八九十年代之交存在一个深刻的变化。欧阳江河认为,在那样一个时间节点上,"在我们已经写出和正在写的作品之间产生了一种深刻的中断","诗歌写作的某个阶段已大致结束了,许多作品失效了,就像手中的望远镜被颠倒过来,以往的写作一下子变得格外遥远,几乎成为隔世之作,任何试图重新确立它们的阅读和阐释的努力都有可能被引导到一个不复存在的某时某地,成为对阅读和写作的双重消除"。欧阳江河的分析与后来的"知识分子写作"概念有关。而在总结"民间写作"的时候,韩东也指出了 20 世纪八九十年代之交的变化,"大规模的诗歌运动已不复存在,社团、流派、自办刊物的方式也许已经过时,但诗人们隐蔽的写作并未停止,只不过从集体作业转变为各自为政","20 世纪 80 年代民间的诗人出现了分化,进入 20 世纪 90 年代以后,更年轻的一代以其变化了的方式维护了必要的民间立场,成为 20 世纪 90 年代民间写作的中坚。"无论是"民间写作"还是"知识分子写作",20 世纪 90 年代的"变化"都是确定无疑的事实,但我们需要思考一下,是什么原因促成了这样的变化和分化?

要弄清楚这场变化,不妨回顾一下 1999 年发生在北京的"盘峰论争",比较一下这次论争与20世纪80年代初关于"朦胧诗"的论争和20世纪80年代中期关于"第三代"的论争。从当代诗歌历史看,发生在20世纪80年代的两次论争几乎都是诗歌领域的"代际战争",是新旧美学原则之间的论战,论战的结果是诗歌向前推进了。然而"盘峰论争"则不是这样,粗分为两个阵营的诗人们是同一代人,虽然各自的旗号不同,一是"知识分子写作",一是"民间写作",论争的表面原因似乎与美学观念的差异有关,但是论争的核心却是争夺现实的话语权,争夺历史的代表权,这从论争之后他们发表的一系列文章可以看出来。本来,不同的美学观念是可以并存的,这是多元化时代的正常状态,但是他们发生论争做表面上的是非判断、真伪判断、高下判断,则是以诗歌作者的身份做诗歌外行的事情,在诗歌边缘化的时代,征战蜗角。在争论过去10余年之后,我们会发现,它的确不像20世纪80年代的两次论争那样推进了现代汉语诗歌的写作,而现实利益和历史地位的争夺,延续至今。

当然,应当承认,不论是所谓的"知识分子写作",还是所谓的"民间写作",在20世纪90年代都有值得注意的作品,而我们分析这些作品,也许有助于我们理解什么是中国当代诗歌历史上特定的"知识分子写作",以及"民间写作"。

西川的写作通常被归入"知识分子写作"。西川有对前代诗人的清醒认识,也有对口语写作的明确批判,他有理想。在"第三代'或新生代'的诗人们开始清算今天派诗歌语言中沉重的历史感,而改用口语来写市民生活、市民情感"之后,西川"甄别"了口语,认为"一种是市井口语,它接近于方言和帮会语言,一种是书面语言,它与文明和事物的普遍性有关",西川"当时自发地选择了后者",他认为"如果中国诗歌被12亿大众庸俗无聊的日常生活所吞没,那将是件极其可怕的事",西川随即提出了"诗歌精神"和"知识分子写作"等概念。"一方面是希望对于业已泛滥成灾的平民诗歌进行校正,另一方面也是希望表明自己对服务于意识形态的正统文学和以反抗的姿态依附于意识形态的朦胧诗的态度",诗歌应该"多层次展出,在感情表达方面有所节制,在修辞方面达到一种透明、纯粹和高贵的质地,在面对生活时采取一种既投入又远离的独立姿态"。那么,这首质地纯粹的《暮色》,这"在大地上蔓延"的暮色,在那样一个"历史强行进入"的时间段落,就不需要也不拒绝做隐喻的理解。的确如此,"在一个幅员辽阔的国家,暮色也同样辽阔,灯一盏一盏地亮了,暮色像秋天一样蔓延"。西川的语言和姿态,的确是典型的"知识分子写作"。

王家新作为"知识分子写作"的代表人物,备受赞誉也饱受攻击。王家新代表了"知识分子写作"中的"介入"方向,带着沉重感和历史意识,在20世纪90年代初,这样的意识与处于"粗暴的、践踏文明和人性的年代"的帕斯捷尔纳克及其《日瓦戈医生》相逢,自然会产生触动:"满载的公共汽车穿越长安街,一路轰鸣着向电报大楼驶去,于是我想起远方的远方,想起了帕斯捷尔纳克,想起我们共同的生活和命运。满载的公共汽车轰鸣着,一道雪泥溅起,一阵光芒闪耀,一种痛苦或者说幸福,几乎就要从我的内心里发出它的呼喊,于是我写下了这首诗《帕斯捷尔纳克》。"王家新称,这首诗"唤起了广泛的共鸣","因为它如梦初醒般地唤起了他们的感受,他们由此意识到他们生活中的'两难',他们由此感到了自己生命中的那种疼,那种长久以来忍在他们眼中的泪"。王家新将自己打算对现实说的话,用致敬帕斯捷尔纳克的方式含蓄和间接地说出来,这的确体现了"知识分子写作"的特征,虽不直接,但也是批判。不过,王家新在语言上不如西川等诗人,所以他那些冗长、结巴的句子,譬如"那美丽的、再也不能伤害的你的,不敢相信的奇迹",常受诟病。

伊沙是"盘峰论争"中所谓"民间写作"的代表,而按照伊沙本人的说法,"盘峰论争"的导火线正是由于程光炜编选的"90年代诗选"《岁月的遗照》,"竟没有选伊沙的诗"。应当指出的是,伊沙的确是20世纪90年代的重要诗人,他以口语和解构的方式取得了引人注目的成绩。这首《车过黄河》的解构目标似乎对准的是黄河,而黄河在中华民族的观念系统里,自然不是一条含沙量稍大的普通河流而已。但是,伊沙自然不是要解构黄河本身,因为诗的主体显然是对准了那些故作姿态的"想"与"眺望",伊沙是以身体语言解构人与事物关系中的虚假意识形态、虚伪态度。实际上,历代歌咏黄河的诗歌,以及有关黄河的图腾知识,都可以在此与《车过黄河》做互文性的理解,而解构不正是种以互文性为前提的行为艺术吗?不过,读者不能过度拔高《车过黄河》的创造性,因为在此之前毕竟存在一首韩东的

《有关大雁塔》,而伊沙曾经承认两首诗之间的影响关系:"我把韩东的'大雁塔'置换成了我的'黄河'这也不算多大的灵感""作为解构对象'黄河'似乎比'大雁塔'更有价值更有意义""还有那一泡尿——我用身体语言代替了韩东的诗人语言"。

二、延伸思考

20世纪90年代的诗歌景观自然不只是"知识分子写作"与"民间写作"的分歧和喧闹而已,还有不少诗人并未卷入其间,而是以独立的姿态躬耕于自己的田园。在这段时间,以及之后,一些20世纪80年代有过成就的诗人或者继续探索,或者兼写小说,譬如于坚、韩东等人,新一代诗人也不断涌现。诗歌的叙事性在增强,诗歌的身体写作也在强化,诗歌的"废话"和"减法"也在探索,方向万千,这正是20世纪80年代后期以降中国诗歌个人化写作合乎逻辑的延伸,而从这合乎逻辑的延伸可以合乎逻辑地延伸出这样的思考:当诗的个人化方向确定下来之后,对于诗人自身有着必要性和重要性的写作是否还需要某种诗歌行业的普遍标准来衡量和判断?诗歌是否需要又是否存在什么标准呢?

第四节 市场化时代的散文创作

一、基本知识

20世纪90年代,随着市场经济体制在我国的起步,中国经济和社会的发展都进入了一个历史性的转型阶段。在以追逐最高利润为目的机制的驱动下,带有强烈商业色彩的大众文化迅速崛起;社会氛围愈来愈宽松,人们的自主性写作更为突出,表现个人情感与个人思想的文章开始风行。市场经济推动文化消费热潮,出现了20世纪90年代的"散文热"。市场经济下的文学总是呈现两极发展的趋向:一方面,在经济利益的诱惑下,文学不断抛弃自己高高在上的姿态,积极向市场靠拢;另一方面,一部分不满于文学市场化的作家,又不断打破文学的媚态,开辟出新的文学天地。20世纪90年代初期,散文向市场靠拢使日常生活从容不迫地走进了散文,"小女人散文""生活散文"正是这一潮流下的产物。与之对应,为了逃避散文的媚俗,一部分探究心灵,表现人文思想与人文理想的散文写作也日趋活跃,张承志、张炜关于人文精神的散文,余秋雨的"文化大散文",季羡林、张中行等的"学者散文"也迅速引起了文坛的注意。而随着20世纪90年代中期"文化散文"再一次市场化,一批新生代散文家又进行了新的散文试验。市场化下的散文创作,正是在这种两极走向下曲折前进。

例如,余秋雨的《道士塔》,是散文家文化访古时的痛苦感受。集中国文化宝藏于一身的敦煌石窟,在一个道士的手上毁于一旦。熟知中国文化典故的作者,在面对敦煌石窟的残壁断垣时,仿佛亲眼看到一幕幕荒诞的场面在自己的眼前发生,其中的文化失落感不言而喻。废墟体验和文化怀旧是一个有着悠久历史传统国度的文人无法摆脱的现实。璀璨而悠久的文化是文明古国国民的骄傲,而亲手将这些文化遗产一一葬送的也是这些国家的子民,当一种文化失去了自己的创造力和更新能力,衰落直至成为仅供后人缅想的废墟是不可避免的命运……

"文化大散文"的"大",是因为散文家书写的对象和所站的立场都落实在"民族"和"文化"上。《道士塔》中,"我"的主观体验和文化感受,实际是一个民族在复苏之际的集体感受。市场经济加速了中国综合实力的迅速提升,当一个民族在衰落中逐渐复苏,文化缅想与文化失落是相辅相成的两种必然感受。这也是余秋雨散文为什么能够迅速征服读者,成为市场宠儿的因素。

当个人不知不觉成为集体的代言人,他的作品在获得广大受众的同时,也必然丧失持续发展的生命力。"民族"和"文化"只有在最个人化的书写中才能保持永恒的青春活力。《道士塔》激发了一个时代读者的文化缅想,但也仅此而已。

史铁生的《我与地坛》,是市场经济时代最个人化的生命探索,这缘于作家特殊的生命机遇:在他刚刚成年,在改革开放让整个国家展现生命活力的时候,他却丧失了行走的能力,成了社会彻底的边缘人。只有边缘人才会如此执着地探索生命、体味生命。"地坛"与"我"在精神上具有一致性——都是一个废弃的存在,因此在地坛,"我"能够更直观地感受到生命的奥秘。作者对于生命存在的思考:我要不要死;我为什么活;我干吗要写作……这些问题在平常人看来都是不存在的问题——只有在生命边缘线上徘徊的人才会做如此的思考。散文对这些问题并没有进行哲学的追问，而是从中发掘出"生"的勇气和动力，当死亡长时间近距离的靠近一个人，它便失去了恐惧的意义，它反而成为人对于生之渴望的动力。这种边缘生存的体验对于一个正常人来说，无疑是一种震撼。

《我与地坛》是一篇介于散文和小说之间的文体，有人将之视为散文，有人将之视为小说，这正说明了它在艺术上的创新性。在这篇作品中，"我"的情感历程是主要的书写对象，这也是散文最典型的文体特征，然而"我"既是作品的叙述者，又常常是被作品叙述的对象，这使得作品呈现出小说文体虚构的特征；而且，在作品中，作家叙述的很多场景既像是现实的描写，又像是作家的虚构，这些因素都极大地推进了散文艺术的发展。

二、延伸思考

概括起来，市场化下的散文创作呈现出如下特点：散文的消费性和个人性同时得到发展，而且这两种面目常常纠结在一起。余秋雨的文化大散文以个人化的方式感受民族文化，既传达了个人的文化体验，又迎合了民族复兴期的大众文化心理，从而实现了高雅文化和通俗文化的对接。

艺术散文在边缘化中朝深刻化发展。《我与地坛》中的生命是一个被边缘化的存在，但他对生命内涵探索和追问的深刻性却超越了常人。这说明，文学的市场化导致了快餐文化的盛行，但艺术散文在边缘化中依旧执着的发展，边缘也给予散文艺术走向更加纯粹的机会。

第五节　市场化时代的话剧创作

一、基本知识

1990年以后，市场经济的兴起使物质主义日渐在中国社会占据了统治地位，在大众文化特别是电子文化产品的侵袭下，戏剧艺术受到关注的程度相对降低，戏剧舞台表面繁荣,实则平庸。概括这一时期话剧文学的总体特征,主要呈现以下特点:改编名著之风盛行,直面现实人生具有原创力的话剧作品不足;话剧舞台形式包装华丽,戏剧精神内涵相对贫弱;话剧导、表演得到重视和强化,戏剧文学创作受到贬抑;追求娱乐性和市场性的休闲喜剧流行,戏剧需要的讽刺性和精神震撼性不足。不过,在戏剧总体平庸的境况下,一些坚持艺术理想和精神探索的话剧人也创作出不少优秀的作品,如姚远的《商鞅》过士行的《闲人三部曲》(《鸟人》《鱼人》《棋人》)、沈虹光的《同船过渡》和《临时病房》、杨利民的《地质师》、黄纪苏的《切·格瓦拉》、姚宝瑄与卫中的《立秋》、李六乙的《非常麻将》等。此外,先锋戏剧和实验戏剧大量出现也是市场化时代话剧创作呈现的一个典型特征。先锋戏剧和实验戏剧反叛传统,强化戏剧表现形式的创新,其代表性作品有孟京辉等的《思凡》《我爱×××》《恋爱的犀牛》,牟森等的《彼岸》《零档案》《与艾滋有关》等,林兆华等的《哈姆雷特》《三姊妹·等待戈多》等,张广天的《圣人孔子》《左岸》《圆明园》等。

二、《我爱×××》

《我爱×××》没有串联整个话剧的人物,甚至根据演剧条件的不同,出场人物都可以灵活安排。整场话剧也没有传统意义的戏剧冲突,只有如朗诵诗般的"我爱×××",这些新鲜的话剧形式是对传统意义"话剧"的极大颠覆。

"我爱×××"的句式可以分成两个部分:第一部分是不变的"我爱",它由"我""爱"两个概念组成,"我"代表了一种个人主义的倾向,"爱"代表了人道主义的倾向,两者的结合揭示了剧作家的主题:"我爱光/我爱于是便有了光//我爱你/我爱于是便有了你//我爱我自己/我爱于是便有了我自己"。也就是说,只有个人主义和人道主义两种因素的结合,真理(光)、社会(你)、个体(我)才可能出现,否则便是一片混沌。第二部分是变化的"×××",它由集体记忆和个体记忆两部分组成,集体记忆是20世纪60年代生人的成长史,个体记忆是一代人集体记忆中具有的朦胧的个人意识,它们的流动性和变动性塑造了一代人没有自我,暧昧不清的集体形象。总体而言,"我爱"是对"×××"的认同和反叛,认同是对逝去岁月的缅怀,反叛是一个自我诞生的个体对集体记忆的嘲讽和调侃。

《我爱×××》并不是一种成熟的戏剧形式，它的思想性大于了它的艺术性，概念化大于了形象化。无可非议，该剧对戏剧表现形式的探索具有不可抹杀的意义，但这种探索也无法摆脱哗众取宠的嫌疑，毕竟在市场化的整体文化环境下，先锋也是市场宣传的一种噱头。

三、延伸思考

《我爱×××》只是市场化时代话剧试验的一种方式，其中可以看出实验话剧的诸多特点：

颠覆了传统话剧注重人物塑造和戏剧冲突的传统，强调了话剧的舞台形式、导、表演系统，戏剧文学相对贫弱。这反映出市场化时代观众对话剧的新要求：追求新颖刺激的直观感受，弱化了戏剧内涵的诉求。

概念化倾向明显。除了《我爱×××》，孟京辉的其他剧作如《两只狗的生活意见》《恋爱的犀牛》《像鸡毛一样飞》，张广天的《切·格瓦拉》《孔子》等，都重在表现一些概念，相对弱化了传统戏剧要求的形象化。强调了戏剧的娱乐性和市场性，在戏剧中穿插了大量具有时代色彩的元素，以拉近戏剧与观众的距离。

参考文献

[1] 杨朴.中国现当代文学史(上)[M].北京:人民教育出版社,2004.

[2] 温儒敏.中国现当代文学学科概要[M].北京:北京大学出版社,2005.

[3] 陈思和.中国现当代文学名篇十五讲[M].2版.北京:北京大学出版社,2013.

[4] 王光东.民间理念与当代情感:中国现当代文学解读[M].桂林:广西师范大学出版社,2003.

[5] 张静,董蓬蓬.中国现当代文学史[M].济南:齐鲁书社,2010.

[6] 樊星.中国现当代文学史(下)[M].武汉:武汉大学出版社,2012.

[7] 刘勇.中国现当代文学[M].北京:中国人民大学出版社,2006.

[8] 陈其强.中国现当代文学名著导读[M].上海:上海文艺出版社,2001.

[9] 吴海清.乡土世界的现代性想象:中国现当代文学乡土叙事思想研究[M].天津:南开大学出版社,2011.

[10] 李平.中国现当代文学基础[M].北京:北京大学出版社,2014.

[11] 刘忠.思想史视野中的中国现当代文学[M].上海:上海人民出版社,2006.

[12] 程光炜.都市文化与中国现当代文学[M].北京:人民文学出版社,2005.

[13] 李继凯,赵学勇,王荣.中国现当代文学[M].北京:高等教育出版社,2011.

[14] 王风,蒋朗朗,王娟.重回现场:五四与中国现当代文学[M].北京:北京大学出版社,2014.

[15] 朱水涌.叙事与对话:比较视野下的中国现当代文学[M].南京:南京大学出版社,2007.

[16] 赵焕亭.中国现当代文学与文学教育研究[M].北京:人民出版社,2012.

[17] 孙玉君,王凤秋,闫长红.中国现当代文学名家名作细读:问题与方法[M].

哈尔滨:黑龙江大学出版社,2009.

[18] 田承良,郭晓平.中国现当代文学阅读与欣赏[M].北京:中国石油大学出版社,2005.

[19] 曹万生.中国现当代文学史:1898—2015[M].北京:中国人民大学出版社,2016.

[20] 於可训,张园.传承与创新:武汉大学文学院中国现当代文学学科学术论文集[M].武汉:武汉大学出版社,2006.

[21] 徐阿兵.困惑与超越:中国现当代文学散论[M].上海:上海三联书店,2015.

[22] 石兴泽,石小寒.探幽与发微:中国现当代文学散点透视[M].北京:高等教育出版社,2014.

[23] 井琪.中国现当代文学世俗化论要[M].北京:中国电影出版社,2014.

[24] 吴耀宗.被叙述,所以存在:中国现当代文学的论想[M].北京:北京大学出版社,2014.

[25] 刘小平.有根的文学:文化视野下的中国现当代文学取样[M].广州:暨南大学出版社,2011.